成親好難

上

夏語墨 著

風文創
406

目錄

自序

夏語墨

這個故事其實出現在我腦海裡十分的偶然，不過是一天看到一個男生騎著自行車載著女生，兩人快樂地從我眼前掠過，我便想起了一個詞——青梅竹馬。

我想，每個女生心中都有個青梅竹馬，只是大部分人在長大之後都沒有和自己的青梅竹馬成為一對愛侶，於是我便想寫一個青梅竹馬的故事。加之我本人非常喜歡讀歷史、看歷史劇，便選擇了古代的背景，但卻沒有具體對應到真實的特定朝代，而是為大家架構出一個參照唐朝風格的朝代。

基於此，便有了沈珍珍和陳益和這對自小就相識的男女主角。但是我並不想讓本文太沈重，所以女主角沈珍珍算是活得比較快樂自在的，身為那個時代的小小庶女，她的快樂也許許多女孩都不能有。

正是因為她擁有現代人的思維，所以她打心眼裡沒有考慮過陳益和這種家庭複雜的男孩作為自己的成親對象，因此兩人關係在她心中也就僅僅為青梅竹馬。但是，卻因為種種原因，她命定的愛人陳益和最終還是娶到了心儀的沈珍珍。這其中從青梅竹馬升格到愛侶卻不是一蹴而就，而是水到渠成。

他們的結合有別的因素，卻也離不開男主角自己的努力和勇敢，如果沒有他的努力，或許兩人也就不會是美好的結局。天時、地利、人和，成就了這段美好的姻緣，雖有波折，卻絲毫不影響它的圓滿。

我筆下的兩人是幸福快樂、彼此珍惜的，希望將這份幸福快樂讓讀者感受到，因為在我們的生活中，幸福快樂也許不是從天而降，但是你為其付出了，它就會縈繞在你的身旁。

第一章　正是三月下揚州

正是三月下揚州的季節，本應是鶯飛草長，花紅柳綠，哪想到卻是春寒料峭，涼風如水。不過，即便是再不好的天氣，也不能阻擋大運河上往來的船隻。

自周朝開國皇帝打通了幾條運河連通南北，不過幾十年的工夫，從西京到江南的大運河就成了溝通南北貿易的必經之路，繁華之景隱隱呈現。

此時，河上的一艘大客船中隱隱傳來歡聲笑語，就見三個小郎君輪番抱起幼妹逗弄，而他們身後坐著一位貌美的婦人，臉上是無奈又緊張的神情。

「幾個壞小子，若摔著你們妹妹，仔細著你們的皮，見了你們阿爺，定讓他好好給你們鬆鬆皮。」

「阿娘放心，定不叫妹妹摔著了！」最大的少年濃眉大眼，精神十足，看著頗有點小大人的沈穩。十一歲的他是嫡長子，雖然跟著兩個弟弟胡鬧，卻也是小心地看著。

另外兩個看來小點的男孩則是一對雙生子，一模一樣的眉眼，同樣的可愛。兩人咋呼地喊道：「阿娘就知道心疼妹妹！別看這小傢伙才五歲，心裡精著呢，見了阿爺還不知道怎麼告狀呢！」

本來船一晃一晃的，窩在角落睡得正美的小娘子被這三個阿兄晃醒就已經很無奈了，偏偏還這個抱抱自己、那個抱抱自己，她的心裡其實很抑鬱。

美婦人接過小女孩，揉了揉她軟軟的頭髮，笑道：「過兩天就能見到妳阿爺了，珍姊開不開心？妳阿爺總念叨著妳呢！這也一年沒見他了，也不知是胖了瘦了？還有，妳姨娘在那邊操持家務，也不知道她那個身體怎麼樣？」

被點名的珍姊噘起小嘴，臉上一片指責。「上次我給阿爺寫的信他都不回我，以後不寫了！」

「妳阿爺剛到任上，人生地不熟的，哪裡那麼多時間了？沒給妳單獨寫信竟讓妳這樣記得了。」

「可不是嗎？阿爺每次寫信來定是給幾個阿兄單獨寫，獨獨沒有我的分兒，哼，看不起人！」

「那是因為妳很多字還寫不全，怎能跟我們比呢？」雙生子齊齊衝著妹妹擠眉弄眼。

「好了，別逗你們妹妹了，她多大，你們倆多大了？足足大了四歲，好意思在妹妹面前顯擺？你們倆給我把最近落下的書都讀一讀，不然到了府裡你們阿爺考校的時候答不出來，就等著挨板子吧！大郎去問問沈三，我們還有多久到？阿娘去讓滎嬤嬤弄點吃的。」

於是，剛剛熱鬧著的船艙內頓時安靜了下來。

小女孩坐在那裡靜靜的，一雙大眼卻滴溜溜地轉，不知道心裡正打著什麼主意？

其實身為庶女的她內心很受傷，並不是不被嫡母待見或者受欺負，而是她顧眉，一個平日從信託公司那裡拿生活費、早已經習慣一個人生活的十八歲現代少女，正在荒野開車尋找去考古一走就幾年沒回的無良父母時，卻因意外，莫名穿越而來，成為一個小官之家的庶女沈珍珍。本以為有無窮無盡的後宅惡鬥和女人們的巴掌等著，卻不承想自己家裡是要多太平有多太平，要多和睦有多和睦。想想，一直沈浸在考古中無法自拔的父母，若是知道自己親自來了古代，該有什麼想法？

阿爺有個能幹的大兄，已經是京官；阿爺自己也是積極向上的好青年。嫡母出身嘉峪關武將之家，性情豪爽，跟阿爺琴瑟和鳴，一連生了三個嫡子，分別為沈大郎、二郎、三郎。

家中倒是有唯一一個蘇姨娘，便是沈珍珍的生母，是個從小就在嫡母身邊伺候的丫頭。當年因為嫡母生下雙生子傷了身，丈夫又憐惜得緊，嫡母架不住婆婆整天念叨，才將身邊這最為放心的漂亮丫頭抬為姨娘。沒想到這姨娘也是妙人一個，當丫頭的時候很得主子的歡心，做了姨娘後更加老老實實做人，一直認清自己的位置，盡心伺候阿爺和嫡母，於五年前為沈家添了唯一的女兒沈珍珍。別看珍姊雖是庶女，卻是從小被嫡母養在身邊，跟嫡兄們一起玩耍的，長相又兼得沈二老爺和蘇姨娘的優點，很是漂亮，全家人寶貝得不行。

沈二夫人想著這蘇姨娘一直表現出色，珍姊又自小養在自己身邊，越來越是疼愛，因此心裡思量著，待日後再回京，要將珍姊記在自己名下，由庶變嫡。

沈二老爺一年前自西京調任至揚州平安縣當七品縣令，嫡母則帶著兄妹幾人留在西京病重的婆婆跟前盡孝，好不容易老太太好些了，做京官的沈家大伯便趕緊讓沈二夫人帶著兒女們前去與沈二老爺團聚，沈二夫人這才帶著幾個兒女還有隨行的下人踏上跟自己夫君團聚的道路。此番帶著大兒一起也是因大郎要去揚州地界上的長豐書院求學；二郎、三郎兩個淘氣的也必須帶著，讓他們阿爺好好教導，放在西京生怕會跟那些紈袴子弟們一起不成事。想起自己的夫君，沈二夫人饒是性情豪爽，還是會臉紅心跳，真是個冤家哪……

珍姊看著嫡母目光溫柔，臉上正爬上可疑的紅暈，就明白肯定又是思念起她那個玉樹臨風的阿爺了。不過也能理解，阿爺還差兩年才到而立之年，嫡母比他還小了一歲，這放在現代，那還是戀愛的好年齡呢！何況這對一直恩愛有加的夫妻一年沒見了，人說一日不見，如隔三秋，這得多少個秋啊！珍姊無聊地坐在一邊準備繼續睡覺，無奈嫡母說就要吃東西了，還是別睡了，待傍晚靠岸投了店再好好睡。

珍姊覺得無聊，只得站起身，想去船頭看看大兄，不料剛跑出船艙就被沈大郎敲了頭，珍姊抱著大兄的腿，不由得撒起嬌來。「人家坐得都要屁股生瘡了，阿兄快讓我站會兒，不然不知道晌午後還怎麼坐呀！」

「女孩子家家的，說話怎地這般放肆呢？那妳可得抓緊我，這兒可不比船艙，稍一不穩掉下去，妳又不會泅水，可就危險了。」

「哼，此番下揚州，以後多的是小河，我偏要學會泅水，叫你再不能笑話我！」

「女孩子學什麼泅水？聽說阿娘給妳找了學琴的師傅，到了揚州妳可就沒這麼自在了！」

珍姊緊緊抓著大兄的腿，生怕自己站不穩，但還是堅持轉頭到處亂看，只見自家前面更大的那艘客船上忽然有人落了水！

「阿兄快看，前面的大船有人落水了！」珍姊急忙喊道。

「妳趕緊進船艙，我去安排人，快進去！」沈大郎這時頗有長兄風範，立即安排幼妹進船艙，自己則盯看著前方的船。大船上有人落水卻無人出來查看，沈大郎不禁有些惱怒，這船上的人怎地不將人命當回事？沈大郎安排船夫快速划過去查看一番。兩船本來就相離不遠，船夫們快速划過去後，只見那落水的竟是個跟二郎、三郎差不多大的孩子，此時還在船旁蹬水、扒著船邊，能做到這番怕是已經用盡全力了，如果船上沒有人拉一把，他根本爬不上船。沈大郎拋出纜繩讓那小郎君抓住，與船夫一起將小郎君拉到自己的船上。只見這小郎君一雙褐色雙眼有些紅卻是沒有哭出來，白皙的小臉此刻雖凍得隱隱發青，卻還是漂亮得過分。沈大郎有些驚異，這孩子長得有些像自己以前在西京見過的那些賣藝的胡人，他一時不知該如何開口。

這時沈二夫人聽到聲響，走出了船艙，雙生子則跟在她身後不停地探頭看熱鬧。

「大郎，怎麼回事？」

「阿娘，我和小妹聽見有人在不遠處落水，見那船上並無動靜，也無人出來查看，撐船的人也不管，想著落水之人怕是要出事，才和船家一起將他拉了上來。」

沈二夫人皺眉一想，落水竟都無人問津，便知道這孩子可不是意外落水，大概是那船上的人想給他個教訓，故意讓他落水，也不搭救。雖說別人家的事她不愛管，可是這還只是個跟二郎、三郎差不多大的孩子，要是力竭沈了下去，豈不是一條人命？那船上的人未免也太草菅人命了些。

「既然人救起來了，先帶到艙內去給換身二郎的衣服吧，待換好後再把他送回那條船，別人家的事情我們不好插手。」

「阿娘，妹妹還在裡面呢！」大郎摸摸頭，覺得自己的珍寶妹妹可不能平白讓別人家兒郎看了去。

「你妹妹才多大，你這個小促狹鬼。」

珍姊坐在船艙內，兩手捧著臉頰看著走進來的嫡母和大兄，後面還有大丫鬟香巧領著一個男孩，雖然氣色不好，卻絲毫不影響他精緻的五官。天哪，這小孩也長得太漂亮了吧？小小年紀就長成這般，這長大後是要堪比衛玠啊！珍姊內心極度澎湃卻不能在臉上顯露絲毫，還要一片懵懂地問嫡母。「阿娘，原來就是他落水了呀，真可憐！」

「嗯，給他換好衣裳了還要送回去呢！妳到阿娘懷裡來。」

沈二夫人邊和珍姊說話，邊逗弄著捂住她的眼睛，因此看不見珍姊翻了個白眼，心道：小男孩一枚，換衣服有什麼好看的呀？阿娘真真是……哎！

那廂，香巧找出沈二郎的一身舊衣，把這小郎君領到船艙角落想給他換上，沒想到卻遭到小男孩的強烈抵抗，好不容易他不掙扎了，一脫下上衣，香巧忍不住倒吸一口冷氣。

沈大郎一看也嚇了一跳，白皙的背上滿是傷疤，看起來十分恐怖！想想即便是自家的奴僕，也斷沒有折磨成這個樣子的！

雙生子給嚇著了，都默不作聲。

沈二夫人一看這各異的神色，便給香巧使了個眼色。

香巧趕忙把乾淨的衣褲給這小郎君套上，將其頭髮擦乾挽了起來後，將小郎君領到沈二夫人跟前。

「多謝夫人救命之恩，在下陳益和，家父是長興侯世子。敢問救命恩人是誰家？以後自當登門道謝。」小郎君邊說話，臉上還帶著不自然的羞澀，彷彿跟陌生人說話是下了多大的決心。

沈二夫人一聽到「長興侯」，背先直了起來，進而又仔細打量了眼前的孩童，便知道這是誰了。滿西京最大的談資總是離不開長興侯紛亂的後宅之爭，這長興侯世子也是坎坷半生，少年將軍出征西域時在戰役中失蹤，本以為屍骨無存，當時哭壞了多少西京少女的眼睛啊，誰想到過沒多久，這失蹤的世子不僅回來了，還帶回一個懷有自己孩子的貌美胡女，說是在西域多虧此胡女搭救才保住性命。沒想到這胡女在產下孩子後，自己卻香消玉殞了，長興侯世子則在隔年娶了名門嫡女為正妻，這世子位倒是越發牢靠了。總之，長興侯的後宅之事深扒起來是一天一夜都說不完的。說起來，這長興侯世子的嫡子跟自家珍姊差不多年紀，所以看來眼前這位就是當年長興侯世子從西域帶回來的胡女所生的庶長子了。

沈二夫人的眉頭不經意地跳了跳，她實在是不想聽任何關於長興侯府的骯髒事，她對此毫無興趣，對於長興侯那收集美女的癖好嗤之以鼻，對長興侯世子也無過多好感，聽說他的嫡妻和姨娘們也是鬧得不可開交。莫非這收藏美女的癖好還是代代相傳的？

「救你無非是順手之勞，想你小小年紀，離家又遠，出個什麼事情可不是叫家中長輩操心？你且回去吧，今日之事就當是緣分。」

「阿娘，你看他額頭上磕得甚是難看，不若將阿兄們的藥拿給他，好人當到底，送佛送到西哪！」

陳益和偷偷抬起頭看著縮在夫人懷中說話的小女孩，白裡透紅的小臉，大大的眼睛十分明亮，小小年紀看著就像年畫中的娃娃。

「我們珍姊想得如此周到，為娘自是要成全。」

「阿娘我不依！我們這次來的路上，帶的傷藥本就不多，給了他，以後咱們要是碰了磕了該當如何？」三郎一邊跳腳一邊喊道。

沈二夫人一個眼風掃過去，三郎立刻消了聲；二郎又默默地做了「小氣鬼」的嘴形，可把三郎氣壞了。

沈二夫人拿了兩瓶上好的金瘡藥遞給陳益和。「陳小郎君，望你日後保重。這傷藥你拿著，以防這一路磕磕碰碰，也能緩解一番。」

「謝夫人，告辭。」

沈大郎送陳益和到船頭，這時已十分靠近陳益和剛剛所在的大船。

陳益和跨上船，向沈大郎深深一拜表示謝意，還略帶扭捏，略略解釋一番。「堂兄們都在小憩，是我自己淘氣，走出來時不小心落水的，今日多虧兄長搭救。」

「不過萍水相逢，日後珍重。」沈大郎抱了抱拳，轉身回到船艙。

陳益和所在的船艙中竟無一人出來相問，幾個船夫看見人回到船上，又開始划了起來。

看著那艘漸漸遠離的船，陳益和越發覺得心裡不知是什麼滋味。想起那個年畫般的小娃娃，他不禁有些羨慕起來。她可真幸福啊，可以倚在阿娘的懷抱……一臉羨慕的神情不過轉瞬即逝，轉臉抬起頭時，他又是一副羞澀而膽小怕事的樣子，走進了船艙。

第二章　家家有本經，長興侯府八卦多（一）

都說家家有本難唸的經，每家過日子各有不同，有甜的有苦的，端看這過日子的人是怎麼想。有大富大貴之家，看著排場至極，綾羅綢緞樣樣不缺，卻如那深潭般的沼澤，讓人深陷各種骯髒事中，須得步步小心，否則萬劫不復，叫千萬個小心都未必能駛得萬年船，更別說幾句粗心的話，說不定就在刀光劍影中碎成個渣渣了；而也有那看著並不起眼，略帶清貴之家，人口不多，勝在簡單，卻將日子過得有聲有色，一家人齊頭並進，勢頭蒸蒸日上，誰又能說這過得不好了？

話說沈二太太歷經月餘，終於帶著三兒一女還有隨行的下人們到達了目的地——揚州地界的平安縣。

沈二老爺早就在府外等候了，看見妻兒嬌女，心裡充滿了幸福感；相隨的蘇姨娘看到沈二太太和珍姊，那笑臉讓人見著覺得都甜入心扉了。

這珍姊穿來時恰恰是蘇姨娘馬上要跟著沈二老爺上任之際，哪有時間瞭解自己的姨娘和阿爺？因此她只能不斷地從別人口中得到他們的訊息。此番一見，倒覺得蘇姨娘不愧是自己評價過的妙人，美卻不張揚，柔卻不矯情，看著就是知道分寸的，不然也不會在這後宅混得如魚得水；而自家阿爺一看便是個讀書人，雖不如大伯父一般是個西京有名的美男子，倒也是不差，好歹也是經過吏部甄選的不是？

待一家人和樂融融地吃了飯，就各歸各處，沈大郎領著弟弟們跟著蘇姨娘一起安排下人們的住處；沈珍珍也被妥善安置。沈二老爺眼裡只有沈二夫人，二人回房自是一番甜蜜，之後便話起家常。沈二太太將路上所見所聞一一講給夫君聽，不由得講到了長興侯府。

沈二老爺小時候就隨長兄到西京，到底是聽過許多長興侯府之事的，於是歡樂地跟自己的妻子分享這西京人的飯後談資。

長興侯府的事西京滿天飛，這還要從最初的長興侯府說起。但凡提起長興侯府，西京誰人不知、誰人不曉？風頭正勁的時候，連個下人出門辦事，腰板都比別人直。笑話，給誰沒面子都不能給長興侯府沒面子，因為人家自己就是個面子，要是不給他們面子，那就叫給臉不要臉！

第一代長興侯爺也就是陳益和的曾祖父，是大周開國皇帝的表妹夫，出身草莽，當年跟著還是大將軍的皇帝征戰天下，立下汗馬功勞。最後大將軍黃袍加身，成為開國皇帝，自然忘不了一起辛苦的兄弟，何況這還是自己的裙帶親戚，於是便封這鐵桿弟兄為長興侯，子孫後代世襲。

這一下子可讓許多人眼紅了，可是架不住人家長興侯能打仗、功勞大啊！於是，有的官員家就起了心思要結親，哪怕是將女兒送做妾呢，那也是長興侯的妾，可比一般的妾高貴多了！日漸衰落的世家們看不上出身草莽的長興侯，卻也不甘落後，願意退而求其次，送旁支庶女做妾，哪知道人家長興侯根本不愛美妾這一套，跟著被封為郡君的正妻愛得正好。

恰是因為長情，子嗣略困難、只有一個嫡子的長興侯，也沒捨得給嬌妻施壓。可是長興侯還有個老娘，自古婆媳關係那就是個大難題啊！

郡君的婆婆不是個吃素的，認為好不容易家裡封侯了卻只有一個嫡子，沒得叫人笑話她兒子不是多子多福的人。再說，人丁不旺，這以後如何壯大家族勢力？老太太一人拉拔長興侯長大，知識文化雖不多，卻是個眼光毒辣又相當固執的人，不然當年也不能拿著洗衣棍打遍鄉村無敵手地護住家產，後來還讓兒子毅然從軍，在天下大亂時順勢而起，一躍而成侯爺。

郡君架不住自己婆婆整天的白眼，又不願自家夫君抬別的女人進門，鎮日心中抑鬱難解，偏還要在夫君面前表現得柔情密意，一邊在嘴裡說著婆婆的好，一邊還要伺侯大君事事妥當，真真是身心憔悴，卻還無處可說，不得抒解。於是，待幾年後產下嫡次子也就是陳益和的祖父，便撒手人寰了，惹得癡情的長興侯心傷不已，發誓再不娶，可愁壞了他老娘。

再說到這皇帝給的好處也不是白給的，給了你天大的富貴，你也要繼續為他賣命才行。打下中原天下的大周皇帝並沒有因此滿足，他想要一步步擴大版圖，讓自己的皇位坐得更穩，讓整個天下的人都讚揚他，還要讓自己的子孫後代享受這萬世之福，而長興侯便是他手中的一把利劍，指哪兒打哪兒。為了日後自己的嫡長子能夠順利繼承家業，長興侯便帶著嫡長子出門為皇帝開拓疆土去了，家裡就剩下老阿娘和幼小的、沒了娘的嫡次子。

老人吧，當年能對自己的兒子下狠手，能打能掐能罵，卻怎麼都覺得對這個好不容易多出來的小孫子愛護不夠，特別是這小孫子還沒有親娘照看著，因此日日都喊著「我的乖孫喲」。

長興侯長年攜長子帶兵在外，剛開始回家看到嫡次子被慣得不成樣子時，心裡雖不喜，可是想起自己逝去的妻子，免不了就心軟了幾分，何況嫡長子已經成器，這嫡次子日後在長兄的照拂下也不會太差，想想便放任了。於是，這嫡次子距離「有為少年」的道路越來越遠，卻也還不至於成為西京有名的小紈袴。

老太太雖然寵著小孫子，卻還不忘惦記著為家族開枝散葉的大事。眼看著嫡長孫小小年紀就跟著他老子上了戰場，雖驍勇善戰，卻都要十八歲了還沒訂親，不免埋怨她兒子只知道打仗，卻更埋怨那已經去地底的兒媳，走前也不先給自己的兒子定下一門好親事。

這一操心上長孫的親事，她也就不再拿喬，開始積極出席各家聚會，好給自家嫡長孫相看個出色的媳婦。挑來挑去都快要挑花了眼，好不容易老太太看上了長公主的女兒，準備給兒孫去信商量，哪想到大周皇帝卻發起了最後一次對匈奴的大規模戰爭！

匈奴內部矛盾突顯，各大首領自己爭個你死我活的，恰是其力最薄弱的時候，於是皇帝想趁自己年輕力強之時將其殺個片甲不留，讓匈奴鐵騎再不能來犯。

不料，長興侯的嫡長子領著一小隊人馬在追擊左賢王入了草原後，因為援軍沒有及時跟上而被反撲的左賢王麾下勇士圍困射殺，下場極度慘烈。後來長興侯雖帶著援軍將左賢王生擒，將其士兵俘虜，又立下赫赫戰功，但是即便這戰功再大，卻無論如何也不能讓自己精心培養、滿載著家族希望的嫡長子起死回生了。

此後，這位大周的開國皇帝採取了休養生息的國策，不想在有生之年打仗了。

長興侯回到西京坐鎮天子腳下的軍隊，但是他畢竟讀的書不多，入閣拜相是不大可能的，就只能靠武力吃飯，在這不打仗的時候，反而有更多時間來關心關心他僅剩的嫡次子。

已經八歲的嫡次子也就是陳益和小郎君的祖父，那學問是一塌糊塗，雖驕橫霸道卻還是個欺軟怕硬的，自己武力不行，但是仗著自己父兄的名聲，出門打架時別人也總是相讓的。看著自己這個已經有些長歪的嫡次子，再想想那個優秀懂事的嫡長子，長興侯心痛不已，於是痛定思痛，生生要將這株長歪的苗扶直了。

老太太也忽然清醒了點，覺得這個不大成器的小孫子要擔起整個侯府是不大行的。

這個時候癡情的長興侯想起了家族大義，不再說出「斷不再娶」這種話，可是已經年過不惑的他另娶了繼室還有大度的繼室後來抬的各路姨娘後，才發現自己征戰多年，已經讓身體傷痕累累，子嗣這事情是沒戲得不能沒戲了。於是他送走了幾位姨娘，只留下繼室，更加收起心思要好好教育這陳家僅存的碩果。

漸漸長大的小兒子總算沒有再繼續長歪，但也沒有長成參天大樹，他順理成章地成為長興侯世子，十五歲娶了兵部尚書之女。長興侯在終於有了嫡長孫也就是陳益和的父親陳克松之後，笑著去尋他髮妻了。於是，陳益和的祖父在十九歲時就成了第二代長興侯，這個時候的他意識到家族的人丁興旺是多麼重要的事，不能讓自己的後代像自己一樣獨木難支，僅僅一個嫡子太沒有安全感了。可是媳婦的身子自生了孩子就不大好，可怎麼是好？岳丈大人家又是個不好說話的……於是，他的老祖母再次出馬，跟孫子一個唱紅臉、一個唱白臉，愣是讓長興侯府女主人一口氣抬了三個姨娘！

這門啊，一打開就再難關上了。沒有自家阿爺的嚴厲管教，再加上祖母一個勁兒地攛掇著多生孩子，因此根本沒太想嫡庶問題、還是熱血青年的長興侯，這收藏美人就成了癖好，也成了他為家族開枝散葉的藉口，妾是一個接著一個地往府裡抬，環肥燕瘦、爭奇鬥豔，京城紈袴們恨不能爬牆，看看這長興侯府內的各種顏色，就是只聽聽聲音那也是好的呀，個個是恨不得渾身酥軟，天天聽牆根哪！

於是，這長興侯收藏美人的荒唐事便成了達官貴人的飯後談資，有說他辱沒他老子的、有說他身子遲早得耗乾的、有說他納這麼多美妾，其實不過是個繡花枕頭，中看不中用的……聽聽，這怎麼聽都是吃不到葡萄說葡萄酸的心理。可是，這長興侯依然受皇帝喜愛。

開國皇帝早隨著自己一幫鐵桿兄弟的逝去而長眠帝陵了，之後登基的高宗看這長興侯越發的不成器，真是在後宮寵妃的床上都能笑醒！這長興侯的岳家是兵部尚書，要是還像那過世的老長興侯一樣驍勇善戰、手握兵權，這還得了，高宗還不得日日夜夜憂愁煩惱啊！於是，高宗也就對這長興侯後宅的荒唐事睜一隻眼、閉一隻眼了。有缺點才是好的，只要辦起事來忠心盡職就是個好的，怕就怕這臣子能幹還沒有缺點，實在是不好拿捏敲打啊！

姨娘侍妾多了，長興侯府按道理是應該瓜落墜地，兒子可勁兒地生才對啊，可是儘管美人一個賽一個的熱情如火，但除了陳益和他阿爺陳克松這個嫡長子外，長興侯的七、八個姨娘中，也就只出了三個庶子、一個庶女。長興侯自己荒唐吧，卻有個靠譜的岳家，他岳丈家給這外孫找的開蒙老師是西京有名的，再找自家最好的武師傅來教武藝，不過六、七歲的孩子，已經略有氣勢，還被選為太子的伴讀，長興侯這個高興啊，覺得在自己這嫡子身上看見了當年父兄的風采，於是上了摺子，將陳克松立為長興侯世子。

這回長興侯那老祖母看見自己這曾孫子頗有自己兒子和長孫的模樣，又當了世子，便放心地到地底跟自己兒子會合去了。

眼看著這世子陳克松正走在一條康莊大道上，順順利利長到了十五歲，雖然還沒長成參天大樹，卻已然可以預見後勢了。而且呢，世子長得是一表人才，濃眉大眼，身形高大，走到哪兒都有姑娘的目光追隨著，西京城內的小娘子們但凡提到長興侯世子，那都是一臉紅暈、不知道幻想到哪裡去了的表情。

但是，上天卻偏偏要再次給這長興侯府籠上一層陰影。

第三章　家家有本經，長興侯府八卦多（二）

話說休養生息了多年的大周要對西域用兵了，因為那裡有礦也有玉石，這恰恰是大周需要的，同時也是有野心的高宗皇帝有所建樹的時候。

因此，長興侯世子陳克松跟著代表皇帝的太子還有一干將領出征了。仗倒是打得挺順利的，小國都表示臣服，成為大周的附屬國，但是也有負隅頑抗的，於是十七歲的少年小將陳克松在追擊敵人時被誘入沙漠，從此失蹤。

班師回朝的太子收到了前所未有的嘉獎，可是想到從小陪伴自己長大的長興侯世子已經埋骨沙漠，還是紅了眼眶，暗自下決心，日後定不能虧待了長興侯府。

這顆西京冉冉升起的將星，便帶著無數老將的惋惜還有姑娘們的眼淚隕落了。

長興侯府一改往日的熱鬧，變得慘澹淒淒。長興侯夫人在得知兒子的噩耗後就病倒了；長興侯則將自己鎖在屋子裡不見客，對著父兄的畫像哭得唏哩嘩啦的；而有庶子的姨娘們此刻卻一個個都心思活了。世子沒了，誰會是下一個世子？不怪這些出身較好的小妾內心激動、心有城府了，任誰面對以前壓根兒沒戲、現在峰迴路轉的機會，誰能不心動？於是這些美嬌娘們紛紛主動承擔起照顧夫人的任務，不怕髒、不怕累，宅鬥氛圍日漸飆升，娘家人也是頻頻活動，跟長興侯動不動就來個密談，卻叫這夫人病上加病。眼看著這些人上躥下跳，夫人都懶得去管了，兒子沒了，她的心勁兒也沒了，恨不得自己早日也沒了好去見兒子。

那廂長興侯府突遇變故，一片慘澹。

這廂長興侯世子陳克松醒來的時候胳膊和腿都疼得厲害，發現自己竟然沒死的他欣喜非常，而在床邊的少女一抬頭看見他醒了，也是一臉欣喜，操著不太熟練的中原官話問候他。原來福大命大的陳克松被誘敵深入沙漠，眼見著中箭摔下馬、斷了腿，在茫茫沙漠中只有等死了，不料昏迷的他竟被莎車國的商隊救了，而這少女便是這商隊主人的愛女。由於商隊長年做莎車國和西京的生意，少女從小就學了中原官話，還給自己取了個美名夏錦，十幾歲就跟著商隊出外闖蕩，幫助父親打理家族生意，因此當商隊隨從發現沙漠中的陳克松時，她毫不猶豫就決定帶上他回莎車國。途中怕他疼，還準備了讓他昏睡的藥，找了大夫給接骨，樣樣不落，這才將長興侯世子安全帶回了莎車國。

一個是十五歲的妙齡少女，長著碧綠的雙眸，有著中原少女沒有的白皙肌膚和修長身姿，臉上掛著明媚的笑容和敢愛敢恨的直爽個性；另一個則是剛滿十八歲的少年將才，以前在軍中接觸的都是髒兮兮的漢子，饒是世子讀了再多聖賢書、定力再好，也架不住熱情少女在細心照顧自己時表現出來的露骨愛意啊！陳克松也是個正常的男人，於是在腿接上了還得慢慢養的頹廢日子中，便對給予他細心照顧的夏錦心生歡喜。

沈浸在美人鄉的世子並沒有忘記囑咐夏錦家的商隊再入西京時帶信給侯府報平安，待到商隊的人給長興侯府報了平安、帶著長興侯府隨從一起返回莎車國時，兩人已得夏錦家人默認，成雙成對，夏錦還有了身孕。陳克松深知以夏錦的胡女身分，回西京後頂多是做妾，自己之後還是要明媒正娶一個正妻的，他不捨濃情密意的美人，心裡既愧疚又為難。

而夏錦這個傻姑娘一心相信世子日後即便有了正妻還是會一直愛著她的話，說服了家裡的長輩和兄兄姊姊，跟著養好傷的世子踏上了回西京的路。

鑑於這次實在是受驚嚇不小，長興侯夫婦二人以迅雷不及掩耳之勢給兒子定下了媳婦，就是長興侯夫人的親姪女，連日子都定好了，就等著兒子回來成親，結果沒想到兒子不僅康健地回來了，還帶著一個大了肚子的胡姬！偏偏這胡姬對兒子是有救命之恩的，這可如何是好？嫡妻未進門，倒是先有美妾和庶長子了……

由於長興侯其人一向憐惜美人，覺得人家姑娘是他們家的大恩人，必須對她有個交代，因此決定讓兒子抬胡姬為妾，日後若誕下孩兒也是他長興侯府的人。

長興侯夫人她兄家知曉後卻是憤怒的，自己寵愛的女兒還沒進門呢就遇到這種破事，可是自己又實在喜歡這個外甥，加上閨女多年來心繫表兄，有非君不嫁那架勢，因此一家人坐在一起商量起對策……過沒多久，夏錦產下陳益和而殞命，接著新娘來年就進了門，而陳益和也成為長興侯世子的庶長子。

世子的回歸澆滅了府內那些姨娘和庶子的熊熊野心，都覺得世子就是自己人生的攔路虎，面目可憎，於是陳益和也成了他們的厭憎對象；而長興侯夫人鑑於對娘家的一片真心和對姪女媳婦的喜愛，也不待見陳益和。

但是不知道長興侯府是代代子嗣困難還是這宅子地方沒選對，自陳益和出生後的幾年內，世子夫人的肚子就是一點消息也沒有，因此不得不再給自己的夫君抬幾個姨娘來開枝散葉，因此西京官家小姐們再一次陷入瘋狂心動中。於是，重新回到西京貴族圈的世子一邊忙著給太子辦事，一邊忙著跟正妻、姨娘們生孩子，就無暇多關心自己的庶長子了。所幸世子給這孩子找的奶娘和嬤嬤們都是頂好的，陳益和就是在這種環境下日漸成長。

待到世子終於有了嫡子，自己在西京的官場又有了一席之地，總算想起陳益和的時候，這孩子已經五歲了。陳益和並沒有遺傳到親娘的綠眸，卻也有著西域人漂亮立體的五官，深目、高鼻，加上白皙的皮膚，讓這孩子看著是要比個小娘子還要漂亮。

西京見過這孩子的無不感嘆到底是有個胡姬的娘，那張臉一出來就是讓人忘不了。但恰恰是因為有個身分低微的胡姬娘，以後大概也就是個無所作為的庶子罷了。

這說了大半夜長興侯府的家宅之事，沈二老爺終於覺得口渴了。

八卦就是八卦，不是長興侯府的老人，又哪能知道具體的侯府是個什麼樣子？而八卦往往也就是摻雜著外人的好奇和猜測，才成了眾人口中說的這個樣子。

沈二夫人想到那落水的孩子，不禁對自家夫君感慨道：「以前覺得咱們珍姊是頂頂精緻的小人兒，一看就是個美人胚子，卻沒想到那陳少爺更甚，以後說不定是咱們西京第一美人呢！」

沈二老爺笑罵道：「妳個淘氣的，就知道惦記美人！他是個男子，能跟咱們珍姊比嗎？妳倒是會比！」

「老爺是沒見到，那眉眼真是不一樣的美，連我看了都覺得這孩子長了這樣一副臉孔，還好是長興侯府的人，若是在窮苦人家，那便是禍了，只怕日後是要以一副好顏色侍人。」

「照妳所說的，那孩子落水，船上竟無人管，實在太不對勁了。」

「那孩子一看就是被欺負的，畢竟是庶子，小小年紀看著倒是個能忍的，一聲不吭，連眼淚都沒流，後來還跟大郎解釋，說是他自己不小心落水的。他看著跟咱們二郎、三郎一般的年紀，可那心裡的彎彎怕是不知要比這兩個傻小子多了多少呢！」

沈二老爺聽到這裡，倒覺得有趣。「這樣子看來，此子以後未必不能有自己的一番作為，單憑能忍便不是人人都能做到的，何況是這個年紀。過兩天我便請個西席來教導二郎、三郎讀書，爭取過兩年二人也像大郎一樣，有機會到長豐書院見識見識。這一年來夫人妳辛苦了，我心裡都記著呢！我初來此地，好好辦著差事，京中又有兄長周旋著，以後說不定還能動上一動。」

沈二夫人頭倚丈夫的肩頭，內心一片甜蜜，覺得這一年來夫妻離別的思念和在家裡操持後宅的辛苦都是值得的，有個這樣的夫君，她還能求什麼呢？只盼能管好這後宅，讓他後顧無憂便好。

這夫妻二人在房內有說不完的話，只恨不能把一年沒見的時間補回來，不愧是郎情妾意、琴瑟和鳴……

此時蘇姨娘在珍姊的房中，為自己的女兒收拾衣物，詢問這一年來在西京的大小事宜。珍姊看著蘇姨娘那一提起嫡母就一臉感激的樣子，覺得自家這樣妻妾和睦的情形真是少見。雖然遇到穿越這麼不靠譜的事情，且自己什麼也不會，但幸運的是，她所生長的這戶人家既溫馨又簡單，於是她暗自下定決心，要好好地培養自己成為官家淑女，以後給自己尋個靠譜的夫家……哎喲，這麼小的年紀就想到夫君的事情，實在是太不害羞了！

蘇姨娘看著珍姊圓圓的杏眼眨巴眨巴的，紅彤彤的臉頰猶如蘋果一般，更覺得夫人將女兒照顧得十分妥貼，內心的感激又上升了一層。

於是，蘇姨娘哄著女兒入睡後，自己回房又給夫人繡起了手帕。

第四章　沈大郎長豐書院求學巧遇陳益和

再說沈家將一切安頓好後，最要緊的事便是沈大郎去長豐書院的考試了。長豐書院雖然歷史不長，卻已經是大周幾所有名書院之一，不過不是空有其名，而是有其獨特之處的。說起長豐書院，便不得不說長豐書院的創建人魏長豐。魏公年紀輕輕便名動天下，成為大周有史以來最年輕的進士，後一路做文官，成為高宗少年時期的太傅，並在自己不惑之年急流勇退、告老還鄉，之後人也沒閒著，在揚州近郊開了以自己名字命名的長豐書院。魏公開書院，不論南北，慕名而來的人自然不少。

但是長豐書院有其傲氣在，並不是誰家兒郎交個束脩就能進的，要入長豐書院須得先寄去一篇自己寫的文章，後經過長豐書院審評書法，選出一部分學子親自來長豐書院；接著老師們再出題，學生這次寫的就是判文了，不僅如此，學生們還要跟老師辯論為何要如此判，最後長豐書院再敲定誰來入學，可謂是層層篩選，毫不含糊。入學的學生大多十來歲，學滿四年為期，在教授學生四書五經的同時，還教授君子六藝，當然就包括了騎射等重要的武藝。現在朝中一些年輕的文官武官中，皆有從長豐書院出來的學生，因此長豐書院也被看好，也許再過幾十年就能跟其他幾所歷史久遠的書院形成抗衡之勢了。

珍姊一邊聽沈大郎說著長豐書院崛起的輝煌事跡，一邊暗自腹誹：莫非這名動天下的魏大人跟自己是一個地方來的？這第二次考試不就是面試嗎？而且還讓學生們上體育課！

其實是珍姊想多了。魏長豐此人甚是謹慎，覺得書院不在規模大，貴在學生學得精，以後才不會敗了書院的名聲，因此他對學生的資質要求是極高的，也才會想通過層層選拔，挑出自己覺得好的；而武藝課則是為了學生的身體著想。試想，每年不論是明經科還是進士科考試，不僅是學生拚才智的時候，同時也是拚身體的時候，有的書生就是在考試的時候體力支撐不住，失去了金榜題名的機會。再說，自高宗登基後便開了武考，每三年開一次武科，由此看來，騎射課程是很必要的，魏公這是緊跟著大周朝的形勢在培養人才。

不管如何，十一歲的沈大郎得到了能見到大儒的機會，特別是快要出發了，因此每天學習熱情高漲，見到妹妹也是出口成章、搖頭晃腦，沈珍珍和雙生子皆齊齊拍手笑道「大兄變為書呆子了」。

臨近長豐書院考試的日子，沈大郎帶著父親為自己挑選的書僮和下人們出發了。

沈二夫人看著兒子的背影，紅了眼眶。

沈珍珍抱著阿娘的腿笑道：「阿娘可別掉金豆子了，過兩天大兄考上了，您可要合不攏嘴了！」

沈二夫人破涕為笑，抱起沈珍珍，捏著她的小鼻子道：「我們珍姊小小年紀怎地這樣會說話？句句說到阿娘心裡了！咱們就在家等妳長兄的消息。希望大郎別辜負了咱們全家對他的期望，當年在西京，妳大伯可是費了好大的功夫給他請老師開蒙呢！」

自從長豐書院成名之後，它旁邊的客棧也變得一位難求了，除了每年慕名而來的學子參觀長豐書院要住店，這到考試的時候，學子們更是從全國各地而來。

沈大郎一路坐著馬車晃悠了一日，終於到了長豐書院，整個鎮子因為學子的到來變得格外熱鬧，客棧炙手可熱的程度遠遠超出了沈大郎的預期，很多學子都比自己早到了幾天，距離長豐書院最近的學子客棧已經住滿，只剩下倉庫了。沈大郎只能看著客棧的牌匾興嘆，正準備離去，看看稍遠一點的客棧時，卻被人叫住了，回頭一看——哎，這不是那長興侯世子的庶長子陳益和嗎？竟然也是來考試的，年紀輕輕這樣能耐啊！

「益和還未請教恩公大名？」陳益和略帶羞澀，低聲問道。

「恩公不敢當、不敢當！在下沈仲明，沒想到在這裡竟然會再次碰見陳郎君。」

「原來是沈兄。你可是來這兒投店的？看沈兄的樣子，可是因為那家有些遠，覺得不便？若沈兄不嫌棄，小弟住了一間客房，雖不是上房，倒也寬敞，不若小弟讓給兄臺，我去住稍遠的那家吧！」

陳郎君這良好的態度頓時讓沈大郎心生好感啊！不過他連忙擺手，道：「不不不，怎能叫陳郎君這般，仲明心領了！」

「沈兄哪裡話，益和心裡牢記沈兄的救命之恩，如此小事何足掛齒？」

「不不不，陳郎君不必如此。當日情形換作別人也會伸出援手，不過恰巧讓仲明趕上罷了，你不必一直放於心上。」

「若是沒見到沈兄便罷，見到沈兄了，益和怎能不助沈兄一臂之力？」一邊說著，陳小郎君就吩咐自己唯一的隨從快速上去收拾行李，並告知自己的堂兄們。兩人寒暄了一陣後，陳小郎君便已經得知沈家的基本訊息。待隨從收拾妥當下來後，他便將鑰匙交到沈大郎的手裡，自己帶著隨從去了另一家客棧。

還有些不知所措的沈大郎此刻不由得跟自己的書僮感慨道：「我娘說貌由心生、貌由心生，怪不得，可不就是在說這位賢弟！」沈大郎沒有意識到自己連對人家的稱呼都變了，已然從冷冰冰的「陳郎君」變為親切的「賢弟」。沈大郎覺得自己得了一個很大的便宜，又覺得自己有違父親教授的君子之道，挾恩求報這等事都做出來了，暗暗想到以後若是再碰見陳益和，定要態度良好地稱兄道弟。

這邊陳益和帶著自己的隨從陳七朝另一家客棧走去，陳七有些不解地問：「郎君這般為何？」

「遇到救命恩人，怎能不知恩圖報呢？」

「可那日是郎君吩咐，非不得已讓我不能出手的呀！而且郎君你有武藝在身，何須讓他救了？」

「此話以後不可再說。武藝是偷練的，當然不能隨便顯露。我那日本想著，在水裡再待會兒就上去的。父親大人安排你在我身邊為暗棋，不到萬不得已你不得出手，平時你不過就是個普通隨從罷了，因此還是要沈住氣，就讓我那兩位堂兄認為我不過是個膽小怕事的沒用草包吧。」陳小郎君一邊說著，一邊露出他招牌般的羞澀微笑。

陳七看著還是孩子一樣的主子臉上的招牌笑容，不禁打了一個寒顫，他畢竟還是個十五、六歲的少年，雖武藝已成，卻還是個心思單純的，此刻深覺這個年僅九歲的主子小小年紀就如此有城府，日後怕也是個人物。

第二日，眾學子朝著長豐書院走去。有心懷忐忑覺得自己學問不夠好的；有自信滿滿覺得自己定能考上的；還有心存僥倖覺得考試是靠運氣的。

沈大郎是第一種，以前雖得大伯父誇獎，可是這考長豐書院的都不是等閒之輩，於是自信每日都在縮水的狀態。

陳益和的兩個堂兄則是第三種，當初寄去的文章還是有人幫著寫的，因此這次能不能考上是要看運氣，當然考不上也沒什麼大不了，三個人來的再一起回去，都沒考上，也無所謂誰給長興侯府更丟臉一些——陳益和已自動被他的堂兄們劃分為還不如自己的那一類。

陳小郎君此刻的心態卻是最好的，既沒有忐忑也沒有自信滿溢，端的是正常發揮的態度。出發前他那世子父親給了他幾張面額不小的江南太平錢莊的銀票，還囑咐說此番放心地考，若是考上必當支持，若是考不上也不必介懷，回去繼續努力。想起自己的父親大人，陳益和心中的感情極度複雜，不是一言兩語便能說清道明的，若說父親完全不待見自己，卻又一直暗中照拂；若說父親喜歡自己，可卻又時常不聞不問。

話說這長豐書院的考試，第一日為兩個時辰的判文寫作，之後學子們便回去等消息。待到第二日，放榜題名的方能進行第二輪的考試。第三日，已經少了三分之二的學子們則是以自己的判文為基礎跟老師辯論。待到第四日，長豐書院正式放榜，今年入學的人選就此塵埃落定。

沈大郎這次表現出色，待到放榜時看見自己的名字後，終於卸下一臉嚴肅，咧開了嘴，這才有了少年人的活潑感。

陳益和的堂兄們連第二輪考試都沒進，當然榜上無名，這個結果並不令人吃驚，吃驚的是——他們一直欺負的草包陳益和竟然上榜了！二人的眼珠子恨不得掉到地上。如果說陳益和進入第二輪考試在他們看來是僥倖，那這最後的結果就絕對不是僥倖了。二人不禁想到此子平日在長興侯府一起讀書的表現，暗想倒是小看了此子，莫非……這長豐書院給長得格外美的還加了分？真是怪哉！

長豐書院一放榜，幾家歡喜幾家憂。不過這榜放出來了，也不是隔日就入學，要再過十日才是學子們入院安置住宿、準備上課的時候，因此烏泱泱的學子們大部分是揹著行囊、心有不甘地回家。一小部分就此留下、託人回去給府裡報喜。沈大郎鑑於家裡不遠，準備回家親自告訴家人這個好消息，順便好好準備行囊，再來書院上課。

陳益和將寫給父親大人的信交給送信的驛站後，便帶著禮物來給沈大郎登門道喜了。

「仲明兄，小弟在入學榜上看見你的名字，特地來恭喜一番。」

「賢弟如此客氣，我倒不好意思了。也要恭喜你榜上有名，以後大家就是同窗了。」

「沈兄這樣子是要離開嗎？」

「十日後才入院，我便先歸家告訴家父家母這個好消息，好好規整一番後再來。平安縣距離此處，乘馬車不過一日多的車程而已。」

「沈兄這樣安排倒也是好的。聽聞平安縣是個好地方，有山有水，景色秀美，此番從西京出來倒真是見識了江南之美。」

「說出來賢弟莫笑話，我對平安縣的瞭解大概不比你多多少，我也是剛剛隨阿娘從西京來到這裡的……欸？如果賢弟不嫌棄，不若去我家中吧？讓我盡盡地主之誼，也好感謝你此番相助啊！」

陳益和還想推辭，但架不住沈大郎的熱情邀請，於是只好一副恭敬不如從命的樣子，帶著陳七，與沈大郎一起前往了平安縣。

第五章 陳益和入沈府

話說沈二夫人這兩日心神不寧，心繫著大兒的考試，也不知這番考得如何，於是淘氣的雙生子撞了槍口，沒少被沈二夫人追著打。

沈珍珍特別理解嫡母的心情，想想現代的各類大考，哪個父母不憂心自己兒女的考試？沈大郎又特別被寄予厚望。於是，珍姊各種扮傻賣萌，討嫡母歡心。

且說這日晌午後，送走回來午休的丈夫去了衙門，沈二夫人安排下人們打掃院子，自己則拿著帳本正看得認真時，只見二郎、三郎咋咋呼呼地跑了進來，怪腔怪調地說道——

「娘親大人，您日思夜念的親兒可回來了，帳本還是放一放吧！」

沈二夫人一聽，立刻撇下帳本站了起來，急匆匆地出了屋，只見兩輛馬車一前一後向自家門口駛來。這大郎還帶了客人來？沈二夫人暗想，忙給自己的小跟班蘇姨娘使了個眼色。

蘇姨娘順著夫人的目光，一看見兩輛馬車，便趕忙去安排客房了。這會兒還沒有買侍候小娘子和小郎君的下人，因此蘇姨娘只能打起精神忙活。

待馬車停在門口，沈大郎立刻跳下馬車，看到自己的娘親站在門口等待自己，想到這麼多年來阿娘和阿爺的一片苦心，還有大伯父的悉心教導，不禁紅了眼眶。

「阿娘，大郎考上了！」

沈二夫人一聽這消息，哪裡還有什麼等候兒子遠歸的傷感？立刻笑得合不攏嘴了！

珍姊抱住阿娘和大兄的腿，揚起小臉，稚聲稚氣地道：「阿娘看，我說的可是作準了吧？大兄考上了，這回您不掉金豆子了！」

這時第二輛馬車上的簾子掀開了，露出一張面帶微笑的熟悉臉龐，沈二夫人這一看，竟是長興侯世子的庶長子陳益和！心裡雖還在詫異，她臉上卻笑容不減地看了大郎一眼。

「阿娘，咱們想著住得近，因此去得晚，哪裡想到學子們都早早趕到了，待我到的時候，距離書院最近的大客棧都住滿了。」

「那你住哪裡了？」沈二夫人好奇地問道。

「多虧碰見益和弟，他也是去考試的，看見我要去距離較遠的客棧，竟將自己的房間讓給我，他去住遠的那家客棧了。此次我二人雙雙上榜，以後便是同窗了，書院要九日後才入學，我想著益和弟家路途遙遠，便邀他來作客。」

沈二夫人這麼一聽，覺得這陳小郎君知恩圖報，是個好孩子，如今要跟大郎做同窗了，想必也是極聰慧的。

待沈大郎解釋完這一通，陳益和時機恰好地跳下馬車。沒有了當日的落魄，一身白袍，乾淨俐落，頭髮整齊地束在頭頂，額頭上的碎髮略鬈地垂在臉頰旁，漂亮的臉蛋上依舊洋溢著略帶羞澀的笑容，向沈二夫人鞠了個躬。「小生陳益和再謝夫人救命之恩。」

沈二夫人忙扶起陳益和，笑容可掬道：「陳小郎君跟我們家真是有緣分，原想不過是萍水相逢，誰想到小陳郎君跟我家大郎日後竟要成同窗了。此番前來作客，是大郎應盡地主之誼，只是說地主卻是心虛的，只因我帶著大郎和他的弟弟妹妹，也是剛從西京而來。」

「夫人哪裡的話，承蒙沈兄邀請，益和突然前來已是一番叨擾了。都說江南春日好，益和也是想在入學前貪圖一賞美景。」

「益和弟快別客氣了，我帶你去院子裡轉轉吧！」沈大郎一副哥倆好的神情，一點都沒把陳益和當外人，領著他參觀自家院落去了。

沈二夫人轉頭跟安排好客房又來到身邊的蘇姨娘嘆道：「趕緊找管家沈三去人牙子那裡領些人來讓我過過眼，咱們這兒安頓得差不多了，這人手卻缺得厲害，妳最近也累壞了。」

「奴婢不累，能為夫人分神就好。」

蘇姨娘低眉順目地回話，讓沈二夫人格外受用。

這廂沈大郎帶著陳益和在院子裡看看，陳益和邊看邊想，這沈家人口不多，附有後院的兩進院落並不是太大，卻有一小片奇石假山，一個小灘澗亭，樣樣透出精緻和文人的詩情畫意，卻又不違營繕令對七品官制住宅的要求，也不知這沈縣令下了多少功夫。

陳大郎解釋道：「我家這小院子是我大伯父幫著我阿爺買下來的，我阿爺只是小小地修整，這院子以前景致就是頂好的。你看，那邊是我阿爺給妹妹珍姊專門搭的鞦韆。」

陳益和順著沈大郎的手指望去，一個小花圃映入眼簾，還有用樹幹搭起的鞦韆，他彷彿已經看見珍姊坐在上面隨著微風輕盪鞦韆，笑得一臉燦爛的畫面。

「看來令尊十分寵愛令妹，你們兄妹也是感情甚好，到底是一母同胞。」陳益和輕瞥了一眼沈大郎。

沈大郎笑著摸摸頭，對陳益和笑說：「實不相瞞賢弟，幼妹珍姊並不是和我一母同胞，她是我們府上唯一的一個姨娘蘇氏所出，不過蘇氏乃是我阿娘的陪嫁丫鬟之一，從小就在邊關伺侯我阿娘的，二人情誼自是不同。後來我阿娘生了我兩個阿弟後，好幾年身子骨都不見好，便抬了蘇氏，這才生下家中唯一的女孩。珍姊雖是庶女，卻一直養在我阿娘屋裡，這麼多年來，我是看著她從那麼一點點長到今天這麼大的，怎能不喜歡？」

「若是沈兄不說，看沈二夫人和你們兄弟的態度，倒真以為令妹乃是嫡出。不過看你們兄妹感情融洽非常，家裡溫馨和睦，倒是叫人羨慕得緊。」

沈大郎這才想到陳益和的出身，便有些不好意思，忙將話題引到學術上，二人邊走邊談，不亦樂乎。

直到香巧來報，說飯食已經備好，沈大郎便領著陳益和穿過迴廊，來到前屋準備用飯。榻上矮桌上的主食，有紅豆米飯、胡餅、一盤燉羊肉配著蕨菜，外加清燉的秋葵湯，賣相是極好的。

沈二夫人開口道：「都是家裡準備的一般飯菜，陳郎君莫見怪。」

「哪裡，這飯食看得益和食指大動。不怕沈二夫人笑話，某自離了西京後，還真沒吃過一頓可口的家常飯。」

因著珍姊年紀還不到七歲，便也隨兄兄們上了桌，看著胡餅直流口水，這可是她在西京最愛的主食。胡人帶進中原的不光是美人舞姬、雜技藝人，還有各種各樣的美食，這胡餅便是胡人帶進西京的經典主食之一，香酥可口，再撒上一丁點芝麻，別提多可口了。唉，她已經開始懷念西京城中遍布小吃店的各個坊了。

陳益和見珍姊看著胡餅的眼神，心中暗暗好笑：小娘子真是可愛得緊，目光裡、臉上全寫著「我要吃胡餅」！

一個本就漂亮的少年，如今還帶著明亮的氣質，直叫珍姊暗中稱為妖孽，還壞心地想著，不知日後回了西京，會不會被哪個作風大膽的公主當街搶做駙馬啊？看看，這小心眼！實在是因為一直愛照銅鏡的小娘子覺得自己端的是一個美人胚子，就快要愛上鏡中的自己了，結果忽然來了個貌美得把自己甩了一條街遠的少年，心裡怎一個酸字了得啊！

總之，這一頓飯吃得是賓主盡歡，可惜沈二老爺的晚衙要到傍晚才結束，沈二夫人也不忘讓下人給自家夫君送去美食。

待到沈二老爺回來，陳益和又是拜見一番，賓主相談甚歡，讓沈二老爺對陳益和留下了非常好的印象。

少年人畢竟是少年人，沈大郎和陳益和湊在一起似是有說不完的趣事，就連品評文章都充滿了歡樂。

沈二老爺因為要視察整個縣的農耕情況，忙得不可開交，根本沒有太多時間管教孩子。沈二夫人一邊要跟縣衙官員的女眷開始走動，還要操心給府裡買下人，無暇分心。二郎和三郎的西席還沒個著落，這兩隻皮猴樂得不知東南西北了。

珍姊則樂得看雙生子一會兒爬樹、一會兒追蝴蝶，自是一番樂趣。

這日，不知是誰提起春日正好，為何不能一起在後院小範圍地踢個蹴鞠呢？於是四個少年立刻來了勁，換上一身胡服，躍躍欲試。沈大郎跟陳益和一隊，沈二郎及沈三郎一隊，以兩棵高樹為球門，半個時辰內哪隊踢進的多便贏。珍姊這個唯恐天下不亂的，就搬個小坐墩坐在樹下看熱鬧。

別看陳益和跟二郎、三郎一般大，身高看著卻完全不是一個水平，大概是繼承了胡人的高大，已經隱隱有了超過沈大郎的趨勢，偏偏陳小郎君還是個腿長的，踢起蹴鞠那叫一個行雲流水，直叫珍姊心裡暗暗叫好。

三郎是個沈不住氣的，踢得不如陳益和好，卻急於搶來腳下的蹴鞠，因此一個鏟腿過去，不料陳益和靈活地挑起，繼續運球，將球傳給沈大郎，沈大郎一個興奮就射門了。

「大兄好棒！」珍姊此刻算是真正明白為什麼足球迷在比賽現場會特別激動了，看她這個偽球迷，此刻都激動得直叫好呢！

陳益和看二郎、三郎有點沮喪，於是在後面略有些放水，兩隊你來我往，各有輸贏，四人都興致極高。

珍姊趁著中場休息時邁著小短腿，嘗試踢一下傳說中的蹴鞠，結果無奈腿太短，沒兩下就被球絆倒，來了個倒栽蔥。四人看到都被逗得哈哈大笑，珍姊本來是堅強的小漢子，一點兒都沒哭，還自己爬了起來，結果起來時頭上頂著一團土，嘴裡咬著一撮草，看見四個少年毫無顧忌地笑，頓時覺得難為情了，偏偏三郎還喊了句「珍姊的小短腿真不靈光」，於是小漢子立刻委屈地哭了，一時覺得臉疼、腿疼，哪裡都不對勁！

陳益和一看小娘子哭了，趕忙上前拂去珍姊頭上的土，拿出手帕將她臉上的土輕輕擦去，還一邊安慰道：「珍姊不哭，我小時候踢也老是摔跤，我們這是逗妳呢！」

珍姊狐疑地看著眼前的少年，白皙光潔的額頭上滿是汗珠，臉頰因為運動而帶著紅暈，褐色的眼睛好似她見過的漂亮琉璃珠，她一時看呆了，連哭都忘了。

待沈二夫人帶著蘇姨娘到後院尋人時，映入眼簾的就是四個少年肆意揮灑汗水、搶著蹴鞠，珍姊頂著一頭亂髮，平時白淨的小臉跟和了泥一般，乖乖地坐在小板凳上，眼睛亮亮地看著比賽，笑得咯咯咯的，好不歡樂！

珍姊看見阿娘來了，球賽也不看了，小短腿蹬蹬地跑向沈二夫人，人還沒到跟前，就告起了狀。「阿娘，三兄笑話我腿短！」

沈二夫人一把摟住跑近的珍姊，笑著說：「我的兒，那是妳阿兄跟妳玩笑呢！快跟阿娘回房收拾收拾，女兒家家，臉面最是要緊了。」

珍姊跟著阿娘往廂房走去，還一步三回頭地看了看，有些不捨得離開。

「一會兒晚飯時，誰笑話妳來著，咱們就罰他少吃一碗飯，好不好？我們先去收拾好，等等跟阿娘去，要給妳挑丫頭呢！」

蘇姨娘在珍姊的廂房中找出換洗的絲棉襖，把小人兒的臉洗乾淨，細細擦了擦她細軟的頭髮，紮了可愛的雙髻，待一切收拾妥當，將珍姊領到前院後，便默默站在沈二夫人身邊。

只見前院站了十幾個少女，約八、九歲的樣子，正等著這家主人挑選。

珍姊揚著小腦袋，看看這個、看看那個。

沈二夫人見狀笑道：「看我們珍姊還像心裡有主意的，不若妳給妳三個阿兄也一人挑一個侍女，讓母親瞧瞧。」

珍姊抱著母親的腿蹭蹭，撒著嬌道：「那要是挑得不好，可不算準，最後還是要阿娘拿主意喔！阿娘挑誰給珍姊，珍姊都高興！」

「今兒沒吃花蜜，怎麼小嘴兒還這樣甜？妳放心選，母親給妳看著。」

珍姊這才開始細細打量起人來，卻說有兩個直接吸引了她的注意，別的丫頭都面帶微笑、抬頭挺胸，希望自己被選上，就這一高一矮的兩個都在低頭看地面數螞蟻。珍姊繞到個子高的丫頭前，脆聲道：「妳抬起頭來。」

哎喲，這丫頭粗眉大眼、高鼻厚唇、皮膚略黑，竟是一臉英氣呢！珍姊一看，這以後必然是個另類的美人啊！目光清澈，沒有亂飄，倒是個好的。

珍姊又繞到那個個頭矮的丫頭前叫其抬頭，這一看，跟之前的就形成強烈的反差，小丫頭白皙的臉龐帶著紅暈，彎彎柳眉下一雙上挑的丹鳳眼極具特色，紅紅的櫻桃小口甚是可愛，只見小丫頭緊接著又垂下了頭，一點喜形於色的表情都沒有，倒是個沈得住氣的。

這時四個過完蹴鞠癮的小郎君們也來前院湊熱鬧，立刻被沈二夫人哄走換衣裳去了。這一走，那簡直是勾走了在場丫頭們的神兒，個個都目光盈盈的，只恨不能趕緊留在此府。

珍姊乘機再打量起剩下的丫頭們，又發現兩個長得中規中矩的丫頭只看了郎君們一眼後便老實地垂下頭，這心裡就有了人選，一一告訴了母親。

沈二夫人也將眾人神色盡收眼底，一聽珍姊說的人，心裡詫異極了，珍姊小小年紀，倒是個有眼力的，跟她看中的不謀而合呢！她不禁好奇地問道：「給阿娘說說，妳為什麼選這四個丫頭？」

珍姊笑著說：「兒也是看這四個知道規矩些，有些個看到阿兄們就跟那老鼠看見了米缸一般，叫人看著不喜。」

沈二夫人想著，可不是嗎？那些個盈盈目光的丫頭們不僅沈不住氣，而且就怕是個猖狂的，日後會勾壞了兒子們！她輕點了一下珍姊的額頭，轉身看著蘇姨娘，笑說：「我看珍姊一點都不像妳，這心裡的彎彎可比妳十歲時還多呢！」沈二夫人一邊說一邊迅速定卜了那四個丫頭，然後叫牙婆將其他丫頭帶走了。

高個子、黑黑的丫頭是要配給大郎的，不過沈大郎馬上就要進入書院了，因此沈二夫人決定留此女在自己房內幹事，取名為春柳。

矮個子、丹鳳眼的丫頭配給珍姊，取名為夏蝶。

那兩個中規中矩的丫頭則配給二郎和三郎，分別取名為秋葉和冬梅。

沈二夫人將這幾個丫頭交給了從西京帶來的專管內宅的管家婆子後，又親自挑了幾個少年交給管家沈三去安排，這些都是要先訓練過的。

於是，這揚州沈府的生活，在女主人到來後，迎來了嶄新的篇章。

第六章　陳益和在沈府受禮遇，沈家日常趣事多

話說沈大郎和陳益和都算是初來乍到揚州地界的人，連城都沒入過，也就去了揚州邊邊的書院考了學而已，怎能甘心呢？於是，二人思量著每逢書院無課日便去揚州城看看，這便來了勁，開始研讀起揚州史考和圖冊。

天下大亂時，各門閥世家在北地爭得厲害，於是便有大批人因避禍而從北地南遷到江南，順便帶動了揚州的經濟。而自大運河開通之後，以西京為中心的水路交通貿易中，揚州又成為其中最關鍵的樞紐，因此揚州便一躍成為富甲天下的江南名城。

揚州城和西京城是大不一樣的，這揚州城最有名的便是一地兩重城，分別為南城和北城。南城面積廣大，集聚商業區和居民住區；北城面積略小，主要為官衙辦公的地方。

城中雖然繁華，卻一切井然有序。南城中林立的各種鋪子吸引著往來的行人，有那娘子們最愛的塗臉脂粉，還有深淺不一的口脂。也有不管是娘子還是郎君們都喜愛的成衣鋪子，更有文人騷客喜愛的生宣、水墨。

論繁華，無論是討價還價的中原官話、吳儂軟語，或是來往馬車的車行轆轆聲，都讓這揚州城的繁華之景更添生動。論景，要說這春日的揚州，綠水泛清波，壩上楊柳與各色花朵交相輝映，空氣中的香味就能讓人沈醉。再論這旖旎，傍晚時，南城門外的河上便有那來往的畫舫，不時傳出女子的嬌笑勸酒聲，絲竹琴聲亦不絕於耳，酒香混著脂粉的香氣，讓郎君

們心生嚮往。於是揚州便成了南北文人筆下魂牽夢縈的地方，卻不知那牽著心弦的是景還是美人香的溫軟細語。

沈大郎笑道：「不知這揚州城外的畫舫可比得上西京曲江上的畫舫？聽說胡姬們的舞也是極好的。」

陳益和搖搖頭。「南北風俗不同，自然各種景致都有人愛，但這些卻不是我等小小年紀該想的。像你我這般年紀，正是讀書、練就一身功夫的大好時候，切莫被這些分了心哪！」

「那是自然，我不過是說說而已，可千萬不能讓我阿娘聽到了！」沈大郎一邊說還一邊看看窗外，一副作賊心虛的模樣。

陳益和見狀好笑不已。

忽然，珍姊的聲音冒了出來。「我要告訴阿娘去！」

沈大郎這一看珍姊眉開眼笑地跑進自己的書房，洋洋得意的，似抓住了自己的大把柄，便故意板著臉道：「胡鬧！怎麼能在大兄的書房外偷聽呢？」

「是阿娘使我來叫你和陳阿兄吃晌午飯呢！人家辛辛苦苦跑來就聽見你說畫舫，怎能怪我偷聽呢？快快許我好處，不然珍姊就去母親跟前告狀。阿爺這幾日去視察農耕不在家，是阿娘當家作主呢！」

看著珍姊那大大的眼睛透著狡黠，陳益和心裡覺得可愛非常，不禁輕笑地問：「那珍姊要什麼好處？是金珠還是寶石啊？」

「才不要，珍姊又不能自己出去買東西。」

「那不若大兄給妳做隻紙鳶？咱們入鄉隨俗，這江南小娘子和小郎君們正是喜歡在春日外出或者在自家院子放紙鳶呢！」

珍姊一聽，立刻眼睛亮亮地拍手叫好。「這個極好！若是大兄給珍姊做了漂亮的紙鳶，那珍姊就勉為其難不告訴阿娘了。不過陳阿兄說得占理，珍姊以後還要看著大兄做官呢，切不可被什麼花船勾去了！」

「大兄知道啦！先去吃晌午飯，一會兒就給妳做隻紙鳶，包妳滿意！」

「做得不漂亮我可不依喔！」珍姊咧嘴笑得好開心。

沈大郎牽著幼妹，和陳益和笑著向前院走去。

晌午飯後，陳小郎君便和沈大郎在書房參照著圖譜，鼓搗著怎樣做出一只好看的紙鳶。而某人這會兒正在自己的廂房裡小憩著，睡得正美。

陳小郎君用刀將竹子俐落地削成竹籬之後，便用熱水浸泡了一會兒。

沈大郎拿著一大張紙卻無從下手，不知該剪成什麼形狀，於是積極詢問陳益和的意見。

陳益和略微思索一番後，覺得小娘子們大概還是喜歡蝴蝶紙鳶多一些。

沈大郎將紙剪成了蝴蝶的形狀，然後將紙糊在了彎曲好的竹籬上，一只小巧的紙鳶乍已成形。可這還未事畢，還需要巧手匠心的畫師在紙上畫出栩栩如生的圖案來。

這下子沈大郎可為難了，讓他刷刷兩筆寫大字行，書法柳體他寫得很好，可是說到畫畫可著實有些難為他了，平時畫畫山水還可以，要細畫飛鳥蟲類卻是深感不足的。

「不若賢弟來畫吧？某實在不擅長畫那蝴蝶。」
陳益和微微一笑。「那益和便獻醜了，若是小娘子不喜歡，仲明兄可要替我擋擋。」
說著，陳益和就開始勾畫蝴蝶了，不過一會兒工夫，那筆下的蝴蝶便被勾畫出來，還帶著蝶紋，顏色明麗，只差沒飛舞在花間了。
最後沈大郎再將麻線固定在紙鳶上，這便成了。

珍姊沒想到自己睡了一個長長的午覺，夢裡還吃著羊肉湯麵片，醒來後這大兄和陳小郎君就將漂亮的紙鳶做好了，手作能力非常之強大啊！
於是下午，就著這大好春光還有徐徐的微風，沈大郎、陳益和以及雙生子就帶著沈珍珍來到離沈府院子不遠的小河灘上放紙鳶。
河灘上草色青青、野花叢叢，正是放紙鳶的好地方。
沈三郎躍躍欲試，卻還是先詢問珍姊要不要先放？
珍姊搖搖頭笑道：「我怕三兄再笑我腿短，紙鳶沒飛起來我又栽地上了。」
沈三郎被妹妹這麼一說，臉紅了。「哎喲，這人小，心眼就跟針尖那麼大，還記著呢！好，三兄給妳把紙鳶放起來，讓妳開心開心！」沈三郎立刻開始小跑，迎風試了幾下，手中的紙鳶慢慢升了起來。
珍姊笑著拍拍手。「這紙鳶放上空可真好看！三兄你再跑快些嘛，讓紙鳶飛高高！」
沈三郎倒是跑快了，但大概是技巧問題，又過於心急，紙鳶盤旋翻著筋斗，就是不往上走了。沈三郎忍不住求助地看向沈二郎，卻直接被忽視掉；於是他再看看心目中無所不能的大兄，結果沈大郎擺擺手，說自己也沒放過紙鳶。最後還是陳小郎君最有義氣，挺身而出替三郎技巧地扯著線，又退了幾步，一路翻筋斗的紙鳶竟逐步攀升，跌跌撞撞地飛上了半空。

珍姊看著越飛越高的紙鳶，別提多高興了，就差沒變成小狗趴在陳益和腿邊對他搖尾巴了。

沈大郎偷偷地問珍姊。「這回滿意了吧？書房聽見的可別告訴阿娘。」

珍姊仰起頭，一臉無辜地說：「珍姊就去書房叫大兄吃飯而已，什麼也沒有聽見，不知大兄說的是……？」

哎喲，看這個古靈精怪的小娘子，這口風轉得夠快的，沈大郎都不知道該怎麼說了。

陳益和看這紙鳶已經飛穩了，就問珍姊要不要也試試？

珍姊是相當樂意享受別人的勞動果實的，當即點了點頭。

陳小郎君將線團輕輕交到珍姊手裡，還時不時幫著拉拉線，鮮亮的蝴蝶就像是在天空自由飛翔般，無拘無束。

沈大郎這時問道：「珍珍知道這紙鳶在江南民間最初是做什麼用的嗎？」

「難道不是為了玩耍嗎？」珍姊也好奇了。

「是為了祈福許願。因為紙鳶會帶著妳的心願高飛，便給老天爺聽到啦！」

陳益和差點笑出來，前半句是書上寫的，後半句卻是沈大郎自己發揮的，這還說得有模有樣的。

珍姊聽大兄這樣說，不管是不是真的，總得捧個場啊！「那珍姊的心願就是兄兄們和陳阿兄的心願都可以成真！」

聽著妹妹這樣說，三兄弟的心裡真是暖暖的，好窩心，紛紛上前揉亂她的頭髮。

珍姊咯咯地笑起來，清脆的笑聲聽著格外好聽。

陳益和沒有上前「欺負」珍姊，畢竟是別人家的妹妹，他只能略帶靦覥地看著，心裡暗想：*若是家裡也有個這樣的妹妹讓人疼就好了。*陳小郎君覺得自己現在分外手癢，特別想去揉揉這個機靈小人兒的頭髮，再捏捏她粉嫩的臉……真真惆悵啊！

陳益和在沈府足足住滿了八日，第九日跟沈大郎一起離開了。走之前，他給沈家人個個都送了禮，不見多貴重，卻都是精心挑選過，送到人的心裡了——沈二老爺的硯臺，二郎的畫筆，三郎的小弓，沈二夫人和蘇姨娘各得一份胡人賣的珠寶，就連珍姊都有塊美玉。沈大郎這才明白，為啥陳七這幾天神龍見首不見尾，原來是受陳小郎君的指派，去給大家買禮物了，陳小郎君真是會做人。

沈二夫人對陳小郎君又有了新的認識，這小郎君不僅聰慧、能讀書，脾氣麼能吞聲忍氣，行事還如此有禮，倒是個不錯的。大郎有個如此的朋友，在書院也能有個照應，她倒是放心不少。

沈二老爺不知還在哪個鎮、哪個村視察農耕，未能趕回來，於是沈二夫人就行家長之責，認真囑咐沈大郎要勤奮向學，不辜負一家人的期望，同時也與陳小郎君相互照應。

於是，沈大郎與弟弟妹妹們話別後，便與陳小郎君在大家不捨的目光中一起離去。

沈二夫人看著遠去的馬車，有些感慨。「兒大不由娘啊，以後說不定大郎會越走越遠……」

珍姊抱著阿娘的腿安慰道：「大兄離得又不遠，阿娘不用擔心。」

「聽說長豐書院很是嚴厲，不僅要教四書五經，還有君子六藝，一樣不落，這課業緊張，十日才一休。真到放假可要等到來年新年了，學子們有個較長的假期可以回家過節，妳大兄恐怕要到來年過新年才能再回家了。」

珍姊一邊聽著，一邊暗想：阿娘真是沒有少做功課，瞭解得這樣清楚，可憐天下父母心啊！

「嘻嘻，那我們便坐馬車去看大兄啊！看看大兄在書院裡聽不聽先生的話，有沒有被戒尺打手心？」

沈二夫人噗哧一笑，前一刻的傷感立即全無。這個小女兒不是親生的卻勝似親生，總是這樣逗人開懷。

看著身邊的二郎、三郎還有珍姊，她覺得是時候操心這三個孩子的學業了，不過還得等老爺回來拿個主意才是。

第七章　沈家兄妹的學業

沈二老爺當天傍晚趕回來了，本想著大兒子走前自己還能趕上話別，細細叮囑一番的，不料這緊趕慢趕的，還是沒能趕上啊！

夫妻二人用過晚飯後，便在房中話家常。

「夫君，眼看這大郎讀書有了著落，剩下的三個可如何是好？」

「你們來前，我就詢問過長兄了，他的意思是讓二郎、三郎還有珍姊入蕭氏族學讀書。」

「蕭氏？蘭陵蕭氏？」

「不錯，就是蘭陵蕭氏。自蘭陵蕭氏南下便成為江南最大的世家，武進那一帶都是蕭氏族人的地方。」沈二老爺愛極了自家娘子眼睛亮晶晶地看著自己、一臉認真傾聽的樣子，讓他的心裡得到了極大的滿足，因此凡是娘子不太知道的，他都願意細細講給她聽，當然中間不乏索要一個香吻，豈不樂哉？

要說這世家，就必須從悠長的歷史說起，世家的形成當然不是一天、兩天的事情，那是幾百年的大家族在歷史中的積澱。聞名天下的家族有清河崔氏、範陽盧氏、琅琊王氏還有陳郡謝氏、滎陽鄭氏，這些世家多在北地；而蘭陵蕭氏便是在百年前天下大亂時南遷的，還是個大家族。這些世家過去出了多少人才，就說那謝家便出了不知多少名儒、書法大家，還有第一個聞名天下的女先生。蘭陵蕭氏也許不若謝氏那麼出色，卻也是人丁興旺，每朝都有入閣的大官、皇親國戚。

「可是這些年，世家不是說衰落了嗎？」

「夫人這就不懂了，瘦死的駱駝比馬大，何況衰落怎能是一天兩天的事情？世家們在天下大亂時頗受打擊，我大周又力求打破世家的強大勢力，所以不斷提拔寒門世子，可是別忘了，儘管如此，那些大家族無論是人力或是物力都極厲害，還是人才輩出的，只是風頭不及以前而已，不然怎麼還是世家女一女難求，而世家子也只娶大家族的女郎為妻？還不是看不上我們這樣的小門小戶啊！」

沈二夫人自是瞭解自家夫君的，這口氣聽著都像陳醋一樣酸了，不禁笑道：「夫君這樣感慨，莫非當年也求娶世家女了？」

沈二老爺一下子被掀了老底，鬧了個大紅臉。「那個、那個……當年長兄於明經科金榜題名，成為西京有名的才子，入朝為官，不過幾年就入吏部，就想著給我娶個世家女，結果……哎，這事不說也罷，大概也是讓長兄意難平吧。」

「聽說大兄當年成親也二十多了，莫非也是因為一直求娶世家女不成？」

沈二老爺深深地為自己說過的話後悔，這會兒把自己的底掀了，還要掀阿兄的底！阿兄，我對不起你啊！沈二老爺在心裡痛哭流涕。

「娘子也知道，我娘當年為亡父的家產跟族裡鬧得不可開交，阿兄當年不過十三、四的年紀，而我也才三、四歲，更加不記得事，只知後來我娘變賣所有家產，帶著我們哥兒倆去了西京。阿兄讀書厲害，拜了名師，那先生見我阿兄是塊讀書的好料子，後來連束脩都不要了。直到阿兄金榜題名做了官、有了收入，我們在西京的日子才好過些。阿兄妳是知道的，那也是西京有名的美男子，要娶一般的官吏家小娘子是可以的，但是阿兄想求娶崔氏族的嫡支，結果、結果……」

「不用結果了，肯定是受挫了，所以後來一心在官場上闖，直到二十多才迎娶現在的嫂嫂吧？」

「是啊，阿兄漸漸在官場上站住了腳，也過了好幾年，頗得一些賞識。如今的嫂嫂雖不是世家出身，卻也是大周朝以來的勛貴之家。」

「不過阿兄待嫂嫂是真好，嫂嫂婚後多年無子，你看他們的嫡子才多大點，比我們家二郎、三郎都還小。」

「那是因為我年十六就迎妳進門了啊！長兄為我們這個家付出甚多，我們唯有好好培養幾個孩子，才不枉長兄多年來對我們整個沈府的期盼。」

沈二夫人是個聰明人，沒有再深究世家女的事情，誰沒個年少、沒個慕少艾？即便自家夫君當年想求娶世家女或是心悅哪個女郎，最後還是自己成為了沈二夫人，並且夫妻倆感情甚好，這就足夠了。

「好好，咱們不說過去的事情了。這繼續說說，要入蕭氏族學，可是有什麼條件？唉，這路途可遠呢，大郎剛走，我這心裡就像空了一塊，要是再送二郎、三郎去遠地讀書，我可怎麼是好？」

「娘子啊，玉不琢不成器，現在正是我們這些寒門子弟奮發的時候，我們總不能庇護二郎、三郎一生，他們只有去歷練了，以後才能有所為啊！妳再想想珍姊，哥哥們有出息了，她以後也才會嫁得好。要不是珍姊年紀太小，我都要送她去蕭氏女學了，可惜要七歲才能入學。」

沈二夫人一聽，當即變了臉色。「你說的我都懂，二郎、三郎兩個出去不吃虧，畢竟年紀也不小了，要送去族學讀書可以，但珍姊現在是要留在家中的，她還那麼小！」

「沒說現在送她去啊！不過在家也要好好教教她了，過兩日我去縣裡打聽一下，給她請個先生吧！二郎、三郎的事，過幾日等阿兄的信一到，我便動身帶他倆去武進蕭氏族學。」

「莫非阿兄已有安排？」

「阿兄一個同僚便出自蕭氏，有了他的印信，二郎、三郎入學便不是問題了。」

「這就好，那兩隻皮猴，再讓他倆蹦躂兩天，整日鬧得我喲！」

沈二夫人聽了夫君的話後，不由得心想：既然世家女一女難求，我們珍姊雖不是世家女，也定要按照世家女的標準來培養，日後好尋個好郎君！

夫妻二人這廂敲定後便愉快地安置了，於是沈府這三個已經入夢的孩子，不知道此刻已經被阿爺和阿娘定下了學習方針，日後有得苦頭吃咯！

沈珍珍發現母親最近對自己變得不大一樣了，以前是什麼規矩也不講的，也不給自己佈置課業，最近竟開始天天督促自己，將過去在西京家裡學的全都拾起來。沈珍珍是個非常識時務的小女娃，所以就將以前學的字拿出來描一描、詩句背一背，總之是有板有眼的。

唯恐天下不亂的三郎一看見珍妹最近怎麼不總想著玩了，覺得好沒意思，於是拉著二郎去珍妹屋裡準備逗逗她。兩人到了珍妹的房門口，這趴在窗外偷偷一看，哎喲，小人在背唐詩呢！一個粉瑩可愛的小女娃在那裡搖頭晃腦，稚聲稚氣地「鵝鵝鵝……」。

「鵝應該叫呱呱呱！」三郎衝進去就開始搗亂。

沈珍珍心想：我這好不容易學習會兒，想在母親面前好好表現一番，三兄就來搗亂，果然是個熊孩子！

二郎倒是安慰地笑道：「妹妹別聽三郎給妳搗亂，妳呀，背得好極了。」

「還是二兄你好！」

「妳個小沒良心的，三兄對妳不好嗎？我這是好不容易一有個什麼消息，就恨不得趕緊來告訴妳呢！珍珍可知母親最近為何開始叫妳描紅了？」

珍妹雖然也很好奇，不過看著三郎那一臉興奮，還滿臉寫著「快來問我呀」的表情，她就故意裝不明白，偏不問！「母親叫珍珍寫字，那必是有她的理由的。」

三郎這一看珍妹一點都不好奇，咋這麼不可愛呢？不是應該撲到自己身邊，抱著自己的腿，一臉期待地望著自己，眼睛裡滿是好奇，求自己回答的反應嗎？

「是我和三郎聽說，父親要給妳請個教書先生呢。」二郎解釋道。

珍妹精得打量了一下窗戶，看見窗紙上透出的人影，便知道母親每日來看自己背詩的時候到了，於是開口道：「阿爺和阿娘給珍珍請了先生就太好了，珍珍以後要做淑女，要有不輸於世家女郎的氣度，不多學點怎麼行呢？」

三郎一聽這答案，立刻怪叫道：「我看妳呀，早晚也變成咱們大兄一般的書呆子！」

這話音還沒落下，沈二夫人衝進來就給三郎頭上一記爆栗。「叫你教壞你妹妹！」

二郎見狀，在一邊捂嘴偷笑。

三郎一下子覺得臉面全無，嚷嚷著道：「就說家裡只有大兄和二兄是您親生的，就我不是！為什麼受罰的總是我呢？」

「既然只有你大兄和二兄是我親生的，那你解釋解釋，為什麼你和你二兄長得一模一樣？」

三郎被阿娘這一問給問住了。「因為、因為……阿娘把他的臉畫在我的臉上了！」

「……」沈二夫人心裡的火一下子就起來了，再看看二郎在一旁笑得頗開心，一個指頭便指向沈二郎，怒道：「平日就知道跟他胡鬧，我看你心裡彎彎多，是樣樣都清楚，怎麼不拉著他，淨叫他鬧笑話？他是你阿弟，做得不對，你便要盡兄長之責讓他改正，可你呢，淨知道在一旁看他笑話，還嫌他鬧的笑話不多嗎？」

沈二郎是個精乖的，從不在嘴上逞能，這一看母親大人怒氣沖沖，趕緊便認了錯。「母親教訓得是，今日是兒不對。」說著還拉了拉在一邊沒放棄頂嘴的沈三郎。

沈三郎這才不情不願地也給母親認了錯。

緊接著，沈二夫人的話鋒一轉。「不過，你們在家裡鬧騰的日子也過不了幾日了，你們大伯要你們阿爺送你們二人去蕭家族學上學堂，現在就等你們大伯的來信。」一邊說，沈二夫人一邊笑。「哎呀，那蕭氏族學可不在咱們揚州，是在武進呢，到時候呀，我可就耳根子清靜嘍！」

兄弟倆這廂全傻眼了，怎麼劇情大反轉，完全不按自己寫的來？二人一下子都蔫了，就像霜打的茄子一樣，低著頭離去了。

沈二夫人看著沈珍珍小桌上的描紅和詩書，滿意地點點頭，感慨道：「還是我們珍姊省心，怎能叫母親不疼呢！」

珍姊默默地想著：那是因為我看見了您在窗外啊……

自那一日後，雙生子是徹底安生了，不再肆無忌憚地你追我鬧，反而是真的每天坐在書桌前看書寫字了，生怕自己一入蕭氏族學跟不上，而被同窗們笑話。

兩隻皮猴不皮了，安安靜靜的樣子倒是讓沈二夫人安心不少。

過了些日子，沈二老爺終於收到自家大哥的來信，高興不已。沈大老爺辦事一向講求效率，特別是為自家人。此番讓二郎、三郎入蕭氏族學的事情辦得很順利，那蕭氏同僚先寫信詢問了族學的情況，這才回了沈大老爺肯定的話。不過蕭氏族學也是醜話說在先，若入學三個月後還跟不上，那就還是自請回家吧。於是，二郎、三郎便被父親叫到書房談話了。

雙生子平時極有默契，這會兒聽了父親道明來龍去脈後，便異口同聲道：「兒必不叫父親失望！」

「好，這才是我沈家有志氣的好兒郎！」

過沒幾日，沈二老爺親自帶著隨從，駕馬車送雙生子去武進了。

珍姊怕阿娘傷心，趕忙轉移母親的注意力，問道：「阿娘給珍珍請什麼樣的先生呢？」

沈二夫人的注意力果然很好地被轉移了，珍姊可是要被她培養成世家女風範的，馬虎不得。就是想找個合適的女先生，實在是不太好找啊！

「要給我們珍姊找個能教讀書，還能教禮儀和樂律的，最好還是個女先生！」

沈珍珍暗自想：這樣的老師能找得到嗎？

還別說，這樣的女先生還真被沈二夫人找到了！原來是鄰縣高郵縣前縣令的獨女夏娘子。十幾年前，夏娘子的親事說給了滎陽鄭氏的旁支庶子，兩家已經訂好親，就等這遊學的小郎君再過兩年來迎娶，誰想到這小郎君竟是肺上染了毛病，這就沒了。這娘子年紀輕輕便沒了夫君，後來竟無心再嫁，一心在家侍奉父母。現如今二老已經仙逝，獨留下這三十而立的夏娘子。不過這娘子卻也是個妙人，自小在父親的教導下習讀詩書，琴棋書畫也是均有涉獵，這當然是按照世家媳婦來培養的，於是後來縣上若是有哪家小娘子想學個琴、讀個書，便請其到府上相教一段時日，這娘子自個兒有收入，竟也活得自在得很。

沈二夫人一聽，這原是個望門寡婦啊，聽著是不大好聽的……於是她決定，還是等沈二老爺從武進回來之後再與之相商。

待風塵僕僕的沈二老爺送了二郎、三郎，從武進回來，告知沈二夫人一切都好後，沈二夫人才安心地將給珍姊找女先生的事情說給他聽。

沈二老爺倒是沒覺得有任何不妥，本朝民風開放，寡婦守滿孝可再嫁，夫妻和離後可自行婚配，若說這守寡的娘子也只能說是其運氣不好。

沈二夫人一聽便放下心來，準備著去鄰縣給珍姊將這女先生請來。

平安縣城距離高郵縣不過兩個時辰的路，沈二夫人帶著珍姊在馬車上有說有笑再歇一歇，也就到了高郵。待找到這夏娘子的家，敲開門一看，喲，這夏娘子年都三十了卻還是風韻楚楚呢！到底是沒有真正嫁人生子的女郎，看著和婦人是不大一樣的。夏娘子其人其實五官並不明麗，但是卻獨有她自己淡然的氣質。

聽明沈夫人的來意之後，夏娘子便讓她們母女倆和沈府隨從進了院子。

夏娘子看這小女娃自從進了屋便一直四處打量，看著倒是個機靈的。她就喜歡雕琢美玉，特別還是個小美人胚子！夏娘子邊想邊泡了一壺煎茶來招待客人。

沈二夫人從一進門就一直在打量夏娘子的一舉一動，那真真是怎麼看怎麼大方好看，走路的步伐、裙襬幅度的控制、泡茶的細緻，全都讓沈二夫人對夏娘子的好感直線上升，好似已經看到了她家珍姊也被培養成了這樣的標準淑女。

夏娘子一邊喝茶一邊不緊不慢地問著沈珍珍都學過什麼，大概有了瞭解。

沈二夫人窮盡措辭，表達了極其殷切的期望，希望能請夏娘子去府上教導女兒。

夏娘子問了珍姊。「妳怎麼說？」

沈珍珍輕答道：「都說世家女風姿秀美，禮儀出挑，珍珍雖不是世家女，卻希望能以此標準來要求自己，從而長進。」

夏娘子聞言點了點頭，爽快地應下了教導事宜，與沈二夫人談攏了條件，並許諾待將家裡收拾收拾，就帶著行囊去平安縣沈府。

沈家母女這才滿意地離去了。

沈二夫人到了揚州兩月有餘，府裡的一切終於被她基本安置妥當，她這才放下心鬆了口氣，總算是能好好歇歇了。

第八章　長興侯府平地起波瀾

再說說自這陳小郎君考上長豐書院後，便至驛站給父親大人長興侯世子去了信，這信一個多月後才終於到了陳克松的手上。讀了信之後，他一個人在書房待了很久，然後拿出了上鎖的畫匣。木質的畫匣看著十分光滑，一打開，裡面裝的竟是好幾幅美人圖，不過這些美人圖來來去去都是同一個人，一個有著碧眸的胡人少女躍然於紙上。世子的眼前彷彿有一個美麗熱情的胡人少女向他跑來，那碧綠的深眸就像一汪湖水讓他深陷不已。

「陳小將軍，今日我可給你做了好吃的！」

世子不禁微笑，總覺得耳畔似還有少女那銀鈴般的笑聲。對了，她總是在他面前笑的，他愛極了她那笑瞇的眼睛，還有臉上的酒窩。

儘管偌大的書房毫無回應，可是長興侯世子那輕聲細語就像是在跟情人說著最動聽的話，平時冷峻的臉部此刻滿是柔情，即便他的正妻也從沒見過。

誰會想到在戰馬上的鐵血漢子也有如此柔情的一面？也許這才是真真愛到了心裡深處。

世子並不急於告訴其他人這個消息，在府裡，人人都知道他對這個庶長子不甚在意。

又過了些日子，跟陳益和一起南下考試的兩個少年一路遊山玩水，終於在一日宵禁前回到了長興侯府。

在這裡就不得不大概介紹一下目前長興侯府內的諸位了。陳益和的父親大人也就是世子排行老大，外加三個庶弟，分別為陳二爺、陳三爺、陳四爺，以及一個庶女陳五娘。陳五娘早年已經嫁到了洛陽，略過不提。

世子房中除了陳益和，便還剩一個嫡子；陳二爺有兩子一女；陳三爺有兩子；陳四爺現在只有一子。這些小一輩走了「益」字輩，陳益和排行為三，因此他在這侯府內確切的稱呼為陳三郎，而與他一起去考試的兩位堂兄便是二房的陳大郎和三房的陳二郎。

這兩個孩子考試回來了，二房、三房的人自是要細細地問問考得如何云云，沒考上倒也是情理之中的事情，不是情理之中的是，除了漂亮外一無是處的陳三郎居然考上了！這、這……這可能嗎？

於是這一日的夜晚，陳三郎考上長豐書院的消息像長了翅膀一樣地飛向了府內每個角落，連院落中蜷縮睡覺的貓都不知道聽了幾遍。

第二日恰逢休沐日，一早這陳大郎和陳二郎便一起向祖父祖母問安去，並講了講此番南下的事情。

當提到三郎考上了長豐書院時，看著懶懶的長興侯立刻坐直了身體，害怕聽錯，又問了一遍，這才相信當年胡姬生的這個孩兒考上了長豐書院！長興侯爺這一下子就坐不住了，打發了兩個孩子後，立刻奔到自家祠堂痛哭流涕去了，對著他老子的靈牌感慨他們這被朝中人嘲笑一家武夫的兒郎們，終於有一個是讀書出挑的，接著又對著他兄長的靈牌感慨，說他自己人雖不行，可是嫡子還有嫡子的孩子都是好的，他總算對得起這個家了，邊說眼淚邊流，這大概就是喜極而泣了。

長興侯夫人看著自家夫君急奔去祠堂的身影，對剛剛聽到的這個消息並不怎麼高興。那個低賤的胡姬生的孩子也配？真真是笑話！

這一日，長興侯府的午飯格外熱鬧，大人們孩子們都在前廳，男女眷雖然分開跪於榻上，可是每桌的話題大致都停留在陳三郎考上了長豐書院。大家的疑問是——這陳三都能考上，怕是使了什麼不可告人的手段吧？可是想想陳三郎一個小庶子，能有什麼能耐啊？難道……是世子？世子不是對這孩子愛搭不理的嗎？要是這麼上心的話，下次陳三郎回來可不能再用以前的態度待他了……

眾人的議論聲和孩子的打鬧聲在世子與世子夫人一前一後進廳後略有安靜，在長興侯攜夫人進來後就徹底成了靜悄悄。

長興侯看著眾人的表情，不禁笑道：「怎麼我一來這麼安靜？你們好久沒有這麼熱鬧啦！飯菜還沒上，說說，都在說些什麼呀？」

陳大郎被推了出來。「祖父大人，孫兒告訴了府內長輩們，三郎入學長豐書院的事。」

長興侯點了點頭。「這麼好的消息是該讓大家知道，也激勵一下你們這一輩的。」

長興侯那合不攏嘴的樣子讓世子快看不下去了，這才淡淡說道：「不過是考上了而已，以後怎麼樣還不知道，父親不至於如此。」

「怎麼不至於？想你祖父當年大字不識幾個，就會打仗，要是再有讀書的能耐，說不定都封相了！你大伯父當年文武雙全，但是武藝還是要好過讀書的，可惜英年早逝。我呢，只領個閒職，如今你又在軍中，甭管誰一提咱們府，都說是粗魯漢子多！這回你這三郎可是給咱們府長臉了，出個讀書能行的！嘿嘿，我早上在祠堂可是跟你祖父好一陣說呢！」

眾人看著老爺子這激動的勁兒，自然不好說出什麼相反的話，只能附和地說：「不愧是世子的孩子，就是不一樣啊！」

不過在場的卻還有這麼一個不僅附和的話說不出，就連笑臉都難以擺出的人，那就是長興侯世子的夫人——趙舒薇。她領著世子四歲的嫡子在女眷這一桌，聽著大家這樣說，她那塗了蔻丹的手握著兒子的手越握越緊，直到孩子的手被握疼了，怯生生地說「阿娘您捏疼我了」，世子夫人才趕忙鬆開手，擠出個笑容，小聲說：「宏哥啊，是母親不小心。」看著自己可愛的兒子，世子夫人的心裡越發難以平靜，一團火燒在心間，偏還要看著這些心懷不軌的人們拍馬屁，真是噁心壞她了，再看看親姑姑長興侯夫人的臉色也不豫，她才深吸了一口氣繼續忍著。

忍到飯後，將孩子交給他的奶娘後，趙舒薇才迫不及待地趕回自己的院子，快步走向正屋。看著世子不急不慢地準備午睡，她這心裡的火就像碰了柴一般，燒得更大了。

「世子是不是做了手腳，不然為什麼三郎能上得了書院？」

「做手腳？妳是侮辱魏公還是侮辱我？妳也聽到了，那入學是層層挑選、嚴格選拔的，我如何做得了手腳？妳也太高估妳夫君的能力了。」

趙舒薇依舊不甘心。「那他如何能考上？平時根本沒聽說府內的教書先生誇他！」

世子諷刺地笑了笑，說：「那說明他心裡是個清楚的，知道藏拙。」

趙舒薇這一聽，立刻覺得陳益和此子就是隻狡猾的小狐狸，跟他死去的生母一模一樣！那個死去的狐狸精當年就勾走了她夫君的魂，這又留下個禍根來威脅她兒子宏哥的地位！

「夫人為什麼這麼不滿？我們這房不是應該感到高興嗎？妳作為孩子的嫡母，不是應該臉上有光嗎？」

「夫君可別跟我裝糊塗！我要你今天就告訴父親，立宏哥為世子！」

「別發瘋了，父親大人健在，我都還只是個世子，不是這個侯府的主人，憑什麼立世子？」

「是你不願意還是父親不願意？母親肯定不會不願意，她那麼喜歡宏哥！」

世子試圖耐心地說服自己的娘子，遂放緩了語氣。「宏哥還這麼小，妳提這些未免也太過心急。再說宏哥是我的嫡子，我還能待他不好嗎？」

「可是有個能幹的庶長兄在這裡，總是礙著我們宏哥的路啊！」趙舒薇氣忿不平。

「夫人放心，我再不濟，卻是知道嫡庶之分的，妳沒必要為了三郎考上書院就變成這樣，未免小題大做了些，那要是以後他做了官呢？我要是妳呀，就把注意力多放在宏哥開蒙的事上。妳看看，好好一個小郎君被妳教得怯生生的，像什麼樣？以後如何在府裡立足？」

此刻的趙舒薇哪裡聽得進去？她滿腦子都是世子說她的宏哥不好，因此厲聲道：「說來說去，你就是嫌棄我們娘兒倆！多虧那低賤的狐狸精死了，不然你今天就要寵妾滅妻了！」

一直耐著性子說話的長興侯世子最後一絲耐心瞬間就消失了，他強忍住想抽她的怒氣。「我看妳最近火太大，不若找個郎中來診診。我去薛姨娘房裡休息！」世子轉過身，大步邁出正屋，去了偏屋。

看著夫君毫不留戀的背影，趙舒薇忍不住就哭了出來。她的陪嫁丫鬟紫靜立刻進來安慰，絞了帕子給夫人擦眼淚。趙舒薇一看見是自己的丫鬟，這麼多年的主僕情分讓她對紫靜全心信賴，便急忙問道：「他真去薛姨娘房裡了？」

「奴婢看是的。」

「他就是這樣，從來都對我這樣不冷不熱的！現在對宏哥也是，讓他立世子也不情願！我們娘兒倆這麼被嫌棄，我過幾日要回娘家向父親哭訴，表哥這還將我們家放在眼裡嗎？」

紫靜到底是個丫鬟，不比這從小被人伺候的娘子驕橫跋扈，便勸道：「夫人別傷心了，世子這還不是侯爺呢，再說小郎君也還小。」

「妳說我能不心急嗎？宏哥的身體一直這麼弱，我怎麼放心他每日讀書受累呢？何況出了咱們的小院子，也會被那些不懷好意的人欺負啊！我這般護著他有錯嗎？」

「夫人啊，小郎君畢竟是個郎君。」紫靜苦口婆心地勸說。

趙舒薇哪裡聽得進去，心裡想的都是陳益和擋著她兒子的路了，暗恨不已。「當年就應該一碗藥下去，讓那個狐狸精帶著這個禍根一起沒了的，姑姑和父親太婦人之仁了！」

紫靜一聽夫人這是魔怔了，連當年的秘辛都敢這樣說出口，慌忙上前捂住她的嘴，小聲道：「夫人啊，這話可不能再說，您、您……您這是要惹禍上身啊！」

趙舒薇冷哼了一聲，小聲嘀咕道：「他要是記恨就記恨他娘吧，我可半點沒沾！是那個狐狸精自己命不好，怨不得人！」

紫靜一頭的冷汗，連忙出門看看屋外有沒有人，看到安靜的院落，她才輕吁了口氣，發現自己的後背已經汗濕了。

被議論的陳小郎君此刻在千里之外的書院換著騎射服，覺得耳朵頗燒，不知誰在念叨自己，根本沒有想到因為自己的求學一事，竟讓嫡母與父親吵得不可開交。同時，他也未想到一向不大管事的祖父也對自己改變了看法，這真可謂是長興侯府波瀾起啊！

第九章　沈家兄妹學習日常

卻說這夏娘子應了沈府的女先生之邀，囑咐好守在府內的老管事後，便搭了同縣過來的馬車，一早出發，於晌午前到了平安縣沈府門口。

沈二夫人一聽夏娘子來了，連忙從廂房中而出，來到前廳。「娘子應該使人來說一聲的，我們好讓府裡的馬車去接，竟還讓娘子自己搭車來，真真是我們失禮了。」

「哪裡就這樣嬌氣了？要不是我那馬兒最近生病了，我還想騎馬來呢！」夏娘子爽朗地笑說道。

這還沒開始講學呢，沈二夫人已經喜歡上夏娘子了。江南女子一般柔弱，不似北地女子的體格，騎馬是西京乃至西北邊關的富家娘子和世家女們都會的，不說騎馬趕路，卻也是能呼朋引伴騎馬郊遊一番的。沒想到這夏娘子倒也是騎術不錯的，沈二夫人自小在邊關長大，自然也是愛縱馬外出的，這忽然間就對夏娘子生出惺惺相惜之感。

沈二夫人熱情地將夏娘子引往早已安排好的廂房。

一路走來，夏娘子一邊打量院內的佈置，儘管她自己是個挑剔的人，都不得不說這個小院子佈置得格外賞心悅目，穿過前廳來到廂房，一切都很妥當。

剛剛經過訓練、正式上崗的侍女秋葉被沈二夫人叮嚀了幾句。「以後這廂房的日常就由妳來負責，夏娘子是我們府上的貴客，要仔細些。」

「是的，夫人。」

「夏娘子，您趕了一早的路，先小憩一下，待晌午飯好，再請您到前廳用飯。」

夏娘子點點頭。「有勞沈夫人了。」

走出廂房後，沈二夫人連忙快步走向廚房。

蘇姨娘正在廚房忙活著，小娘子今兒想吃胡餅，這不，她早早就將麵發好、揉好，再撒上芝麻，指揮著廚房裡的嬤嬤們將火爐灶燒好，這就開始一次烤幾個了。當初準備下江南前，蘇姨娘知道小娘子愛吃胡餅，特意跟著沈府裡唯一一個胡人師傅學了一手。

蘇姨娘看見沈二夫人急匆匆地進來，忙擦了擦手詢問怎麼回事？沈二夫人一向不喜做飯，因此連廚房也不愛進的。

「夏娘子剛剛到了府裡，中午除了胡餅還有什麼？我一向對妳放心，咱們今兒給人吃的第一頓飯得吃好不是？」

「不若奴婢使人做個醋芹，蒸個豬肉撒上香料蘸蒜汁，涼拌個蕨菜，再來碗羊肉湯？」

沈二夫人邊聽邊點頭。「那妳在這兒盯著，我去看看咱們珍姊，告訴她這兩天一直念叨的女先生可來了。」

「哎，夫人只管去。」蘇姨娘笑著應道。其實她很好奇夫人給小娘子請的女先生是什麼樣子，但想來不會差，夫人疼珍姊跟眼珠一樣，她放心得很。

雖然蘇姨娘書讀得不多，在後宅中卻頗有女子的智慧，愛女兒卻不特別表現出來，老老實實地把自己當奴婢，這樣才能安然在這府中生活，直到看到她的小娘子成長、出嫁。

沈二老爺下了早衙也回家吃晌午飯，這一聽給女兒請的女先生來了，便準備一會兒跟這個夏娘子寒暄一番，以表感謝，但是男女畢竟要避嫌，所以女先生主要還是由夫人來照應。

晌午飯前，沈二夫人牽著沈珍珍去請夏娘子。

夏娘子已經換好了清爽的綠衫藕裙，頭綰回鶻髻，髮間插著碧綠的翡翠簪子，這綠色襯得她膚色白皙，氣色甚好。

「珍珍給先生請安。飯食已經備好，請隨我和母親入前廳用飯。」

夏娘子摸摸她的頭，點點頭笑了笑。

一進到前廳，就看見沈二老爺身穿綠色官服，腰間繫銀色綬帶，氣宇軒昂地站在廳口。

沈二老爺給夏娘子一揖。「今日夏娘子來我府上，自此為小女的先生，就是我沈府的貴客，沈某心生感激。」

夏娘子揮揮手。「沈大人不必如此，我必然將我所學的、會的都教給小娘子。」

於是大家這才走進前廳入榻，沈二老爺獨自一桌，蘇姨娘跪在一旁伺候；沈二夫人、夏娘子和沈珍珍則在另一桌。

夏娘子暗暗點頭，這沈府果然人口簡單，想必伺候沈老爺的必然是姨娘，其眉眼之間跟沈珍珍有些相像，這便不難理解這小女娃為啥這麼粉妝玉琢了，這父母兩人都有一副好相貌。再看沈老爺見自己只是說話時看了一眼，之後便一直禮貌守禮，看著是個好的，這沈夫人真真是好福氣。

夏娘子是地道的江南人，吃到胡人帶進中原的美食的機會自然不太多，今兒一吃胡餅便喜歡上了，可不是香脆可口，還帶著芝麻的香氣呢！羊肉湯也是香濃並不腥膻。

這一頓吃得賓主盡歡，對美食也頗有講究的夏娘子暗想：真是來對了地方！

自那一日起，沈珍珍在父母大人的見證下，拜夏娘子為師，開始她漫漫的學習之旅。珍姊的理想是頗為豐滿，但現實卻是極為骨感的。

就拿那禮儀來說，沈珍珍最喜歡她的小坐墩了，偉大的發明家們這時還沒有製出椅子，平日人們都跪於榻上，她是一點都不愛那跪坐之禮的，以前沈二夫人看著孩子小，也就不拘著她學這些，只有用飯時她才跪坐在榻上，要不就是垂腿而坐，姿勢都是歪歪扭扭的，哪有坐相可言？

然夏娘子可不像沈二夫人一般心疼孩子，她是秉著「嚴師出高徒」的原則來的，因此絲毫不會一面對珍姊請求的表情就心軟，該怎麼跪就怎麼跪——雙膝跪下，臀部壓住小腿肚和腳踝，這就是人們所說的正襟危坐，還得抬頭挺胸。

正襟危坐是最為正式端莊的坐姿，直叫珍姊跪得是膝蓋疼，可若是背挺不直，夏娘子的細竹竿就落在了珍姊的背上，珍姊覺得自己此刻真是叫天天不靈、叫地地不應啊！

還有那樂律課，夏娘子先頭講了宮商角徵羽五階音律，並且在古琴上試音讓珍姊分辨，這才開始讓珍姊上琴練習手形和基本音。這一練就是許久，珍姊的小手指都被磨得有些紅腫了，總是眼裡含著兩泡淚，吹著手指，心裡默唸「我不疼」來自我安慰。真是沒少下工夫。

於是幾日下來，珍姊受了不少苦，平時讓沈二夫人捧在手心都怕化了的小人，這回可真

因為要避嫌，平日夏娘子並不與沈家人在前廳一起用飯，而是在自己的廂房內由秋葉伺候用飯。因此這日沈二老爺從衙門回來用飯時，就看見珍姊邁著小短腿跑到他身邊，大大的眼睛淚汪汪的，嘴嘟高得都可以掛油瓶了，向他抱怨學習真辛苦。

沈二老爺這一看十根小手指又紅又腫的，心裡頓時心疼得不得了，摸摸女兒的小手道：「那珍姊還想不想學？看看，想成為世家女那樣也是多有不易的。」

別看珍姊淚汪汪的，一副受了委屈的樣子，內心卻很堅定。「兒不過吃了幾天苦，就是見了父親撒嬌而已，人家還要學呢！大兄、二兄、三兄課業也很辛苦，珍珍才不要半途而廢呢！」

沈二老爺被女兒這番有志氣的話說得太欣慰了，有女如此，還有什麼可求的呢？

沈二夫人心裡也是頗為感慨，暗暗想著要給珍姊多吃些，補補小身子才行。

話說沈府收到了沈大郎從書院寫給家裡的家書，沈大郎不知不覺已在長豐書院三月有餘，因此寫了這封長長的家書，向家人細說了書院每日的生活作息——自己跟著先生讀了什麼書、各科教書的先生是什麼樣子，另外在騎射課上是如何跟陳小郎君一起練習騎馬，不同的是，人家陳小郎君一躍上馬的瀟灑架勢特別讓人羨慕。總體而言，沈大郎家書的中心思想就是課業雖累，卻精神頭十足。

沈二夫人邊看邊唸給珍姊聽，沈珍珍眼巴巴地看著阿娘，希望大兄的信中也會提到自己。果不其然，沈大郎不忘問珍姊最近可好、有沒有聽話云云。珍姊一聽就雀躍了，心想著大兄心裡果然惦記著自己！她可要給大兄回封信，禮尚往來地告知他，自己也是有先生的人了，還有，調皮的二兄、三兄被送去了蕭氏族學，家裡少了人爬樹抓鳥、打打鬧鬧，好不安靜呢！

聽到騎馬，珍姊覺得羨慕極了，可惜自己現在身子短腿也短，實在是沒有騎馬的條件，她不由得好奇地問阿娘。「那大兄自己騎馬了嗎？我記得在西京時，大伯還請師傅專門教過大兄騎馬呢！」

「妳大兄那騎術就是勉強能上馬跑幾步而已，再說他一向膽子不大，這騎射練習可不叫我揪著心？只盼他自己千萬小心。」

「阿娘放心，大兄一向是個穩健的。倒是那陳阿兄年紀比大兄還小，怎地騎馬的本事這樣厲害？」

「妳呀，不想想陳小郎君出自哪兒呢？他曾祖父、父親都是戰場虎將，虎父無犬子哪！」

小小年紀的沈珍珍只知道陳小郎君家裡是勛貴之家，哪裡知道個具體了？

「這麼說，陳阿兄的父輩們都是騎射好手了？看他平時跑跳矯捷，原來是家風如此啊！想那陳阿兄以後也是身騎白馬、百步穿楊的好兒郎呢！」珍姊一邊說著，眼前彷彿已經浮現出一個丰神如玉的翩翩少年郎身穿胡服，一躍上馬，肩上揹著長弓和箭筒，身騎白馬向自己奔來的情景，那畫面該是多麼生動的一幅少年騎馬圖啊……不對，這、這難道是傳說中的白馬王子？珍姊忽然被自己的想法驚到了，趕緊搖搖頭，whose生生將這美好的畫面驅逐出腦海。

沈二夫人聽著珍姊這小大人的口氣，不禁摸摸她的頭，小女娃最近學了幾個詞，用得就這樣好了，真是她父親的種，生來讀書的料啊！

於是這日下午，沈珍珍在沈二夫人的幫助下給沈大郎寫了一封信，言詞幽默，充滿了童趣，說自己正襟危坐的苦惱，還有學琴時的手疼，也不忘囑咐大兄照顧好身子等細心的話。只是她能寫的字實在不多，因此好不苦惱，看來她的學習道路其實是路漫漫其修遠兮啊……

這日，剛練完騎馬回來的沈大郎擦洗了之後，連房門都來不及關，就開始細細讀著家中來的書信，知道父親及母親大人一切都好，便安了心。看著珍姊的來信，想到珍姊苦著臉練習坐姿，他不禁被逗得哈哈大笑。

陳小郎君就住在沈大郎隔壁，聽見爽朗的笑聲便好奇地過來看看是什麼情況，就見沈大郎手捧書信，笑得好不歡暢。

沈大郎一看陳小郎君過來了，連忙起身笑道：「今日收到家裡的回信，實在是太過開心，便過於喜形於色了。」

「原來是沈兄收到了家書，家中一切可好？」

「父親及母親大人安好，家裡一切也好。我那淘氣的二弟和三弟被父親送去了武進的蕭氏族學，母親也給珍珍請了女先生，這不，你看看這小人兒在跟我抱怨呢！」

陳小郎君湊近一看，就見這珍姊寫道——

珍珍的手指因習琴而紅腫，不知明日會不會變成蹄膀？正襟危坐可真真是難，不知大兄你平日正襟危坐時，可覺得臀燒痛，猶如被人狠踢了一般？

饒是陳小郎君看見沈珍珍這幽默的句子也被逗笑了，眼前浮現起慧黠的珍姊正襟危坐的苦樣，還有練琴時的委屈表情，一幕幕是那樣的生動，彷彿就在他的眼前。

陳小郎君不禁問道：「聽說蕭氏族學也有女學，沈小娘子這莫不是在為以後做準備？」

「你可真真是知道我母親的心思啊！那蕭氏族學的女學要七歲才能入學，我母親這可不就是在給珍珍鋪路做準備嗎？我看母親是一門心思要將我這唯一的妹妹培養成世家女那樣子，可要累苦了珍珍啊！」

陳小郎君搖了搖頭道：「世家女一直以來都是一女難求，家世當然是主要的原因，但是這也跟她們在家族中的學習是分不開的，禮儀、詩書樣樣涉獵，這氣質自然就不一樣了。」

沈大郎這一聽便來了勁，低聲問：「莫不是賢弟心儀哪個世家女？」

陳小郎君這回可真真是紅了臉。「沈兄，我才多大年紀，不過是就事論事而已，你想多了。」

沈大郎眨了眨眼睛，拍拍陳小郎君的肩膀道：「我看你呀，才該是我母親的兒子！你說的可不就是她想的那樣？日日恨不得將珍珍培養成世家女的模樣，大概也是想著日後給珍珍尋個好郎君。」

陳小郎君想到沈珍珍那靈動漂亮的模樣，說話不僅充滿童趣，還是個堅強的小女娃，他不禁想著，誰日後那麼有福氣，能擁有沈四娘這樣的娘子呢？婚後的生活應該會是其樂融融、充滿歡聲笑語的吧？想到沈珍珍的笑聲，他覺得自己彷彿都被傳染了歡樂的情緒。再想到沈二夫人對兒子們的關懷，一府的人簡單快樂的生活，真叫人羨慕得緊……想到父親大人來信的隻字片語，少年明亮的雙眼霎時暗了暗。

粗線條的沈大郎沒有感覺到陳小郎君的情緒變化，仍兀自說著話。「聽說我那二弟、三弟入了蕭氏族學，也是知道上進的了，真叫人欣慰……」

被大兄惦記、久未出場的雙生子，在蕭氏族學的日子倒也說得過去，概因雙生子根本不在乎同窗對他們的態度如何，反正他們是兩個人，可以一起讀書、一起玩耍，日子過得倒是一點都不難熬，除了先生佈置的課業，三郎總是咬著筆頭冥思苦想，還時不時請教二郎。儘管如此，兩人比在家那會兒不知努力了多少倍。

且這二位在這族學裡也交到了好朋友，那便是蕭氏嫡支、現任蕭氏族長的嫡次孫——蕭令楚。蕭令楚的父親乃是江南上都護，正三品，現居於揚州城內；蕭令楚的母親出身清河崔氏，因此這位蕭小郎君說是含著金湯匙出生的，那是一點都不為過。

蕭令楚因太過鬧騰，被父母送到了家族族學，正因這蕭小郎君和沈家雙生子三人都是淘氣的性格，也都是被家長逼著讀書的小郎君，所以這一認識便有了知己的感覺，簡直是相見恨晚啊！特別是當蕭令楚說到他阿娘拿著板子追著他跑到樹底下，他還要奮力爬上樹的時候，雙生子彷彿看到了他們的阿娘也幹著同樣的事情，而沈珍珍則在一旁偷笑的情景。

原來大家挨板子這事都是有異曲同工之妙啊！

因巧合結識了蕭令楚，這雙生子在學堂裡便越發過得如魚得水了，別的同窗也來表示友好。不過雙生子的心間始終不忘來時父親的叮囑，因此在先生的眼裡真真是兩個上進好學的小郎君。

第十章　爆竹聲聲迎新年，各家團圓慶新年

日子不知不覺間就來到了十一月底，天氣日漸寒冷，夜也越發長了起來，各屋的銅爐中都燒起了炭火。

聽說長豐書院馬上就要放假了，沈珍珍每天都在數指頭，盼望著大兄的歸來。因長豐書院裡的學子來自海北天南，為了回家過新年，因此長豐書院的這個假期比起揚州其他的小書院、學堂可是長得多了。

沈大郎和陳小郎君最近都在忙著年底的考試，書院裡再不濟的學生此刻都是挑燈夜讀，頗有頭懸梁、錐刺骨的架勢，生怕墊了底，回到家可不好交代，連個年都過不好。待到眾人忙亂了幾日，終於考完試並拿到先生的點評後，這都開始迅速地收拾行囊，準備經由陸路或是水路趕回家。不怪學子們心急，在書院待了這麼久，這心早就像長了翅膀的飛鳥一般，不知道飛到哪裡去了。

沈大郎是恨不得趕緊回家，雖然沈府並不遠，可是第一次離家這麼久，心裡對家人的思念與日俱增；陳小郎君則不緊不慢地收拾著行李，似乎心裡略帶著沈重。

待二人都收拾妥當，使準備就此分道返家，待到來年書院開學再相見了。

臨走前，沈大郎提議道：「賢弟，若是你此番回來得略早些，不若到我家來，家中父親及母親大人對你頗為喜歡。還有珍珍也等著你給她畫新的紙鳶呢，真是個貪心的小傢伙。」

陳小郎君一聽，這才露出了笑容。「既然沈兄開了口，益和莫敢不從。待新年過後，某從西京歸來，便去府上叨擾一番，也好當面送上新年祝福。」

這廂說好的二人才各自帶著隨從離開，沈大郎坐馬車趕回平安縣，陳益和則帶著陳七乘船北上，趕回西京長興侯府。

上了船的陳益和，臉上的笑容隨即消失，想到此番回去，不知等待著自己的會是什麼，他的心裡不禁多了些沈重。

沈大郎第二日便趕到了家，沈二夫人一聽到信兒連忙出屋，一路快步走向門口，看到沈大郎揹著行囊站在門口的那一剎那，立即就紅了眼眶。

沈大郎看見母親忙上前一拜。「阿娘，不孝兒回家了。」

沈二夫人連忙扶起大郎。「我的兒，快讓阿娘好好看看……嗯，瘦了，不過精神倒是好的。這次回來，阿娘可得給你好好補補！」

「大兄！」

沈大郎遠遠地就看見裹得跟粽子一般的妹妹極快地向自己奔來，別看她腿短，跑得可真不慢。沈大郎摸著跑到自己跟前的妹妹的頭，笑得一臉燦爛。

待沈二老爺晌午回府看到自家大兒時自是不忘考校一番，對於大郎的表現頗為滿意，心裡暗想：可要給長兄去信說說大郎的長進，讓他和母親也高興高興！

這往年的臘八節，沈二夫人都會吩咐自己的廚娘們熬了臘八粥來喝，今年也不例外。看著五顏六色的豆子，沈珍珍饞得直流口水，趁母親不注意時偷嚐一口，結果給燙得舌頭麻了，連眼淚都激了出來。

沈大郎看得直笑，偷偷對珍姊說：「我看妹妹學了禮儀是用在應付外人上，這內裡啊，妳還是那個淘氣的樣子！」

一家人在臘八這天喝了臘八粥，圖了個吉利。往年在西京，臘八過了之後，一家人就要急忙開始準備過新年了，各種年貨的採購都要一一列清。今年在揚州，沈府就那麼些個人，自然是沒有那麼多事情要辦的，因此沈二夫人倒是不緊不慢地置辦著年貨。

待到十二月下旬，夏娘子告辭歸家，沈家人就等著沈二老爺再過幾日去將雙生子接回家，這一家可就真的團圓迎新了。

哪裡想到過沒幾日，雙生子居然自己回家來了，可叫一家人吃了一驚！

沈二夫人忙問：「你二人是如何回來的？」

三郎跳著說：「阿娘不知，我二人與那令楚兄交好，昨日一早我們拿到先生的考評後，令楚兄見我二人十分想家，便使了府上的下人駕馬車送我們回來了，還給我們準備了很多吃食呢！」

二郎隨即附和道：「是啊，剛本請那駕車的小哥進家喝杯熱茶的，沒想到那小哥說是趕著回去，這又急匆匆地走了。」

沈二夫人一聽「令楚兄」這稱呼，立刻明白這必然是兒子的同窗了，便囑咐道：「那你二人日後可得好好感謝這位小郎君。」

三郎不由得道：「阿娘不知，那令楚兄可真大方，不愧是蕭氏嫡支呢！」

沈二夫人內心記住了這位蕭小郎君，暗想著以後可要細細問問。

有了孩子們的歡聲笑語，沈府頗為熱鬧，隨著除夕的臨近，府裡也漸漸忙了起來，都在為即將到來的新年做準備。一年大大小小的節日，唯這新年才是最為重要的節日。

待到除夕晚上，家中庭院燃起了火堆，將庭院照得頗亮，珍姊和三位兄長便準備到院中燃爆竹。下人們拉來捆好的竹子，珍姊抽出幾根丟進火堆，竹子發出了噼哩啪啦的響聲，這就是熱鬧的爆竹聲了，真可謂是爆竹聲聲催新年。

待到子時一到，立刻聽見鄰里間的爆竹聲，雙生子便又跑到院子裡燃起爆竹。於是，高宗治下的顯慶十五年，就在眾人的爆竹聲中到來了。

四兄妹紛紛起身給沈二老爺和夫人行禮祝福新年，作為父母的便也給孩子們發了些小金豆子做新年禮，圖個彩頭。待過了子時，沈二老爺夫婦便打發孩子們去睡了，家裡也不講究守歲。關鍵是第二日可是要早起的，這一堆堆的事都得天剛剛亮就要開始呢！

次日，天還只有矇矇亮，珍姊就被丫鬟夏蝶叫了起來，珍姊揉著惺忪的睡眼，乖乖地穿上了新衣，一層套一層，直到被裹成了喜慶的包子出了屋。她發現大兄已經在庭院中豎起了旗幡，這幡子在新年這一日豎起是有祈福之意的。

沈二夫人將一切安置妥當，便出了前廳，呼喚孩兒們開始新年第一天的第一頓飯。飯前，一家人需先喝歲酒，也就是屠蘇酒。

珍姊端著屠蘇酒，皺著眉頭，覺得難以下嚥，她去年喝過一次，對那味道實不敢恭維。

沈二夫人輕聲說：「我們最小的珍姊要先飲屠蘇酒，再到妳阿兄們。阿娘知道不好喝，可是別小看這屠蘇酒，這屠蘇酒啊乃是以前天下名醫所製，有祛風散寒、避除疫癘之效呢！相傳了這麼多年，必是有它的道理的。」

珍姊這一聽，眼一閉、牙一咬，喝下了賀新年的歲酒。緊接著三郎、二郎依次喝下，再到沈大郎，一家人按著年齡的大小，最後由最年長的喝完。

沈二老爺不禁感慨道：「年年歲歲飲屠蘇，不知不覺將而立。」

喝完了酒，主食湯糰就上了食案，珍姊這一看，是一碗碗冒著熱氣的酸湯水餃，看著真叫人犯饞！湯中浮著飽滿的餃子，被高粱醋上了顏色的湯麵上漂著些許蔥花，珍珍輕輕咬開，羊肉餡餃子的香氣立刻溢出，她內心感動得都快淚流了。在這寒冷的新年，能吃上一碗這樣的飯食，真是滿足至極啊！

再說另一邊，這陳小郎君帶著陳七，一路坐船走京杭水路，緊趕慢趕的，到達西京時已經是十二月二十九晌午了。陳七雇來了馬車，陳益和上了馬車，由含光門進城，入寬闊的朱雀大街，一路向東走，直奔安仁坊的長興侯府。

此刻的長興侯府，因在官場中的男人們都已經放了假，很是熱鬧。幾房剛用了晌午飯，世子夫人領著宏哥回到正屋準備小憩，世子則打算去書房坐坐。

忽然，下人來報陳三郎回來了，世子點了點頭就走向了前廳。

世子夫人趙舒薇則喚來前幾日剛從娘家帶回來的侍女——香雪。這香雪不過十二歲，帶著少女的清麗，還帶著惹人憐愛的柔美，冬日的常服儘管裹得嚴嚴實實的，卻將一副好身姿勾勒得極好。趙舒薇暗自點頭，覺得自家大嫂挑的人真是沒得說，不禁露出一絲得意的笑。

陳益和這廂入了府，穿過前院走向前廳，沒想到父親大人已站在那裡，他連忙一拜。

「不孝兒拜見父親大人。」

世子臉上並沒有什麼特別的表情，只是淡淡地點了點頭。「此番表現不錯，入了長豐書院。不過切記不可驕傲自滿，學習有如水中行舟，不進則退。」

「兒莫敢不從。」

「你祖父、祖母大概已經午憩了，先去正屋給你母親請安，然後回你屋裡收拾收拾，洗去這一身的風塵僕僕，待下午再去給你祖父、祖母請安。」

「是。」陳益和恭敬地離開了前廳。

陳七則被世子留在前廳問話。

陳益和走進世子的院子，紫靜看見他，忙進屋向夫人稟告。

世子夫人一邊整了整衣角，一邊攏了攏頭髮，抬起頭、挺起胸，擺出高高在上的樣子。

陳益和進屋向她行禮，好半會兒都沒有回應，他也不敢擅自抬起身，就這樣一直躬著。

「起來吧，這一路辛苦了。你此番南下江南，你父親和我也總是牽掛著你。平日倒是母親小看了你，怎地就忽然這樣能讀書了？這是好事。」

「蒙母親牽掛。」

「你此番回來，也要待個把月，如今新年一過就十歲了，屋內也沒個伺候的人，所以母親給你安排了個侍女，以後就負責你屋裡的起居。」

「是，兒謝母親關心。」陳益和走出正屋後鬆了口氣，扯開嘴笑了笑，朝自己的偏屋走去。管他是洪水猛獸呢，兵來將擋，水來土掩。

果不其然，走到自己的屋門口，就見一個楚楚風姿的少女不畏嚴寒地站在那裡，頭微微垂下，看著十分乖巧。

少女抬起頭，略長的大眼中像含著一汪清水，白嫩的臉龐被風吹得紅彤彤的，小巧的鼻尖也被凍紅了。

「郎君快進屋吧，已經燒旺了炭火。」

「以前沒在府內見過妳，是母親新買進府的？」

「奴婢香雪是夫人從娘家府內帶來的。」

陳益和一聽便明白了，此番嫡母是連娘家人都驚動了，看來凡事謹慎些總是沒錯的，要打起十二分精神來。

「奴婢給郎君燒些熱水來淨身。」語畢退出來的香雪，壓抑不住內心的狂跳，小郎君真真是比女郎還好看，就連那滿臉的倦色都不能影響他精緻的五官分毫。雖然小郎君過了新年才十歲，可這會兒就跟自己一般高了，以後身形必然高大魁梧。想到夫人的許諾，她臉紅了紅，覺得是該為自己努力爭一爭的。

待香雪準備好熱水後，分兩次將兩大桶水抬進屋內。抬水畢竟也是個體力活兒，因此不一會兒少女光潔的額頭上已經有了薄汗，還輕輕喘著氣，胸脯一上一下地起伏著。

陳益和淡淡地看了香雪一眼，輕聲說：「妳下去休息吧，我自己來。」

「是。」香雪乖巧地退下了。

陳益和嘆了一口氣，自己將身上細細擦拭了一番，並將頭也好好洗了一番，這才覺得渾身舒爽了不少。待到一切收拾妥當，又小憩了一會兒，陳益和這便出屋給祖父、祖母請安。

長興侯看到陳益和高興得很，好好地誇讚了一番；長興侯夫人則面無表情，只囑咐了幾句以後還要繼續好好讀書，莫不可給侯府丟臉云云。

陳大郎一副哥倆好的樣子，對陳益和擠眉弄眼道：「明日除夕，難得不宵禁，街上熱鬧非凡，我和二郎帶你一起去大街上熱鬧熱鬧！」

陳益和一副受寵若驚的樣子，羞澀地笑了起來。「多謝大兄。益和還從未見識過除夕時的西京城呢！」

「好說好說！」陳大郎笑得眉開眼笑，似乎他和三郎之間從未有過不快，他也從未把三郎推下船過……

除夕這一天，西京城頗為熱鬧，長興侯府則是忙忙亂亂，一大家人在飯廳吃了晌午飯後，長興侯就要攜世子進宮參加皇家宴會慶祝除夕，與皇帝一起守歲，而元日，父子倆也要留在宮中參加初一元日大朝會之後才能回家來。

西京城的傍晚則逐漸熱鬧起來，一年中唯除夕和上元節，西京城不會有宵禁的限制，在主幹道朱雀大街上還有熱鬧的驅儺活動，因此年輕的小郎君和小娘子們多會出門熱鬧熱鬧。

陳益和換好常服便跟著陳大郎和陳二郎一起出了門，府裡其他的孩子因年紀比較小，所以沒有隨行。

驅儺乃是流傳了幾百年的傳統，人們在這一天驅儺以求祥瑞平安，是既吹笛又擊鼓，守城人燃起火把，各家各戶庭燎燃起，因此這一晚的西京城是格外的明亮。

陳益和隨著兩位堂兄坐著馬車到了朱雀大街附近，便讓小廝將馬車牽到一邊，三人走向朱雀大街。此時的朱雀人街充斥著孩童的笑聲、笛聲還有人們的歡呼聲，一大隊的人已經在驅儺的隊伍中，有的是頭戴惡鬼面具，有的則塗面赤雙足。他們伴著笛樂慢步前行，嘴裡唱著驅儺詞，一路向北，怕是還要一直走唱到皇宮附近。

街邊有一些精明的小商販們擺著小攤，賣著各式各樣的面具、精巧的麵人，還有一些吃食。陳益和站在路邊的人群中，看到面具攤上的各式面具，忽然起了興趣，便自己走到一邊的小攤上細細地看著，那昆侖奴（注）的面具吸引了他的注意力。

注：昆侖奴，昆侖在我國古代指印尼、馬來西亞一帶，昆侖奴主要指從那裡來的僕役，其中大多數是東南亞一帶的土著人，雖然皮膚較中國人黑，但仍然是黃種人，另有少部分是黑人，這便只有一些社會地位很高的人才用得起。昆侖奴個個體壯如牛、性情溫良、踏實耿直，因此貴族豪門都搶著要。此外，昆侖奴還有另外一種說法，指來自偏遠地區的少數民族。

攤主熱情地說：「這位郎君，這是我們最新製的昆侖奴面具，就是照著海上運來的昆侖奴所製的！如今這城中的小郎君們偏喜歡這個樣式，不若你也試試？」

陳益和笑了笑，點點頭，正要伸手去拿，忽然聽見一聲音道——

「慢著！這面具待我先看看！」

陳益和側頭一看，就見一個身形比他矮小一些的俊俏小郎君站在自己面前。

俊俏小郎君剛剛還是一副驕縱跋扈的樣子，待細細地看了對方的臉後，突然有些不好意思地道：「那個……若是你喜歡，我便讓給你。」

陳益和微微一笑，琉璃般的眼珠像發著褐色的光一般柔和。「沒關係，小郎君若是喜歡，某便不奪小郎君所好。」語畢便離開了賣面具的小攤。

俊俏小郎君似是看癡了一般，兀自站在那裡，喃喃道：「眾裡尋他千百度，驀然回首，那人卻在，燈火闌珊處……說的可不就是他？」

陳益和與二位堂兄在熱鬧的街上待了好一會兒，這才離去回府。三人一回到長興侯府，便被長輩拉到了前廳開始守歲，陳益和也跟眾堂兄弟們聊著書院的生活，講到了同窗好友沈大郎時，不禁想著除夕之夜的沈府會是什麼樣子呢？眼前恍若浮現出那一家人在一起溫馨迎新春的情景，珍姊的笑臉忽然就浮現在腦海裡。陳小郎君開始思考著，這回前去沈府，該置辦些什麼禮物呢？

第十一章　熱鬧的沈府

陳小郎君在侯府一直待到正月十五才收拾好包袱，準備南下。

侍女香雪一臉的不捨，那雙會說話的眼睛裡浸滿了淚水，看著十分惹人憐愛。

這次送行的景象跟他當初南下考書院的無人理形成了對比，似乎他正承載著侯府新的希望。

長興侯細細叮囑一番，不外乎是在書院要上進、不可給侯府丟臉。

世子並沒有囑咐太多，只是深深地看了一眼自己的兒子，那張臉越發像他的生母了……他輕拍了下兒子的肩膀，道：「到了揚州來封信，平日在書院機靈些。」

趙舒薇牽著宏哥站在一旁，沒有任何言語。

宏哥則一臉好奇地看著自己的庶兄，從他記事起就沒怎麼跟這位庶兄說過話，母親說庶兄是低賤的胡人之子。

陳益和一一向家人作別後，帶著陳七又踏上南下之旅。

坐上船的那一刻，陳小郎君終於鬆了口氣，有了天高任鳥飛的自由之感。

在沈府日子過得極快活的沈大郎琢磨著，陳益和應該也就在正月十五左右離開西京城。

珍姊一聽漂亮的陳小郎君要來，心裡樂開了花，忙拍手道：「太好了！珍珍要叫陳阿兄畫個大風箏，我要跟我們鄰居的小娘子們比比，看誰的風箏好看！」

沈大郎捏了捏幼妹的鼻尖。「妳總使喚妳陳阿兄，那這大過年的，妳要給他送什麼禮物啊？」

沈珍珍略扭捏地絞著衣角，不好意思地道：「先生說男女不得私相授受，珍珍還是不送的好呀，以免引起不必要的誤會。」

「……敷衍！」

沈珍珍見逃不過大兄的法眼，便又道：「人家是說著玩的，陳阿兄什麼也不缺，不若珍珍寫幅字、說說吉祥話吧？禮雖輕，這心意可不輕。」

陳益和足足走了一個月的水路才到達揚州地界，他先投了間客棧細細洗了一遍，休息了一晚，這才收拾妥當，前往平安縣沈府。趕了一日多的路，於第二日晌午後，陳小郎君終於在馬車上遠遠地看見了沈府，內心的雀躍就似這裡才是他許久未歸的家般。

沈大郎聽下人通報，忙命母親配給自己的侍女春柳趕緊去廚房通知加菜，自己則急匆匆地趕往門口，迎接陳益和。

陳益和跳下馬車，笑著朝沈大郎行禮；沈大郎隨即捶了捶陳益和的肩，二人笑得開心。雙生子也迎了出來，三郎笑道：「此番我們總算能再湊兩隊人踢蹴鞠了！」

二郎笑話三郎。「這回你可不能扯我後腿！」

幾人說說笑笑地走向前廳。

沈二夫人看見陳小郎君，笑了笑道：「近一年未見，小郎君看著高了些呢！」

陳小郎君給沈二夫人行了禮，笑答：「家裡人也這樣說。」

珍姊聽見動靜就跑到前廳來，看見許久未見的陳小郎君後細細打量了一番。十歲的陳小郎君褐色的深目越發深陷，高挺的鼻梁讓那張俊臉看著十分的立體，棕色的頭髮依舊高高束起，人看著很俐落乾淨。沈珍珍不禁感慨，當年陳阿兄的生母必定是西域很美的女郎，才會有這麼漂亮的孩子。

陳益和拿出準備的一些禮品，其中送給珍姊的是謝氏香墨。

三郎見狀怪叫道：「送珍珍香墨那就是暴殄天物，她現在的字都還不能見人呢，你送她這麼好的墨做什麼啊？」

珍姊白了三兄一眼。「士別三日當刮目相看，三兄好久沒見我寫字了，我可跟著先生長進了不少呢！陳阿兄最有眼光了，所以我也給陳阿兄備了禮物。」

這下換陳益和吃驚了。「四娘還給某準備了禮物？」

沈珍珍這會兒忽然怯場了，對比陳益和送的禮物，自己的的確有些拿不出手。她眨著大眼睛，低聲說道：「珍珍寫了一幅字，可是現在看來，好像拿不出手了……」

陳益和聞言，眼睛裡忽然有了濃濃的笑意。「四娘的禮物，某都會喜歡。」

沈珍珍看著他的笑臉，愣了愣後立刻猶如旋風般跑了，還不忘喊道：「我這就去拿！」

不一會兒，小人兒就拿來了一幅字，寫著「業精於勤荒於嬉」。儘管字看著還十分的稚嫩，但是從筆畫中看到了進步，畢竟去年他看見珍姊寫的字還不似這般。陳益和看著珍姊期待的眼神，柔聲道：「謝謝四娘，我一定會留著並經常看看，不忘四娘的鼓勵。」

這下子沈珍珍真真覺得不好意思了。

幾個少年也互贈了禮物，陳益和在沈府這一年多得到的小禮物比他在長興侯府這麼多年收到的禮物還要多，他的內心有種奇怪的感情，是他自己非常陌生的依戀感，那種酸酸脹脹的窩心是怎麼回事？

珍姊拿到了香墨，便迫不及待地打開了，那淡淡的香氣讓她一下子就愛上了，她不禁問道：「陳阿兄，這香味是什麼香？竟如此好聞。」

「是謝氏香墨的荷香。」

沈大郎揉揉沈珍珍的頭髮。「謝氏製香聞名天下，特別是幾種不同的香味，各個都受到達官貴人的追捧。這荷香帶著股冷冽清香，果然名不虛傳。珍珍以後可要好好習字，才不枉妳陳阿兄這一番心思。」

「珍珍曉得，若是珍珍以後習得了一手好字，陳阿兄便功不可沒呢！」

小人兒這會兒帶著洋洋得意的自信逗笑了其他人。

幾個孩子笑作一團，走進了沈大郎的書房。

大郎喚了春柳進屋來磨墨，陳益和看見一個黝黑的侍女進了屋，就明白了沈二夫人的用意，接著想到嫡母配給自己的侍女，不由得嘆了口氣。

沈大郎看見陳益和打量著春柳，便笑道：「母親可偏心呢，給她屋裡的夏蝶最漂亮，偏給我屋裡這麼一個黑炭，真真是……唉！」

陳益和搖搖頭。「如今沈兄已經十二，夫人這也是用心良苦，讓你一門心思讀書呢，知足吧！」

沈大郎點點頭。「我也就是跟你抱怨一句。」

這廂，春柳將墨磨好後，幾人都躍躍欲試。

沈大郎先寫了幾個字後，感慨香墨是好墨。

珍姊拿起筆寫了「新春」二字後，陳益和不禁開始點評，說幾個筆畫用力過猛，於是握起沈珍珍的手，重新寫了這兩個字。沈珍珍覺得自己的耳旁有少年細細呼出的氣，癢癢的。

果然，這兩個重新寫的字就好看得多了。接下來，幾人就在書房裡開始切磋起書法。

沈珍珍不過是個湊熱鬧的，她的火候還差得遠呢！有幾個聰慧的兄長在，這日子過得可真惆悵，於是，沈珍珍開始盼望夏娘子的到來了。

不過幾日，沈大郎便開始細細地收拾起行囊，準備過兩日便與陳益和一起回到長豐書院，開始第二年的求學之旅。

雙生子也開始扳起手指算著什麼時候出發去蕭氏族學，並且對好玩伴蕭令楚十分想念。

就在這時，沈府忽然又來了客人，此人正是雙生子在族學的好夥伴——蕭小郎君蕭令楚。

原來蕭小郎君在揚州家中惹了事，於是自己匆忙帶著小廝、駕著馬車離家出走了！他想來想去，回武進那可就不叫離家出走了，忽然想到了雙生子，於是就讓小廝趕著馬車來到了平安縣沈府。

這小廝正是上次送雙生子歸家的，因此駕馬車到沈府的路線那是相當的熟悉。

蕭令楚在家雖然是嫡次子，但是因為蕭夫人生下大兒過很多年後才好不容易懷上了蕭令楚，因此對其格外寵愛。而在祖母跟前呢，蕭令楚也是極受寵愛的嫡孫，因著他的兄長並不常在祖父、祖母身邊，因此這住在武進祖父、祖母身邊的他就被慣得真真是沒了邊。

沈家的下人們開門一聽這是蕭家人，眼睛都有些發亮了！甭怪大家沒見過世面，實在是這些大的世家在世人眼中都是高高在上、金光閃閃的。

雙生子一聽是蕭小郎君來了，忙激動地跑往門口迎接。

蕭小郎君跳下馬車，仔細打量了一下沈府後，不禁嘆了口氣，這院子也頗小了點，今晚自己不知有沒有地方可住，要不然一會兒就得找家客棧投宿了。

二郎、三郎一看到小夥伴，趕忙問道：「令楚兄怎地想起這會兒前來？咱們距離族學開學還有幾日呢！過新年家中一切可好？」

蕭小郎君摸摸頭，笑哈哈地道：「家中一切都好，你們不會怪我不請自來吧？」

三郎攬住蕭令楚的肩膀道：「怎麼會呢？你不知道，上次你使下人送我二人回來，家母還說了要好好感謝你呢！」

「那不過是舉手之勞而已。我這次在家中闖了禍，只好前來投奔你們，過兩日咱們再一起回族學。」

二郎一聽闖禍了，忙問道：「令楚兄闖了什麼樣的禍，竟然還要離開家？」

「不瞞你們說，我昨兒不小心將我阿爺收藏的玉器打碎了兩個。你們不知道，我阿爺愛玉如癡，就愛收藏各種玉石、玉器，這要是知道了，估計連扒了我的皮的心都有了！為免遭他的重板子，所以我趕緊收拾包袱就跑了，順路來看看你們二人。」

珍姊因為兩顆門牙沒了，其實是不大好意思出來見人的，但是陳益和對她說，每個人都有換牙的過程，她這是長大的標誌，不必介懷如此，每個人都會經歷如此階段，因此必定也都會理解的。珍姊一聽，覺得非常在理，加之她很好奇能跟她三兄玩到一起的奇葩是什麼樣子的，因此就出來了。這一看到蕭令楚，珍姊的眼睛差點被晃花！明明是個唇紅齒白的美少年，有張雪白如玉的臉，一雙不多見的桃花眼眉目生輝，結果卻穿著大紅色鑲金邊的外袍，裡面是綢緞的白袍，就連頭上束髮用的都是金絲綢緞，脖子上還掛著個金鎖！財大氣粗！這四個字就這樣硬生生地擠進了珍姊的腦海，因此她一不小心就咧嘴笑了出來。

三郎趕忙介紹說：「這是我幼妹珍珍，排行為四。」

蕭令楚自然是看見了珍姊的笑，忽然便笑著說：「平日你二人總說幼妹如何乖巧漂亮，今日一見果然與眾不同，怎地連門牙也沒有？這般說話可是要漏氣的呀！要是我家中的姊妹沒了門牙，那可是連屋門都不好意思邁出的！不是說女子要笑不露齒嗎？這連牙齒都沒了，可是連笑都不能有的呢！」

三郎的臉倏地紅了紅。

珍姊則是打心眼裡怒了，給蕭令楚貼上了二缺的標籤！一出口就讓人這麼討厭！她決定從此再不搭理蕭令楚了，雖然他是她二兄、三兄的同窗好友。而且沈珍珍也開始懷疑二兄和三兄的奇葩度，他們倆怎麼能跟這種人成為同窗好友，還總是念叨著？不是說物以類聚、人以群分的嗎？

粗線條的雙生子壓根兒就沒往心裡去，概因他們二人也才嘲笑過妹妹的豁牙，因此沒覺得蕭令楚的話有何不妥。興高采烈的兩人和一臉不高興的沈珍珍領著蕭令楚去往前廳，沈大郎與陳益和也前來迎接。

陳益和細細地打量了一下蕭令楚，暗想這蕭家人給這蕭郎君的打扮，真真是生怕人不知道他們蘭陵蕭家乃是江南的富貴之家啊！

蕭令楚一看到陳益和倒是驚訝了，不禁說道：「你們府上還有胡人啊？真不愧是從西京來的！這難道是新買的僕人嗎？我前兩日才央我阿娘去給我買個昆侖奴呢，聽說現在西京的世家公子出門最流行的是坐寬敞的雙馬馬車，旁邊走著牽馬的昆侖奴，好不快哉呢！只是海上運來的昆侖奴實在是少，而且在西京的達官貴人圈中就賣光了，別提運到江南來賣了。」

沈大郎一聽，臉上差點變了顏色，斜眼偷偷打量身旁的陳益和，發現其臉色無異，這才鬆了口氣，看了一眼二郎。

沈二郎再傻也覺得蕭令楚這樣說陳益和未免有些失禮了，因此趕忙介紹道：「這位是我大兄，他身邊的這位是我大兄的同窗，陳益和。」

蕭令楚這才慢吞吞地說道：「原來如此，望陳郎君不要往心裡去。」

沈珍珍一頭黑線，大眼睛抬頭看看陳益和，再看看蕭令楚，覺得同樣是客人，同樣是十歲的人，也同樣有著出色的外表，怎麼做人差距就這麼大？這說出來的話與為人處事，陳益和不知比蕭令楚強了多少倍！這大概就是家庭環境對人的影響吧？家中的複雜讓陳小郎君快速地成長了，而蕭令楚卻還像個未諳世事的小孩子，因此珍姊看陳小郎君的目光就更加的柔和，也更加的欽佩了。儘管蕭小郎君也是一名美少年，可他還是只適合做一名安安靜靜、免開尊口的美男子，因為他一開口就會氣得她拋卻所有淑女風度，只想往那張俊臉上扔石頭！

坐在前廳的沈二夫人見到了蕭令楚，笑得很是親切。這孩子一看就是富貴人家出來的，渾身氣度就是跟小家子的人不一樣，說話雖有些傻氣，但是這直爽的個性也挺可愛的。於是，說話直率度爆表的蕭小郎君就這樣在沈府眾人的面前亮相了。

沈二老爺看到了蕭令楚後，也是一個勁兒地誇他是翩翩少年郎，氣度不凡。

沈珍珍聽得直起雞皮疙瘩，在她心裡，蕭令楚就是看著漂亮、說話不經大腦的傻貨，不知道為什麼父母卻還偏偏都喜歡這個樣子的？旁邊明明擺著一個少年榜樣陳益和，要樣貌有樣貌、要氣度有氣度，說話還彬彬有禮的，怎麼父母卻從來沒有這樣誇過人家？

珍姊這樣想可不就是個傻姑娘嗎？這一個是百年世家的嫡支嫡子，一個不過是當朝勛貴之家的庶子，完全不站在一個等級上，也不能怪她父母偏心眼了，這就是現實啊！不過此時的珍姊對嫡庶的概念是沒有那麼強烈的。

從那之後，沈珍珍就對蕭令楚愛搭不理的，倒不是覺得他有多麼面目可憎，實在是她真怕了他的金口，無論怎樣的情況，他一開口絕對有讓人上火的本事。珍姊想著：我說不過你，我難道躲著不說還不行嗎？

可是，從小就含著金湯匙出生的蕭令楚哪裡遇到過這樣的待遇？甭說家中的各色侍女了，就連親戚家中的各位表姊、表妹，哪個女郎見到他不是恨不能說上兩句話的？結果在這兒碰到一個反著來的，蕭小郎君反倒覺得這沈四娘十分的與眾不同，這是為什麼呢？

這個「為什麼」一旦出現在他的腦海裡，蕭小郎君就開始思考了，越想越好奇，越好奇就越想，可直到把自己想暈了也沒有答案，於是，沈珍珍就這樣闖入了蕭令楚的腦海，從而被定義為「有意思的女郎」。

第十二章　新景

顯慶十五年注定是不平凡的一年，拓土開疆、雄心勃勃的高宗在這一年挺不住了，破敗的身體熬過了新年卻熬不過端午，就此駕鶴西歸，長眠於帝陵。

當了很多年太子的肅宗終於能夠登上皇位了，但是一直哀痛阿爺逝去的肅宗並沒有立刻改元，而是要等到來年的初一後再正式改用自己的年號。

太子的一干女人們為逝去的先帝哭得梨花帶雨、傷心非常，但內心卻有揚眉吐氣之感。

先帝後宮的那些妃子們被妥善安置了，曾生育皇家子嗣的跟著兒子去了封地，此生也許不會再回西京城，就此終老；無子嗣的則只能去皇家寺廟剃度修行，為逝去的先帝祈禱誦經，為大周的安定繁榮祈福，從而開始人生中新的修行。

百姓們除了守孝的三十六天不得有任何的喜慶活動，生活又恢復了正常。

新帝握權總是要將自己的親信提一些上來的，這些親信中自然就包括了長興侯世子陳克松。世子跟當年還是太子的新帝是從小陪讀的交情，後又一起出征西域打下了深厚的革命感情，特別是當年長興侯世子在沙漠經歷生死，令新帝對其格外看重，因此多年來基本上聖恩不減的長興侯府又開始熱鬧了起來。

陳克松從之前的從五品上游騎將軍升至正四品上武忠將軍，連升了幾級！想想，長興侯世子才多大的年紀？不過而立之年就已官居四品武職，又是新帝的親信，前途不可限量啊！

於是，各個官員家有女兒的便開始琢磨著跟長興侯世子結個親家，修兩姓之好，可是長興侯世子的嫡子不過也就五、六歲的年紀啊，實在是太小了。欸，這不是還有個適齡的庶長子嗎？等過了年可就十一歲了，再過個幾年便可成親了呀！可是起了心思的官員們各個都是人精，一邊想結親，一邊又算計著，畢竟是嫡庶有別，再聽說這庶長子根本就不受重視，於是各家便冷靜地決定再觀望觀望。

這一年，沈珍珍繼續跟著夏娘子學習樂律和詩書，因其年齡小，沈二夫人還是不大捨得沈珍珍動針線，怕傷了她的眼睛。珍姊作為一名積極上進、勤奮好學、一點就通的小娘子，在顯慶十五年中收穫了先生的誇讚，也有受挫時的淚水，但是沈珍珍其人總有股不服輸的倔勁兒，善於思考的她從夏娘子的指點中得出了許多自己的心得。學習若是一門功夫，其實就是師傅帶進門，修行在自身，如今這扇學習的門由夏娘子為沈珍珍打開了，窺得一絲絲的沈珍珍深深覺得學問是博大的，她學習的道路還十分漫長，故不驕不躁方為學習之道。

沈大郎與陳益和在江南的長豐書院中繼續汲取著知識，努力修習君子六藝，射箭的功夫已經被武先生提上了課程。

天生就有著良好身體條件的陳小郎君，自是比同窗的騎射功夫略勝一籌，其身形也已經高過了沈大郎，那身姿是越發的修長了。而西京中的消息他也不是完全不知，每過那麼一、兩個月，父親大人總會寄出一封信來，雖然只是短短的隻字片語，但是該有的消息一個也不漏。凡事看不得表面，至今陳益和也不太懂父親對自己的情感，大概這也就是他與父親的相處模式了，沒有多親近卻又無法捨去的親情。想到自己的家，他不得不嘆一口氣。

在蕭氏族學的雙生子因為曾收留離家出走的蕭令楚，進而變成蕭令楚心中的好友，三人的友情一日勝過一日，雙生子還偷偷地告訴蕭小郎君，年後沈珍珍就要來入女學的消息，讓蕭令楚興奮不已。他覺得在這個無聊的武進，總算是要來個有趣的人和他愉快地玩耍了。

至於沈府內宅被沈二夫人管理得井井有條，讓夫君無後顧之憂，因此沈二老爺也在官場上如魚得水，加之這兩年是風調雨順，穀物收穫頗豐，沈二老爺的政績做得是有聲有色，因此內心也是盼望著過兩年述職後能在官職上再升那麼一升。

到了年底，眾人紛紛要開始迎接新年了，顯慶這個年號也即將成為過去的歷史。新帝在新年會改元，迎來新的年號，人們的生活要在新帝的統治下進入新的軌道。

卻說這年關將至，各歸各家。陳小郎君先走水路，緊接著又快馬加鞭地騎馬趕路，終於在除夕前進了西京城。儘管風塵僕僕，哪裡掩得住一身的風華？馬上的翩翩少年駕著馬，在寬闊的朱雀大街上慢行，繞進了街鋪林立的坊間。陳益和趕了一個月的路，在即將到家的時候鬆了口氣，低頭一笑。

這令人驚豔的一笑，恰好被坐在二樓酒肆中喝酒的畫師看到了，這畫師可不是一般人，他乃是西京有名的人像畫師，多少達官貴人重金請其畫人像還要看其時間有無空檔，可想其畫功了得。當畫師看到令人驚豔的美少年時，就如伯樂看見了千里馬，連剛問博士要的上好燒酒都不要了，飛奔下樓出了酒肆，跳上自家等在路邊的馬車，讓下人駕著馬車緊緊隨行馬上少年，誓要看看這位郎君是誰家的！

此畫師每過兩年便會畫出一本西京美郎君圖冊，其中收錄了十歲以上、十七歲以下風華正茂的郎君們，各家女眷人手一本，不光是看圖罷了，這其中說不定就能挑出個夫婿來呢！當然，因其圖冊而讓少女們爭風吃醋的事情也沒少發生，可以想見此畫師是怎樣能耐了。

晌午飯後進入家門的陳益和一一去給家中長輩請了安，宏哥此次見了他還開口叫了聲「阿兄」，讓他頗為意外。看著與自己眉眼絲毫沒有相似之處的弟弟，陳益和還是露出了真誠的微笑，在他看來，宏哥因一直被趙舒薇護得跟眼珠一樣，反而是整個家中最真實的人。

長興侯一看見陳益和，又高興得忍不住進了祠堂跟他的父兄念叨去了。

陳益和這才回到了自己位於世子院子中的偏屋，準備梳洗後休息一番，不料卻看到了屋外站著的綽約且河佳人，不是香雪還能有誰？

馬上便十三歲的香雪恰恰是少女發育的最佳時期，整個人就像要成熟的水蜜桃，簡直能掐得出水來，處於只等君來採擷的狀態。可惜我們的陳三郎君從來就沒有起過別的心思，連眼神都沒有為佳人過多地停留過，真真是浪費了少女眼中那濃濃的情意。

要說這香雪，那絕對是長興侯府侍女中樣貌風姿拔尖的，不過幾次出了世子的院子，就讓陳益和的堂兄們看到了，特別是陳大郎，從此以後是魂牽夢縈，連心都是癢的，就差沒對著香雪喊「快來與我快活一場，有情人做快樂事」了，哪裡還顧得了「孟浪」二字如何寫？

這香雪一看到陳益和，便十分有眼色地去提了水，準備給郎君淨身之用。香雪思量著這郎君大了，現在這般年紀，總該是明白自己的好的，哪裡想到陳益和依然毫無反應，香雪的臉都要氣白了，暗恨郎君怎地如此不解風情，跺著腳跑了。

今年的除夕，陳益和並沒有外出上街，而是在府裡幫著各房寫院門的對聯。

眾人心想著，陳三郎好歹也是長豐書院的學子，是驢是馬，拉出來遛遛便知！結果這一看陳益和寫的字後，都不吱聲了。

陳大郎則偷偷地來過一趟，問陳益和。「三弟過了年便十一歲了，那香雪以後可是留著做通房之用？」

陳益和剎那間臉都紅了，不好意思地道：「大兄這話說的，香雪其實是母親娘家的人，並不是隨便買入府的，至於她以後怎麼樣，那還不都是母親的一句話，益和自然是不清楚的。大兄難道是看上了香雪？不若我去問問母親？」

「不不不，不用了！我也僅僅是好奇而已，三弟想多了……」陳大郎訕訕地離去了。

畫了這麼多年，一直積極掌握西京美男動態的這位畫師，因為以前從未見過陳益和而覺得是自己的失誤，但憑藉著多年的作畫經驗，讓他立刻抓住了人物特點，因此下筆如有神助地趕出了陳小郎君的人物畫。

前幾日他緊緊跟著小郎君一路到了安仁坊，那可不是白跟的，這可不就知道陳小郎君是出自長興侯府，乃世子的庶長子，生母為胡人嗎？也難怪長得如此漂亮了。

於是，我們的陳小郎君過不久就會發現自己無意間竟上了西京美郎君圖冊，姓啥名誰、家住哪裡都被標注得清清楚楚的，從此成為西京少女和婦女們的飯後談資，生活不得安寧。看看，長興侯府以前是因美人而被談論著，如今還是因為美人，又有了新的談資不是？

恰新年剛過，正是兩年一更新的西京美郎君圖冊發售的時候，因此這畫師在加入陳益和為壓軸畫之後，初五便將完成了的最新畫冊交給西京最大的書局刊印，只等著上元節那日發售了，屆時貴女們及各家女眷上街來搶購，這大把的金銀可不就滾滾而來了？接下來沒有那書局的催畫，他就能多去去平康坊看歌舞了，日子豈不悠哉？

過了初一元日，西京人民緊接著期待的大節日，自然是正月十五上元節了，小童們總是唱著「上元節賞華燈，浮元子滿香飄」的歌謠。

上元節的西京人都愛晚上到街上轉轉，這夜也不宵禁，沒有守城士兵到處抓那到點不回家的，各家婦孺、貴女們都上街來欣賞花燈了。各個攤販們擺的花燈美麗精巧，有蘇州的五色玻璃燈、福州的白玉燈、新安的無骨燈，真叫人挑花了眼，貴女們帶著侍婢，絞著手帕看看這個花燈、再看看那個花燈，覺得要作出選擇真真是個難題。

陳益和這日也跟著陳大郎、陳二郎結伴出行，看看這熱鬧的上元節。剛走到朱雀大街附近，人流就開始變多，三人不得不下馬車，開始行走。忽然間，陳益和覺得四周的目光略微奇怪，帶著說不出來的熱切，他疑惑地摸了摸頭髮，似是沒有什麼奇怪的東西啊，於是又問了陳二郎。「二兄，益和臉上可有東西？」

陳二郎搖搖頭。「沒有啊！我還納悶，那些路過的小娘子們怎麼一直盯著你看哪，看來你呀是長得太美了，可不就是容易招蜂引蝶唷！」
陳益和心覺奇怪，卻不知道原因，只得繼續隨著人流走到朱雀大街上。今兒的朱雀大街沒有了往日傍晚的冷冷清清，各種小攤叫賣聲不絕於耳。陳益和也想買盞花燈送給珍姊，忽然，一個兔子形狀的玻璃花燈吸引了陳益和的注意力，珍姊可不就是屬兔的小娘子嗎？因此，陳益和跟堂兄們打了聲招呼後，快步走到了花燈前，這仔細一看就更喜歡了。花燈不大，卻做得唯妙唯肖，乖巧的小兔子活靈活現，他覺得珍姊一定會喜歡這個精巧的花燈。
「老闆，我要這個花燈！」
身旁一人與陳益和同時開了口，原來兩人都看中了這個兔子花燈。
陳益和偏頭看了一下身旁的人，怎地如此眼熟？
此人忽然叫道：「原來是你！那個去年要買面具的郎君！」
陳益和這才想起來去年除夕發生的小事。今兒仔細一看，這哪裡是個小郎君，分明就是個女扮男裝的小娘子啊！聽說上元節會有許多小娘子女扮男裝出行，身邊還跟著女扮男裝的侍女，陳益和再看看這位「小郎君」身邊的人，就十分確定眼前這位是女扮男裝的美嬌娥。
「既然郎君喜歡，某便再次不奪人所好。」陳益和準備離開，繼續尋覓好看的花燈。
「你給我站住！你、你……你別走啊！」
陳益和略覺奇怪，問道：「郎君還有事？」
「我、我……我把花燈讓給你，你告訴我你姓啥名誰！」
陳益和生平第一次遭遇被索要姓名的事情，驀地心生警惕，但面上卻依然帶著和煦的笑容，說道：「在下與郎君不過萍水相逢，還是不留姓名的好，某這就告辭。」

「你給我站住！你知道我是誰嗎？平時多少人哭著巴結我，怎麼就你如此不識好歹！」女郎一邊說，一邊得意地亮出了自己的腰牌，上面寫著「御賜安城」四字。

這會兒要是再不明白眼前這位囂張的女郎是誰，陳益和就真是個傻子了。原來這位女郎竟是新帝十分寵愛的女兒——安城公主。其母是新帝的妃嬪之一，雖出身不高，但入了太子府後卻頗得新帝的喜歡，因此新帝即位後封其為楊嬪，可惜的是楊嬪只為新帝誕下一女，被封為安城公主，今年已經十三歲，是該到選駙馬的年紀了。

安城公主的侍女此時厲聲道：「見了公主還這麼無禮？還不報上名來！」

陳益和只得躬身道：「草民姓陳名益和，家住長興侯府。」

「天哪，你就是今年那位新的郎君，你……你上了西京美郎君圖冊了！」此時的安城公主眼睛放光，恨不得把陳小郎君的臉上盯出個洞來。「既然你已經報了姓名，這個花燈就算你的了，我可是說話算話的！」安城公主一副自己很大度的樣子，將花燈讓給了陳益和。

陳益和掏出銅板付錢後，提著花燈迅速離開，與自己的堂兄們會合去了，心裡則暗暗奇怪，何為西京美郎君圖冊？

賣花燈的老闆已嚇呆，生怕公主遷怒自己。

哪知我們刁蠻的安城公主只是看著陳益和遠去的背影，癡癡道：「真是踏破鐵鞋無覓處，得來全不費工夫……」

第十三章　圖冊風波，陳益和離京

安城公主多年來仗著她阿娘的受寵，總是敢於朝著她阿爺張口求這求那的，如今她的阿爺可是皇帝了，主宰著整個帝國，安城公主更覺得飄上了天。因此，第二日安城公主便直奔自己母妃的紫苑閣。

楊嬪看到自己的女兒自然是非常高興的，這兩年女兒大了，她也頗有女兒初長成的喜悅，但憂的是，過兩年孩子就該招了駙馬，出宮建公主府，日後見面可就沒能如此頻繁了。

「阿娘！」安城公主還是撒嬌地稱呼楊嬪為阿娘。

「慢點走，這麼急匆匆為哪般？」楊嬪手拿團扇遮住了半邊臉，露出的嬌顏美麗非常。

「阿娘，阿爺說以後讓我自己選駙馬是不是真的？」安城開門見山地問道。

楊嬪第一次聽女兒自個兒提到選駙馬的事情，不由得道：「妳父皇是有此意，但是妳該知道，皇家的公主在招駙馬這件事情上歷來是沒有太多選擇的，全憑父皇作主。安城今日為何問起？」

「阿娘，兒昨日又見到那個去年上元節時見過的俊郎君了！」

楊嬪一聽便笑了。自去年除夕她的女兒偷跑出宮後，回來就一直念叨著一位俊郎君，哪裡想到昨日又見到了，這還真不是一般的緣分。

楊嬪笑道：「那他是誰家的郎君？」

「兒昨日問了才得知，他是長興侯府的，但是並不知道是哪一房的郎君，名叫陳益和，看著似有胡人血統，而且他正是今年新上榜到西京美郎君圖冊的其中一位呢！」

這一提是長興侯府，再一提有胡人血統，楊嬪心裡已經有了答案，她搖了搖手中的團扇，輕輕對女兒說：「那八成便是當年長興侯世子從西域帶回來的胡姬所生的庶長子了。此子可是十分漂亮？」

提到陳益和，安城公主立刻來了勁。「阿娘，妳不知道，女兒也是見過不少郎君了，可哪有一個像他長得那般俊，怪不得那眼光毒辣的畫師也將他畫入了圖冊，今年西京城的貴女圈中大概都會討論這陳郎君了！」

楊嬪看著女兒那閃亮的眼睛，哪裡還猜不出女兒的心思？楊嬪多年來能受到肅宗的喜愛，成為肅宗的解語花，絕不是只靠臉，靠的還有聰明的頭腦。可惜的是，楊嬪多年來一直護著安城，倒叫安城養成了天真直率的性子，心裡一點事情都擱不住，真不知是喜是憂。

「安城，妳可知長興侯世子乃是妳父皇的親信之一？若是妳有了招長興侯世子家的郎君做駙馬的心思，這也許並不是件容易的事。」

安城公主剛剛還極有神采的眼睛立刻暗了暗，急匆匆地問道：「這是為什麼？」

楊嬪不緊不慢地道：「長興侯世子多年來算是妳父皇的一名愛將，年紀輕輕的就官居四品，前途不可限量，已經招了多少人的嫉恨，若是妳父皇再將妳嫁入長興侯府，恐怕更是會將這一家人置於風口浪尖之上。若長興侯世子已是一枚廢棋，也許妳還能成事，但是妳父皇怕是還會繼續重用他，因此長興侯世子一定不會想讓自己的兒子娶公主的。」

安城公主越聽臉越白，從小到大，她都十分相信阿娘的話。想起陳益和的臉，十三歲的安城公主生平第一次有了心如刀絞之感，眼淚立刻奪眶而出。「阿娘，妳幫幫安城！兒求求妳成全兒！」

楊嬪看著平時倔強的女兒這就哭了，心裡也不好受。「不是阿娘不幫妳，而是有所為，有所不為。阿娘知道妳傷心，但在此事上，阿娘卻偏偏不能開口替妳求。那陳小郎君還小妳一、兩歲，應該不會早早訂親的，若妳還是執意如此，那便是待到要招駙馬的時候，妳自己同妳父皇說，探探妳父皇的口風，但若是妳父皇認為此事不妥，妳便要打住不再提，明白嗎？」

安城公主心裡不服，暗自思量著，多年來父皇如此寵愛阿娘和自己，不過是長興侯的庶長子，怎麼會不答應？既然她看上了陳益和，那他就只能當自己的駙馬！想到他溫柔的語氣還有那琉璃般的眼睛，安城公主霎時又是滿心的甜蜜。

愛情讓人喪失理智，即便貴為公主，也難逃「情」這一字……

再說陳小郎君在上元這日遇到安城公主後，才知道有西京美郎君圖冊這回事，於是在路過「甄選書局」於店外擺設的攤子時，就詢問了一下可否買一本？

哪裡想到書局的賣書小哥卻擦了擦汗道：「不好意思啊，郎君，我們這個西京美郎君圖冊首批是要提前預訂的，如果郎君先前沒有預訂，只能等我們第二批刊印出來後再來了。」

陳益和驚了，這西京美郎君圖冊怎地如此暢銷？

陳小郎君實在是太低估了西京城民風剽悍的婦女們和未婚女郎們的一片少女心了，誰不喜歡翩翩美少年？就算得不到，哪怕只是看看也好呀！特別是大周還是個崇尚男子美姿儀的，連吏部選官的時候都要看看你的儀表，可想而知外形條件也是十分重要的。

賣貨小哥看著眼前的郎君，先是皺了皺眉，接著忽然大叫一聲。「這位郎君是不是姓陳？」

陳益和被嚇了一跳，愣愣地點了點頭。

只見那位賣貨小哥的臉立刻紅了，大喊：「啊！我今兒真是撞大運了！郎君請等一下，千萬等我一下！」

只見剛剛還說書必須得預訂的小哥跑進店裡後，又手捧了兩本圖冊跑出來，打開其中的一本，快速翻到了一頁，興奮地指著圖上的人物。

「郎君，您……您就是今年新上榜的美郎君呀！快看看，這可不就是您？」

陳益和一細看，可不就是自己的人物像嗎？此畫頗為傳神，上面的少年郎還騎著馬，旁邊則細細地標注著自己的姓名，連出自哪裡都有！

陳大郎和陳二郎一看陳益和神色有異便湊了上來，結果就看到陳益和正看著的那一頁。

陳大郎驚奇道：「這畫中人物怎地與三郎如此像？」

陳二郎看了書上的標注後，目瞪口呆地道：「這、這……這不就是西京城最惹貴女和婦人、姑娘們瘋狂的西京美郎君圖冊嗎？前幾日我阿娘都沒能預訂上，三弟這是上榜了?!」

還未等陳益和開口，那賣貨小哥立刻拿來筆，急急道：「不知道郎君可否給這本圖冊簽個名？我自己另外留的一本圖冊就送給郎君了！」

看著小哥那熱切的目光，陳益和只得硬著頭皮寫了自己的名字。

哪裡想到看到陳益和的字後，賣貨小哥更激動了。「郎君的字怎地如此好？真真是人如其字啊！」

若非小哥是個男子，這會兒那激動的表情及紅彤彤的臉，簡直跟那懷春少女無兩樣啊！

於是，趁著還沒有被其他女郎圍住尖叫的時候，陳益和拉著兩位堂兄落荒而逃，跳上自家馬車回府了。陳益和看著手中的圖冊，苦笑了一下，搖了搖頭，這個上元節過得可真真是與眾不同啊！

陳二郎怪叫道：「哎喲，三弟這回可是要靠美姿揚名西京城了！若是以後被貴女看上，可就富貴無憂嘍！」

聽聽這語氣，酸的呀都可以拌芹菜吃了！

陳益和苦笑道：「益和身為郎君，揚名不是因為才學或是武藝，竟是因為姿儀，真真是難為情了。大兄、二兄可就給我留點顏面，別再笑話我了。」

陳益和回到長興侯府後，當夜就開始收拾行囊，準備速速南下。恰長豐書院再過月餘又該開學了，心裡正苦惱的陳益和忽然看到了自己買的兔子花燈，想到了珍姊。不知珍姊看到花燈會是什麼表情？

於是，上元節剛過的第二日，就在那安城公主去向其母傾訴的時候，陳益和告別了一家人，在侍女香雪哀怨的目光中，速速地離開了長興侯府，騎馬出了西京城。出了城門，輕呼一口氣後，陳益和回頭看了肅穆的城牆一眼，便轉過頭毫無猶豫地疾馳而去。

隨從陳七肩上揹著一個大行囊，在後頭疾聲呼喊道：「郎君等等我，這個花燈可是挺沈的啊——」

陳小郎君趕在眾人的視線都聚焦在他身上，並且積極地打聽他之前離開了西京城，這的確是個明智之舉，因為最近的長興侯府各房已經快被各種問題問到詞窮了。

先說說長興侯府中的男人們，不管那官職大小，要去朝中應卯的各房男人們，按舊例在中午堂飯之後，同僚們便有那麼一會兒時間聊天，最近這些官員們是被府內的夫人和姨娘們狠勁地吹了吹枕邊風，自然也對西京城新流行的事物有所耳聞，當然就包括了新發售的西京美郎君圖冊，於是各種問題就撲面而來——

「欸，那個陳益和陳小郎君，是你們府上哪房的啊？多大年紀？可婚配否？」

男人們只能老實回答道：「世子那一房的。」

官員們的眼睛唰地就亮了。

男人們緊接著又答道：「年十一了，長豐書院學子，無婚配。是世子的庶長子，世子的嫡子今年不過六歲。」

官員們這一聽，都安靜了。

再說說這各房夫人們，最近都覺得自己人緣實在太好了，頻頻有別府的夫人給自己下帖子，於是都打扮得漂漂亮亮、婀娜多姿地欣然赴約了，可惜的是，去了也被問了同樣的問題。不過眾官員夫人們聽見陳益和是庶長子的消息後倒是反應不一，有的很介意是庶出子，有的則已經失去理智，覺得陳小郎君各方面都好，已經能掩過庶出的不足。於是赴約的夫人們出門時是興高采烈的，答了一圈跟自己沒半點關係的問題後，回家時都是憤憤不平的。

陳益和順理成章地成為了最近長興侯府內各個小圈子的討論物件，褒貶不一。

長興侯世子得知後頗有些無奈，他知道自己這個兒子的確長得漂亮，完全繼承了他和夏錦容貌上的優點。雖說陳益和上了這西京美郎君圖冊看著是揚名了，但卻成了人們飯後的談資。按照世子的規劃，陳益和以後畢竟還是要謀個職位，為朝廷效力的，一個鐵錚錚的漢子上了這個圖冊總帶著說不清、道不明的色彩。何況陳益和只是庶出，並不適合如此吸引人的目光，他情願陳益和經由明經登科或是戰場揚威而揚名，也好過一個勞什子美郎君圖冊啊！

世子夫人趙舒薇以前雖然也是西京美郎君圖冊的購買者之一，但是自從知道陳益和上了這本圖冊後，她覺得那個畫師真真是有負盛名，竟然讓一個胡人生的庶子上榜，立刻就拉低了這本圖冊的品質！但是趙舒薇的家人卻不這麼想，這不，她那歷來愛給她出謀劃策、精明非常的嫂子，就有意將家中的庶女嫁給陳益和，一來是方便趙家控制，二來能清楚陳益和的一舉一動。趙舒薇這麼一聽就動心了，只是這陳益和才十一歲，而且世子從來沒有提過該怎樣給這個兒子安排婚事，所以這回趙舒薇倒沒有輕舉妄動，貿然去找世子提兩家聯姻之事。

不管西京城內是如何的景象，陳益和已經遠離了紛雜的輿論漩渦，坐船南下了。待將近一月的水路後，他終於抵達了揚州。陳益和稍微休整了一下，就帶著自己為沈府人精心挑選的禮物，包括那個精巧的兔子花燈，來到了沈府，可惜卻錯過了已經出發去女學的沈珍珍。

沈大郎解釋道：「珍珍這年紀一到，加上大伯同僚的疏通，就去那蕭氏女學上學了。家父最近因衙門的事情走不開，所以我母親帶著蘇姨娘和一干家丁，護送珍珍和二郎、三郎去武進了。若不是這幾日等你前來，我恐怕也一同趕去了。」

陳益和儘量調適自己心中的失落，輕聲說：「看來今年給四娘帶的禮物是不能親手送上了，只能留在府裡，待她回來再看。」

「還說呢，這個小傢伙走的時候，把你給畫的紙鳶、送的香墨，那是一個不落都裝上了！」沈大郎無奈地搖了搖頭。

陳益和聞言，剎那間眼睛就明亮了，心裡偷偷地樂了起來，暗想：原來我送的東西，她都帶著啊！霎時間，這心裡忽然就生起喜悅了。

看看，這不過一會兒工夫，可把陳小郎君的心搞得是上上下下的，一會兒酸一會兒甜啊！

最後陳小郎君略帶悵然地留下了那盞花燈，與沈大郎一起離開了平安縣。

沈大郎偷偷地對陳益和道：「不若待到端午，我們騎馬去武進看看二郎、三郎還有珍珍如何？」

陳益和聞言點了點頭，表示十分贊同。

第十四章 沈珍珍入女學，蕭郎君英雄救美

沈二夫人不愧是女中豪傑，帶著蘇姨娘這個小跟班和沈府的一干隨從，護送著二個孩子到了目的地——武進。這還是沈二夫人第一次來武進，以前聽聞蘭陵蕭氏在此苦心經營了幾代人，富裕非常，如今一見果然是名不虛傳。一戶戶大院子整齊地排列著，門口路邊的樹鬱鬱蔥蔥，沈二夫人覺得，這裡規劃得十分齊整，應該是由高人指點過而建的。

蕭府內一直盼望客從平安縣來的蕭小郎君，自年前得知沈珍珍這個「有意思的女郎」一年後就要來自家女學上學後，最近沒事就會過來門口遛達遛達。這不，這日吃過晌午飯的蕭令楚以散食為由，繼續來門口遛達，不就撞上了嗎？一看遠處駛來的馬車，再一看馬車一停，跳下來的沈二郎和三郎，蕭小郎君暗自壓住內心的激動，疾步走去喊道：「沈二、沈三！」雙生子聽見好夥伴的聲音，一回頭就看到了蕭令楚。

沈二夫人戴著帷帽，牽著沈珍珍下了馬車。

儘管一年沒見了，沈珍珍還是一聽見蕭令楚的聲音就覺得頭皮發麻，連笑都省了，反正全口牙還沒換完，還是別丟人了。

蕭令楚這個孩子甭管說話多麼討人嫌，面子上的禮儀功夫那是沒有白修練的，他十分有禮貌地上前給沈二夫人行了禮，還稱呼了珍姊一聲「四娘」。

沈珍珍只得硬著頭皮，低福了福身子道：「見過蕭郎君。」

蕭令楚立刻拍了拍胸脯笑道：「四娘子以後喚我一聲阿兄即可，我與妳二兄、三兄乃同窗好友，四娘自是能喚我阿兄的！」

雖然蕭令楚那雙桃花眼笑起來顏色極好，可惜沈珍珍心裡可不買帳，不過出於禮貌，她還是脆聲道：「蕭阿兄！」

這一聲可把蕭令楚叫得連眼睛都笑沒了，沈珍珍隨即翻了個白眼，不料卻被沈二夫人看見，立刻瞪眼予以警示，那意思明顯就是：妳作為一名淑女，怎麼能做出翻白眼這麼不雅的事！沈珍珍立刻蔫得比蘿蔔還蔫了。

被沈二夫人這麼一敲打，珍姊立馬就乖了，只得跟著母親，在蕭令楚的帶領下進了蕭氏女學的大院子。

蕭氏女學的院子和蕭氏族學的院子不過一牆之隔，正在院子中澆花的女學負責先生一看見蕭令楚，便十分熱情地引著沈府眾人參觀了一下女學。

女學分前院和後院，前院的幾間大房分作不同年齡入學的小娘子的學堂和琴室，後院幾間屋子則是留給那些需要住宿的小娘子們。

沈二夫人最關心的自然是自家珍姊的住宿條件，於是草草地掃了兩眼學堂，便直奔後院住屋，直到看見整齊非常的頂級房間，她這一顆高懸著的心才總算是放下了。

珍姊看著佈置整齊的房間也極為滿意，細細打量一番，這低榻上鋪著的是牡丹緞面被褥，靠窗處是學習用的矮桌以及跪榻，屋內的各種器具也是一應俱全，梳妝檯上的雕花銅鏡被擦得十分光亮，就連那燒炭的銅爐造型都極為精巧。沈珍珍不得不承認一個事實——蕭令楚小郎君家那不是一般的有錢，而是相當的財大氣粗啊！

沈二夫人大手一揮，使喚下人們和雙生子將珍姊的東西一一搬進房間。待眾人該搬的搬，將一切都收拾妥當後，沈二夫人便要攜蘇姨娘以及府內一干家丁離去。

珍姊不依，左手抱著母親的腿，右手拉著蘇姨娘的手，眼淚汪汪的，十分不捨。

沈二夫人很容易情緒外露，這會兒已經是紅了眼眶，百般不捨。

反觀蘇姨娘倒是十分鎮定。蘇姨娘笑了笑，摸著珍姊的頭道：「咱們府裡還有老爺和妳大兄在，夫人送小娘子來已是不易，當然不能久留，小娘子要懂事。」

道理珍姊其實都明白，就是不捨，只得哽咽著說：「那阿娘和姨娘一定要念著珍珍！」

未等沈二郎和三郎開口，一旁的蕭令楚已正兒八經地保證說：「夫人請放心，蕭某跟夫人保證，在這蕭氏女學裡，我必不叫別人欺負她。若是她缺了東西，我即刻便讓人送來。」

沈二夫人聞言點了點頭，對蕭小郎君感激一笑，抹了抹眼角的淚滴，慈愛地對沈珍珍囑咐道：「阿娘看妳平日心裡彎彎多得很，如今我和妳阿爺都不在身邊，在這女學裡妳也要機靈點。咱們既然來了，可要好好學，不叫妳阿爺和我失望，嗯？」

珍姊點點頭，乖巧地對母親說：「阿娘放心，珍珍一定不辜負阿爺和妳的苦心。」

於是沈二夫人這就一步三回頭地離開蕭氏女學，返家而去了。

待沈二郎、三郎以及蕭令楚全離開後，沈珍珍便使喚著留守的侍女夏蝶，一起將自己的房間好好地佈置了一番，先是將陳小郎君畫的紙鳶掛於牆上，再將家中人送的筆墨紙硯一一擺上桌，當然也包括了陳小郎君送的謝氏香墨。擺著擺著她才發覺，陳小郎君這些年真真是沒少送自己禮物，不愧是個好阿兄，比她二兄、三兄都盡責！最後再將自己心愛的小坐墩擺到矮桌旁，這一間屋子立刻就有了沈珍珍的味道。

待一切佈置完畢，沈珍珍便早早歇下了。

第二日，早早起來的夏蝶為沈珍珍備好一切，把小人收拾得漂漂亮亮後，這就去前院的學堂準備上課了。

今年入女學的小娘子不過就二十人，除卻武進縣令的嫡女李雅柔以及兩個當地員外之女，其餘都是蕭氏的女郎們，有嫡出也有十分受寵的庶出。這是沈珍珍從小到大，第一次見到這麼多小娘子聚在一起，喜愛熱鬧的她怎能不開心？

眾女郎看見沈珍珍後也在打量她，沈珍珍本身就是個小美人胚子，加之這兩年努力地天天喝羊奶，那白皙的皮膚是吹彈可破、白裡透紅、嬌嫩非常，加之一雙杏眼水靈靈的，再配上一張鵝蛋臉，露出形狀姣好光潔的額頭，整個人真是漂亮極了，且其氣質落落大方，絲毫沒有小家子氣，這可把其他女郎看得是既羨慕、又嫉妒。

不過女郎們的心裡很快就找到了平衡點，當大家都相互寒暄一番後，眾女郎才得知沈珍珍原來是平安縣的縣令之女。想那平安縣縣令不過官居七品，況且最重要的是，這沈珍珍還是個庶出！其他女郎們立刻覺得自己高貴極了，連帶著將頭顱都揚得高高的。

沈珍珍的心裡畢竟彎彎多，這會兒哪還看不出眾人對自己的態度？不過她並不甚在意，出身又不是自己能決定的，何況她覺得她家好得很，不知道比那些打腫臉充胖子的世家旁支好了多少呢！再說，她還有兩個兄長就在隔壁讀書，還怕沒人說話嗎？但是畢竟男女大防，也不好天天找兄長，因此沈珍珍決定把全部的注意力都放在學習上，就當給自己爭口氣。於是，珍姊的心裡絲毫沒有怯意，進了學堂，就著矮桌正襟危坐，坐姿十分標準，挺直的腰背、修長的脖頸，即便是坐著，沈珍珍的姿容都格外的好看。

蕭氏女學的課程並不輕鬆，與之前跟著夏娘子學習的時候相比，強度是大了許多。這其中不僅要研讀詩書、練習書法，最重要的學習部分就是要細細研讀講解和背誦關於女子德容的書籍，例如《女誡》、《閨範》以及《女則》等當世流傳的名作，而樂律課、算學以及騎術也是一個都沒落下。沈珍珍立刻覺得世家女之所以受歡迎，很大一部分得歸於女學的學習，這大家族的女學到底是不一樣的，聽聽這些課程，那簡直就是為高門娶妻專門準備的上崗培訓啊！於是，沈珍珍的女學生涯就此拉開序幕。

珍姊在過去的兩年畢竟是跟著夏娘子打下良好基礎的，因此無論學起詩書還是古琴，都能應付自如，而算學更是不用說了，背個九九乘法表那是沒有任何問題的。

但是珍姊也不是樣樣都好，這問題比較大的就是騎馬。

以前珍姊年紀小，家中也沒有身形矮小的果下馬（注），因此沈二夫人並沒讓沈珍珍學習

注：果下馬，是罕見的馬匹，其價甚貴。因身材矮小，騎著牠能穿行於果樹下，因此得名。毛褐色，高約三尺，長三尺七寸，體重只有一百多斤，但可拉一千二百至一千五百斤重的貨物，性勤勞，不惜力、健行且善走滑坡，適合多雨的南方駕役。

騎術，沈珍珍在騎術課自然就比那些家中有果下馬的小娘子們差了許多。要知道，這種身形矮小的果下馬最適合年紀不大的初學者，別看這馬不大，卻是十分的貴，概因其繁殖能力不高，又是外來品種的關係，所以一般人家是買不起的，也就只有蕭氏這種財主才會買幾匹給小娘子們練習用。

平時身為學習好手的沈珍珍在騎術課上是一點底氣都沒有，而別的女郎終於看到沈珍珍不擅長的，覺得又找到了平衡點。

珍姊平日在家門口看大兄騎馬收放自如、瀟灑非常，自然很想嘗試一番，可如今真到嘗試時，她卻怯場了，恨不得抱著拴馬的栓子，愣是不願上馬。

教騎術的師傅是個經驗豐富的，見過各種小郎君、小娘子學馬時的表現，跟平時是完全不一樣，因此毫不猶豫地將珍姊拎到馬背上，命其抓著馬繩，兩腿夾住，腳踩進馬鐙。

……沒有意想中的狂奔。此馬連跑都懶得跑，就這麼不緊不慢地走了起來，沈珍珍這才慢慢感覺到了平衡，新奇地看著這矮小的馬，驚喜地嘆道：「原來還有如此溫馴的馬啊！」

李雅柔看見沈珍珍那沒見過世面的樣子，不禁勾了勾嘴道：「看她平日挺能的，怎麼到了騎馬卻是各種彆扭？竟然連這種小馬都沒見過，可曾見過什麼世面？真真是小家子氣！」

蕭令楚有個庶妹蕭鳳琪，也是眾女郎之一，跟他一樣被嫡母和父親送來上學。在蕭令楚的威脅下，這庶妹不得不低頭，嘗試著對沈珍珍友好一些，所以此時就出了聲。「我聽我阿爺說，這種馬極貴，沒騎過也不是什麼丟臉的事。」

其他蕭家女郎驚訝於蕭鳳琪竟然會開口替沈珍珍說話。

蕭鳳琪暗想著：若是給我那魔星兄長知道妳們都這樣嘲笑沈珍珍，還不知道要給妳們什麼果子吃呢！再看看騎坐在馬上的沈珍珍，蕭鳳琪不禁覺得珍姊不簡單，竟然能讓她那鼻子朝天上長的二哥開口，真真是奇了。

幾次騎術課下來，沈珍珍確實有了進步，可是相比其他女郎，她還是差得遠，於是她突發奇想，忖量著可以趕在傍晚前再去練練。因此這日課畢，別的小娘子都離開了，她則換了一身胡服，也沒帶夏蝶，自己就去了馬場。管馬的師傅在馬棚一看，原來是女學的女郎，就給沈珍珍牽了一匹果下馬。

沈珍珍樂滋滋地牽著溫順的果下馬走入馬場，俐落地上了馬，小馬很聽話地沿著馬場走了起來。她目前還停留在騎著馬走，而不是騎著馬跑的狀態，但在騎馬這件事上，她的確是受到了來自同窗的壓力，因此竟有些心急了，這不，走沒一會兒，她就揚起了馬鞭，想試試馬跑起來的感覺。馬果然跑了起來，剛開始跑得比較緩慢，珍姊因此有些得意地想：原來騎馬也不難嘛，虧我當時還那麼怕上馬，真是太丟人了！

說來也巧，這日下午，剛好族學的一撥小郎君們就在馬場練騎射功夫，有那麼一根斷箭沒被拾走，結果這果下馬踩上斷箭，立刻被刺傷了腳掌，瞬間發了狠，速度一下子就提了上來！沈珍珍哪裡遇到過這種狀況？她毫無經驗，身邊又沒有教騎術的師傅，這下可糟了！

只見沈珍珍的身子越繃越緊，兩腿都不知道該放哪裡了，整個人在馬上搖搖欲墜……

蕭令楚這日下午練過騎射離開後，發現自己不知把綁在頭上的頭巾忘在哪裡了，於是又返回跑馬場來查看，這剛到跑馬場門口，就看見一匹果下馬在場中發了狂，再一細看，那馬上的女郎可不就是沈珍珍！這一看，可把蕭令楚嚇出了一身冷汗，立刻奔進馬棚中牽了一匹馬出來，一躍而上，直向沈珍珍奔去！

沈珍珍只覺得自己馬上就要被顛下馬了，可是她知道不能就這樣被摔下去，於是試圖想勒住韁繩，讓果下馬停下來，可是發狂的馬哪裡是這麼容易就能停下來的？沈珍珍越來越無力，忽然，她聽見了蕭令楚的聲音——

「四娘！妳別慌，等我的馬一靠近，妳立刻把手伸給我！別怕，有我！」

這一句「別怕，有我」生生地逼出了沈珍珍的眼淚，忽然之間就覺得自己有救了。她從來沒有這樣感謝過蕭令楚的及時出現，否則她今日恐怕就要折在這跑馬場裡了。

作為世家重點栽培的小郎君，蕭令楚小小年紀就開始練習騎術了，功夫自然不差。他小心地控制馬速，不一會兒就跟上了珍姊的馬，就在這時，他大聲喊道：「四娘，快側頭看我！看著我！」

珍姊一側頭便看見蕭令楚騎馬跟著自己。

蕭令楚伸出手，喊道：「快把手伸過來抓住我，然後鬆開馬鐙！」

沈珍珍哭道：「不行，我不行……我害怕，我渾身都沒有力氣……」

蕭令楚厲聲道：「都什麼時候了？快伸手！」蕭令楚試圖更靠近小馬，並再次將手伸出。

珍姊咬牙使出全部的力氣，雙腿一鬆，將右手伸到蕭令楚的手中。

蕭令楚的胳膊一個用力，將沈珍珍拽入自己懷裡，帶到自己的馬上後，趕緊勒緊韁繩讓馬慢了下來，而那匹果下馬則繼續跑遠了。

這時的沈珍珍渾身都在發抖，滿臉淚水，那淚水就好像怎麼都流不完似的。儘管知道自己已經安全了，心裡還是走不出剛剛那巨大的恐懼。

蕭令楚騎馬慢步走向跑馬場口，這時管理馬場的師傅才看見二人，忙走出馬棚問出了什麼事情？

蕭令楚指了指還在奔跑的果下馬，道：「那馬似發狂了，去看看怎麼回事！」別看蕭令楚平日都是嘻嘻哈哈的，這一嚴肅起來，渾身的氣勢立刻就出來了。

那師傅連忙領命，騎著另一匹馬前去查看了。

蕭令楚跳下馬後，這才看清沈珍珍的臉，只見那雙大大的眼睛紅通通的，浸滿了淚水，這副無助的樣子他還是第一次見到。生平第一次，蕭令楚才總算理解了「女郎都是水做的」這句話。

蕭令楚將沈珍珍一把抱下馬，但沈珍珍的雙腿都還是軟的，哪裡站得住？蕭令楚只得架著她，讓她倚在自己身上，慢慢將沈珍珍扶入了馬棚，靠在牆上，安慰道：「別哭了，沒事了。妳不過剛剛學騎馬，沒有馭馬經驗，以後千萬別獨自一人來練習。若是以後妳想來練習騎術，就跟妳二兄、三兄說一聲，或是叫我也行。」

沈珍珍這才有點緩過神來，點了點頭，可憐兮兮地吸著鼻涕，啞著聲道：「你可別告訴我二兄、三兄，他們兩個都是大嘴巴，定會寫信跟我阿娘告狀的，我阿娘要是知道了，肯定就從家裡來了。」

蕭令楚點了點頭。「嗯。妳以後萬萬不可再做這麼危險的事了，若是出了事，可叫妳阿娘阿爺如何是好？」蕭令楚看著孩子氣的沈珍珍，經過剛剛那樣的驚險場面，她煞白的小臉還是沒有一絲血色，汗濕的額頭上貼著亂了的頭髮，儘管如此狼狽，可是他看著怎麼就那麼好看呢？於是他忽然笑了，伸出手指道：「妳若是不相信我，咱們來拉勾。」

沈珍珍破涕為笑道：「誰要跟你拉勾？男女授受不親呢！」

蕭令楚無奈地看著眼前的小娘子，剛剛還是一副可憐樣，眨眼間又是一副古靈精怪的樣子了，果然是有意思的女郎啊！

此時正好夕陽西下，美麗的晚霞映紅了天邊，霞光照在沈珍珍的臉上，似為那白皙的臉蛋蒙上了一層光。蕭令楚輕聲說：「我先扶妳往回走吧，一會兒天就該晚了。」

沈珍珍乖巧地點了點頭，抬頭看見夕陽下的蕭令楚長長的睫毛閃閃的，不禁呆了呆。

蕭令楚小心地扶著沈珍珍朝著女學的方向走去。

在這晚霞滿天的傍晚，夕陽將兩人的影子拉得很長、很長……

第十五章　端午花樣多，年底入西京

「五月初五熱鬧端午，江上一片龍舟競渡」，說的就是江南端午節的景象熱鬧非凡。

揚州城中有名的點心鋪子德味齋，在端午節的前一日，門前就排起了長隊，概因這家鋪子各個餡的香粽都十分可口，米用的是上好稻米，其中有芝麻餡的，還有紅豆餡的，夾雜著包裹的荷葉香氣，剝開之後可以趁熱蘸些蔗糖吃，或是放涼後蘸著槐花蜜吃，那香甜可口的味道會停留在唇齒間，好一陣子才會散去。

陳益和聽到同是長豐書院的同窗們曾對這家店鋪的香粽讚不絕口，因此有心去揚州城買兩盒香粽帶到武進去，讓沈二郎、三郎以及珍姊也嚐個鮮。

沈大郎聽了陳益和的提議，十分贊同。

於是，陳益和跟沈大郎二人便帶著陳七，於五月初五一早，天還只有矇矇亮的時候，城門剛一開，便縱馬進了揚州城，而這家點心鋪子才剛剛準備開門呢！陳益和擦了擦額頭上的汗，買了一盒芝麻餡和一盒紅豆餡的香粽，開心非常。

陳七自然是那個揹包袱的，跟著陳益和以及沈大郎，緊接著又縱馬前往武進，一行人終於趕在晌午吃飯前到達了蕭氏族學的門前。

今日蕭氏族學以及女學都休沐一天，無論是小郎君還是小娘子們都回家過端午了，就連蕭令楚都被祖父、祖母扣在家中與家人一起慶端午，還要參與龍舟競渡的活動。

沈家兄妹三人此時正在二郎的屋中一起唉聲嘆氣，家離得遠的孩子真是可憐見的。

這時，沈珍珍忽然聽到有人叫自己，她不禁搖了搖頭，對沈二郎說：「二兄快聽聽，我怎麼彷彿聽見了大兄喚我的聲音？」

沈二郎豎起耳朵仔細一聽，可不就是他家大兄那變過聲後低沈的聲音嗎？三人驚喜非常地衝出屋子一看——門口有三人牽著馬而立，可不就是沈大郎、陳益和以及陳七啊！

沈珍珍樂瘋了地朝著大兄奔去，大喊道：「大兄，珍珍好想你！」

沈大郎喜笑顏開。

一旁的陳益和看著沈珍珍歡暢的笑臉，從天矇矇亮就起床的睏倦瞬間被一掃而空。

沈三郎驚喜道：「大兄怎會想到來看我們？」

沈大郎拍拍三郎的肩膀，笑道：「來看看你們過得如何啊！恰好這次端午我們有兩日無課。」

沈珍珍拍手道：「我們女學的其他小娘子都回家了，獨獨留我一人，好不無聊！剛剛還在跟二兄和三兄說，不若我們晌午後去江邊看看龍舟競渡，聽說很是熱鬧呢！」

陳益和從陳七手中拿過香粽，在沈珍珍眼前晃了晃，笑說：「快先嚐嚐我們帶來的香粽，端午吃香粽、看龍舟競渡，這才是過全套呢！」

一聽見有香粽吃，沈珍珍肚中的饞蟲就已經按捺不住了。她輕輕舔了下小嘴，問道：「不知香粽是什麼餡呢？」

陳益和介紹道：「這一盒十個香粽是芝麻餡的，另一盒則是紅豆餡的。」

沈大郎摸摸幼妹的頭髮道：「妳可知道這是妳陳阿兄和我多早就騎馬去揚州城買的嗎？那城門一開，我們就奔進城到了最好的點心鋪子前，這才給你們買上了口碑極好的香粽。」

沈珍珍立刻給陳益和行了一禮，感謝道：「多謝陳阿兄辛苦買的香粽！」

此時的陳益和哪裡還感覺得到什麼辛苦，眼睛都笑眯成一條縫了。

幾人邊說邊笑，這便到了二郎、三郎住的地方。

二郎拿了其中的一盒去族學的大廚房溫了溫後，幾人這才開始品嚐起兩款香粽。

沈珍珍吃得十分開心，蘸著蜂蜜的涼粽是她的最愛，唇齒間那芝麻的香氣還有蜂蜜的甜味，讓人回味無窮。

沈珍珍水靈的眼睛一眨一眨的，那極為享受美食的模樣逗樂了陳益和。

二郎笑道：「這香粽一定十分有名，味道真真是沒得說呢！」

沈大郎豎起了大拇指讚道：「二弟真是有眼光，可知這家德味齋在揚州是有名的點心鋪子，聽說昨日就排起了長隊，我們今日一早趕在它開門時就到，不然恐怕也要排上許久。」

陳益和在一旁幫著沈珍珍剝開粽子的荷葉，沈珍珍抬頭衝他一笑，拿筷子挾走撥好的香粽，動作如行雲流水，毫不拖沓。

待吃完香粽後，三郎跳起來說：「我們去江邊欣賞龍舟競渡吧？聽說有許多漂亮的龍舟呢！」

陳益和問道：「那距離可遠？我們只有三匹馬。」

二郎接著道：「若是騎馬便不遠。不若大兄帶著珍珍，我和三郎還要麻煩你和陳七一人帶一個了。」

沈珍珍前幾日剛被馬驚嚇到，如今一聽到馬還有些腿發軟，但是她十分相信大兄的騎術，便也寬了心，於是，幾人騎著馬直奔江邊。

在一片綠草中，剛入夏的熱風迎面撲來，日頭略曬，卻依舊擋不住人們對龍舟競渡的熱情。波光粼粼的江面上，幾艘大小不同的龍舟停泊著，只見各艘龍舟上木雕的龍頭高昂著，姿態不一，栩栩如生，顏色則以紅色、黑色為主，而龍舟另一端的木雕龍尾上還刻有鱗甲，整艘龍舟就似蛟龍入江般。

每艘龍舟上整齊地坐著準備比賽的郎君們，十幾二十人的頭上圍著顏色一樣的頭巾，手中拿著划槳，站在最前面的郎君則面對著一面大鼓，競渡活動似是已蓄勢待發，而江邊的人群也是圍了好幾圈。

沈大郎幾人將馬停好，陳七留下看馬，沈家兄妹與陳益和走向江邊。

忽然，三郎指著一艘高大精美的龍舟喊道：「快看！那不是蕭家的龍舟嗎？」

沈珍珍順著三郎的手指望去，只見那一艘龍舟上有著精美金雕的龍頭，龍舟上飄揚著一面紅色的旗幟，旗幟上寫有「蕭」字。龍舟上坐了二十餘人，一個年輕非常的鼓手英姿颯爽地站在鼓前。

二郎細細一看，言道那鼓手莫不是蕭郎君？

沈珍珍一聽，忙踮起腳尖、仰著脖子看那鼓手，可不就是蕭令楚！只見他穿著一身紅的上身布衣，下身著褲，頭上繫著紅色的頭巾，整個人看來十分精神。

靠近蕭氏龍舟的人群中，不乏激動的小娘子，此時正狂熱地喊著「蕭郎君、蕭郎君」。

隨著一聲擊鼓聲，龍舟競渡開始了！

眾划槳手隨著鼓點聲賣力地划著槳，龍舟很快就飛馳起來，遠看著江上幾艘飛馳的龍舟，就如條條蛟龍在江中翻滾般，好不壯觀。各艘龍舟都向著插有錦旗彩竿的終點飛馳而去，圍觀的人群隨著那龍舟移動的方向，沿著江畔邊走邊熱情地吶喊著。

陳益和笑道：「我看這次必然是蕭家的龍舟拔得頭籌，你們看那船做工精巧，吃水有力，加之那些郎君們配合得極好，龍舟划起來的速度明顯比其他的龍舟要快。」

果不其然，最後就是蕭家的龍舟勝了，蕭令楚被眾划槳手擁在中間，頻頻向人們揮手。

沈家兄妹與陳益和看了熱鬧後，便沿著江邊慢行，說著最近的趣事。陳益和跟沈珍珍描述著兔子花燈的形狀，沈珍珍一邊想著白兔狀的精巧玻璃花燈，一邊對西京的上元節心生嚮往；二郎、三郎則跟大郎說著書院的趣事，幾人邊說邊笑。

蕭令楚下了停到江岸邊的龍舟後，忽然就看見了二郎、三郎，概因雙生子那一模一樣的面容在人群裡十分顯眼。

在雙生子旁邊，那邊笑邊說的可不就是沈珍珍和那個姓陳的郎君？怎麼沈珍珍一見那陳郎君就眉開眼笑的，每每見了自己卻是翻白眼？就連他那日救了她，也連個勾都不願意跟他拉，簡直是小氣至極！越想越覺得沈珍珍對人偏頗的蕭郎君就向幾人奔去，也顧不得路過的各家熱情小娘子們火辣的目光，滿眼都是沈珍珍與陳益和的笑臉。

沈珍珍一抬起頭，遠遠看見一個移動的紅包朝這邊跑來，就知道這蕭令楚又來湊熱鬧了。她暗想，希望這不會說話的蕭郎君可千萬別說出什麼不中聽的話，直接毀了大家愉快的心情。

蕭令楚剛到眾人跟前，先跟其他幾人略打招呼後，就直接問沈珍珍。「今兒端午，可吃了粽子？」

沈珍珍笑著點了點頭說：「多虧陳阿兄從揚州城的德味齋買了兩盒粽子來，我和二兄、三兄才吃到了美味的香粽。」

「德味齋？德味齋有什麼了不起，妳喜歡吃，我下次給妳買上十盒它家的點心！」說完，蕭令楚還掃了一眼陳益和。

沈珍珍額頭的汗瞬間就冒了出來，只得玩笑道：「這可是你說的，到時買不來我可不依。」

蕭令楚一聽，急了。「怎麼能買不來？那鋪子……那鋪子就是我們家的！」

雙生子畢竟是蕭令楚的同窗，對其脾氣略有掌握，趕忙岔開話題讚道：「令楚兄家的龍舟拔得頭籌，真是厲害。」

蕭令楚的臉色這才好了些，點頭道：「平日都有訓練的，今日才會配合得好。」

就這樣，蕭郎君硬生生地擠入了沈家兄妹的小隊伍中，有一搭沒一搭地插進珍姊和陳益和的對話，可把珍姊說得彆扭極了。

上元元年過得不緊不慢，轉眼就到了年底，恰沈二老爺在平安縣這任上任期已滿，必須在年底的十二月上旬就趕到西京城向吏部述職。

沈二老爺到達西京後，想想這些年在家的老母親和兄長，看著久違的西京城，不禁感慨萬分，跪在母親的腿前哭說著不能在母親身邊侍奉的種種不孝。

而沈老太君見到自己日思夜想的小兒子，也不禁熱淚盈眶。

沈大老爺見到弟弟，也是高興非常，安慰兄弟安心在西京城中等待，因三品以下官員主要由吏部考核，身為吏部官員的沈大老爺對兄弟的升遷還是有信心的。

沈二夫人將沈二老爺的一切物什打點好，送走要先行進京的夫君，待到沈珍珍兄妹幾人放假後，才帶著兒女們一起踏上了返回西京的道路。這一路上，她惦記的重要事宜，便是要將珍姊記在自己這兒，由庶變嫡。同時她也憂心沈二老爺的品級，不知今年底能不能升上一升？平安縣縣令雖好，但畢竟也只是個七品。

待沈二夫人一行人終於到達西京城後，這沈府全府的人終於能夠團聚了，一家人在除夕一起熱鬧地吃著團圓飯，說說吉祥話。

沈二老爺和沈二夫人對兄嫂深深地鞠了個躬，這麼些年來，西京城中的一切全靠大房操持著。

沈大老爺之妻肖氏笑著擺擺手，十分賢慧。

沈大老爺唯一的嫡子沈五郎比沈珍珍還小一歲，別看年紀小，因頗受沈大老爺的影響，竟是一副小大人的模樣，三郎看著好玩，不時愛逗逗這個堂弟，搞得五郎很是鬱悶。

就這樣，元二年在沈家人的歡聲笑語中及全城人的爆竹聲聲中到來了。

一家人商量後拍板決定，將沈珍珍記入沈二夫人名下，於是沈珍珍在八歲這一年由庶變嫡，成為了沈氏嫡女。

第十六章　上元節眾人遇公主，公主欲招駙馬

上元二年的元月初五，京中官員新年假畢，開始新年的應卯。沈二老爺入吏部領委任狀，由正七品升至從六品，調職於揚州允判，沈珍珍一家就要從平安縣城搬入揚州城內了。沈二老爺政績佳，穩中有升，沈大老爺頗為欣慰，覺得再過幾年，自己這個弟弟也許就可以入京做官，到時一家人就能長居西京，豈不熱鬧。

沈珍珍在家乖乖地貓了好多天，就盼望著上元節能逛逛火樹銀花的西京城。

陳小郎君自返回西京與家人過節，便思量著於上元節帶沈氏兄妹遊西京，如今的他也算是對西京的熱鬧街坊有所瞭解了。

於是，上元這一日的傍晚，沈珍珍終於如願以償地女扮男裝，帶著同樣女扮男裝的夏蝶，瀟灑地跟著三個兄長，在陳益和的帶領下去逛上元節的西京城了。

陳益和細細地看著沈珍珍的裝扮，不禁讚道：「好一個俊俏的小郎君！」

沈珍珍抱拳道：「兄臺有禮了。」

眾人哈哈一笑，接著便朝最熱鬧的街坊走去。

從沒在上元節出來見過世面的沈珍珍，已在眾花燈中迷失了方向，各種新奇討巧的花燈牢牢地吸引著她的視線，她恨不得將各個精巧的花燈都捧回家。怪不得自古以來，有那麼多詩人爭相描寫熱鬧非凡的上元節，琉璃、水晶、玻璃樣的花燈琳琅滿目，可謂是交相輝映。

上元佳節，西京是名副其實的不夜城，今年的街上除了花燈以外，還有華縣來的皮影藝人，在街邊擺弄著皮影戲。眾人圖新鮮，將這皮影戲攤圍了個裡三圈、外三圈。

沈珍珍仗著個子小，好不容易才擠到前頭看個究竟，只見兩個皮影小人被操縱得十分靈活，皮影藝人時而聲音尖細似女生，時而聲音低沈似男生，沈珍珍細細一聽，原來這演的是精彩的《陌上桑》。旁白的聲音先是娓娓道來——

「日出東南隅，照我秦氏樓……」

緊接著便是那傳世有名的一段羅敷和太守的對話，那皮影藝人將羅敷和太守的對話模仿得唯妙唯肖，沈珍珍一邊看著，一邊聽得津津有味。

這時，陳益和終於突出重圍，擠到沈珍珍跟前。「原來四娘喜歡這羅敷的故事？」

沈珍珍點頭道：「女學的先生曾在課上講過羅敷的故事，以此來告知我們女子遵禮守德呢！」

看完皮影戲後，兩人好不容易再擠出來，沈珍珍高昂著頭顱道：「女學對小娘子們也是十分嚴格的！」

她那一本正經的樣子逗樂了三郎，笑問：「那不知是珍珍的學問好，還是大兄的學問好？」

沈珍珍答道：「那自然是我甘拜下風啊，大兄的學問，四個沈四娘也是比不上的！」

沈大郎無奈地搖了搖頭道：「我看啊，這兩年來妳這張小嘴是越發地能說了，怪不得阿娘總是被妳哄得那樣高興。被妳這麼一說，我怕是也找不到這西京城的東南西北了呢！」

幾人邊走邊笑，二郎指著前方猜燈謎的花燈攤說：「快看，前面可不就是能猜燈謎。」

這上元節，人們的娛樂活動除了賞花燈，自然也少不了猜燈謎。人們將燈謎寫於燈上，透過亮著的燭光映出來，來往的行人都可以借著謎面猜猜謎底。有的小攤上，猜對了燈謎便有香扇、筆筒、書籤等禮品，引得小郎君和小娘子們躍躍欲試。

陳益和笑著對沈珍珍道：「若是四娘想要猜燈謎，我們不若也去撞撞運氣。」

沈珍珍笑嘻嘻地道：「珍珍從未猜過燈謎，猜燈謎可全靠各位兄長了！」

有的燈謎十分簡單，例如「仲尼日月」打一人名，陳益和便脫口而出「此人為孔明」；有的燈謎則要眾人想上好一會兒才能猜出謎底。

忽然，沈珍珍的目光被一個小巧的荷花玻璃花燈吸引住，那荷花做得格外精巧，雕飾做得很細緻，上面還寫著燈謎的謎面。沈珍珍指著那荷花花燈道：「陳阿兄，快看那個荷花花燈，是不是很精巧？」

陳益和順著沈珍珍的指引一眼望去，看了看，點頭道：「此花燈看著像是琉璃做的，四娘好眼光。」幾人遂挪步到花燈處。

小販熱情地介紹道：「若是猜出燈謎，本攤可是有檀香香扇贈送呢！上元節嘛，大家圖個熱鬧。」

陳益和正準備看時，身側忽然傳來一個聲音——

「那我便試試看！」

陳益和側頭一看，只見在幾個侍女和侍衛的簇擁下，走來的不是安城公主還能有誰？

只見陳益和低頭一拜，恭敬道：「草民拜見公主。」

沈家兄妹這一聽，哪裡還能不躬身一拜？

這可是沈珍珍第一次見到傳說中的公主，因此內心激動非常。

安城公主手一揮，低聲道：「上元佳節，不必多禮。」同時，安城公主將目光投到了沈珍珍的臉上，細細打量著。雖然珍姊是女扮男裝，又因著年齡小，倒是雌雄難辨，可是長年女扮男裝的安城公主此刻哪能看不出沈珍珍的女郎身分？

沈珍珍低著頭都能感覺到公主熱辣的目光似是在自己臉上打量了幾個來回。

安城公主終於收回了對沈珍珍的打量，問道：「陳小郎君何日回西京的？」

陳益和恭敬地答道：「草民乃十二月二十八到家的，過幾日便要再南下了。」

安城公主點了點頭，看了眼沈珍珍，問道：「這位是陳家女郎嗎？」

陳益和搖了搖頭。「今日草民乃是與同窗出來賞燈，這位是沈家娘子，同窗之妹。」

雖說此刻的沈珍珍才只有八歲，但任何一個圍繞在陳益和身邊的女性此刻都會被安城公主視為眼中釘，何況沈珍珍小小年紀就出落得清麗嬌俏，因此安城公主拿著團扇笑道：「小小年紀便是如此顏色，長大還不知怎樣惑人呢，畢竟以色侍人可不是正道，家中人還是應好好管教。」

沈家眾兄弟聞言色變，這話可真真是說得難聽！

沈大郎忙上前道：「草民這就將幼妹帶回家中。」

反觀沈珍珍，根本沒把公主的話放在心上，倒是沒心沒肺地在一旁看看臉色極差的陳益和，再看看怎麼也掩飾不住眼中情意的安城公主，暗想著：陳阿兄果真不簡單，連公主見了他都不知道東南西北了！

見沈家兄弟帶著沈珍珍迅速離去，陳益和暗自焦急，也忙向安城公主告辭，心中生氣的他聲音變得更加冷冰冰。

安城公主看著陳益和那追趕著沈家兄妹的背影，有些失落，喃喃道：「你可知道，每年上元遇見你便是我一年中最開心的日子……陳小郎君，過不了多久，我一定會讓父皇為我招你當駙馬的，到時你可就是我的了！」

上元節一過，年算是過完了，安城公主這年一過便十四歲，正是到了該招駙馬的年紀了。肅宗為這個心愛的女兒該挑誰做駙馬，著實想了好久，心裡雖然有幾個人選，但是還沒有細細甄選，覺得還需些時日才能得出答案。

安城公主並不知肅宗的心思，已然對陳益和魔怔了。她日漸沈不住氣，決定向父皇道明心扉，要招陳益和為駙馬，她只想與那個翩翩少年郎白頭到老！

這一日傍晚，肅宗忙完了一天的政事，正在自己的解語花楊嬪的紫苑閣中與其說著話，忽然看見安城公主急急忙忙地闖進來，連太監和宮女都攔不住。

安城公主大喊道：「你們別攔我！」

只見安城一闖進來二話不說，朝著肅宗就是重重地一跪，肅宗被嚇了一跳。

楊嬪一看女兒這個樣子，大概明白是所謂何事了，心中又是心疼、又是著急的。

肅宗長袖一揮，道：「起來說話，慌慌張張的成何體統？哪裡有皇家公主的風範！」

安城公主倔強地道：「父皇若是不答應女兒的請求，女兒就不起來！」

肅宗奇了，道：「妳若是不說，父皇怎會知道妳所求何事？快起來。」

安城公主這才起身，扯著肅宗的袖子，一邊撒嬌、一邊親暱地說道：「阿爺今年要為安城招駙馬，可是安城心中已經有了人選。」

肅宗一聽，立刻問道：「是誰家兒郎？」

安城笑著答道：「就是長興侯世子家的庶長子！」

肅宗一聽便眉頭一皺，搖搖頭道：「陳克松家的庶長子？不妥。那庶長子朕雖沒見過，卻知道來歷，就是當年那個胡姬之子。朕倒不是覺得胡姬之子有何不妥，但是妳身為皇室公主，下嫁一個庶子，卻是萬萬不妥的。」

安城一聽，急了。「阿爺，女兒非他不嫁！」

肅宗的目光瞬間變得清冷，厲聲問道：「朕問妳，莫非妳與他私相授受了？」

安城公主一聽，忙搖了搖頭道：「女兒不敢！只是在上元佳節見過幾回，被他的風姿所折服，還望父皇成全兒臣的一片真心。」

肅宗這才緩了臉色，但是語氣依舊嚴肅地道：「妳選駙馬的事情，朕心中已經有了大概。至於陳克松家的庶長子，因為有了胡姬生母的美貌在先，應是有副好容貌的，但是佳偶要郎才女貌，所以郎君還是要看才學的。」

「聽說那陳小郎君學問極好，如今就在長豐書院讀書，正是才貌雙全！」安城公主不服氣地說道。

肅宗一看安城如此堅定，以他對這個女兒的瞭解，看來今天是不能說妥了，所以只得道：「婚姻本就是結兩姓之好，父皇自然是希望妳婚後美滿。這樣吧，待我問問長興侯世子後再說。」

安城公主這一聽，恍若已經看見陳郎君身騎白馬來迎娶她的情景，不禁笑逐顏開。

楊嬪在一旁皺了皺眉，思量著待會兒該如何應答。

待安城興沖沖地離去後，果不其然，肅宗細細打量了楊嬪一番後，問：「妳怎麼想？」

楊嬪跪在肅宗的腿旁，低著頭，委婉道：「陛下別太把安城的話當真，她年紀還小，心性不定，陛下不必往心裡去。公主的婚事自然是由陛下作主，臣妾從來沒有懷疑過陛下對我們母女的愛護之心，若是陛下為安城定的親事，那就必定是一門好親事，臣妾只有感激高興的分兒，哪裡會有什麼別的想法呢？」

瞧瞧楊嬪這張巧嘴，說的話句句中聽，讓肅宗聽得極為受用。他伸出手指抬起楊嬪的下巴，她那雙眼尾略微上揚的鳳眼看著別有風情，姣美的臉頰剎那間浮上一層薄薄的紅暈，就如給臉蛋上了一層胭脂，漸漸地，就連那對白玉般的耳垂都浮現出了淡淡的粉色。楊嬪也算是入後宮許多年了，但是多年過去，肅宗還是能從她的身上看到少女的羞澀，偏偏還帶著婦人才有的風韻，肅宗最愛的可不就是她這副嬌羞嫵媚的模樣，讓人忍不住想去憐愛一番。

肅宗心中的不快一掃而空，輕聲嘆氣道：「過去，朕的確十分寵愛安城，總想著她是妳給朕生的愛女。但是選駙馬豈如兒戲，哪裡是她看上誰，誰就是駙馬這麼簡單？朕的家事對大臣們來說就是朝廷的事，牽一髮而動全身，所以朕不得不謹慎。待朕召陳克松問問看再說吧，一個巴掌拍不響，若是陳家有此想法，此事另當別論，我看也該敲打敲打了。」

楊嬪乖巧地點了點頭道：「臣妾聽陛下的。」緊接著伸出嬌嫩白皙的雙手為肅宗揉了揉腿，這柔軟的雙手一路往上，揉得那是頗為有技巧。

楊嬪時不時地仰起頭一笑，翠綠的抹胸裙、肩上披的紅帛，無一不襯得她肌膚如雪，上圍豐滿，加之那櫻桃小口微微張開，令肅宗看得有些心猿意馬，一把拉起跪在自己腿邊的楊嬪入到自己的懷中，啞聲道：「是時候安置了，叫人速速去準備。」

楊嬪羞紅著臉道：「臣妾這就去吩咐。」

肅宗看著這般懂事的楊嬪，點了點頭。後宮裡就缺這種顏色極好、又懂風情、還不愛興風作浪的，不怪他這麼多年來都想多給她些愛護啊！

第二日，陳克松被召進肅宗書房的時候，尚不知所為何事。

肅宗一見長興侯世子，表情溫和地道：「今日召你來不為軍營的事，不必多想，不過是作為父母的談談兒女之事罷了。聽聞愛卿的庶長子才貌雙全？」

陳克松可謂是與肅宗一起長大的，怎能對肅宗不瞭解？若是肅宗提到了一件事，必然不會只是隨便提提而已，不得不小心應對，因此陳克松忙躬身道：「談不上才貌雙全，如今年紀還小，以後還不可知。」

「若是招為駙馬呢？」

肅宗突如其來的一句話嚇得陳克松立刻跪下，忙將頭低俯在地面上道：「請陛下三思！雖然臣一向覺得此子聰慧，但畢竟嫡庶有別。臣每日殫精竭慮為陛下辦事，從未有什麼非分之想，如今臣年紀輕輕已經官居四品，這同朝同僚都看著呢，若是再有公主嫁入臣家，臣真不知該怎麼是好了，恐怕就連入睡都難。何況三郎只是庶子，高攀不上皇家公主，若是公主進了臣家，臣真怕要受眾同僚攻擊臣嫡庶不分了。」

肅宗一聽，看來這陳家沒有讓小郎君做駙馬的念頭，於是笑著點了點頭道：「還是你心裡清楚。」

陳克松這才鬆了一口氣，額頭已經出了層薄薄的冷汗。

出了宮，回到家的陳克松，立即召了陳益和到書房。「行囊收拾好了？」

陳益和恭敬道：「兒已經收拾好了，明日就可出發南下。」

陳克松點了點頭，問道：「今兒陛下召我進宮問了問你，你莫非是出門碰見了哪位貴女？」

陳益和心中立刻警鈴大作，小心答道：「兒於上元節曾遇見安城公主。」

陳克松立即明白了，原來是安城公主看上了自己的兒子。雖然心裡已明白，但表面上他依舊不動聲色，緊接著問道：「若是陛下有意招你為駙馬……」

陳益和立刻跪下道：「兒從未有意攀皇家。兒本是庶出，從未忘記過自己的身分，何況若是公主嫁進府，母親心裡怕是不大受用的，屆時兒更不知道該如何自處了。」

陳克松聽到這一番話，十分欣慰地點了點頭，聲音放得更加和緩了。「你可想清楚了？也許成為駙馬後，你便一生都富貴無憂了，何況陛下對安城甚為寵愛。」

陳益和毫不猶豫地答道：「兒身為男兒身，是要靠自己努力闖出一片天地的，從未想過要一步登天。」

陳克松不禁拍了拍陳益和的肩膀，感慨道：「你若是這般想，我便放心了。老實地南下回去讀書，別再給我生出什麼事了。我看陛下也無此心思，不過是藉機試探而已。」接著，陳克松話鋒一轉。「不過你今年也已經十二，為父想著，等你求學歸來後再做議親的打算，如今你且先安心學習。」

陳益和點了點頭，忽然想到了娶親。生平第一次，娶親這個念頭進入了陳小郎君的腦海，究竟什麼樣的女郎會成為跟他共度一生的妻子呢？他的腦海中莫名地浮現出珍姊姣好的面容，一時間竟覺得整顆心猶如小鹿亂撞般跳個不停。

父親大人的話好像為他打開了一扇門，門的那邊是他十分陌生卻又忍不住想去探索的地方，這樣的心思使得他開始思考起除了建功立業之外的事情，同時也才意識到，多年來一直被他當作妹妹的沈珍珍竟然可以換個方式進駐他的心房。

想到此，陳小郎君的雙眼霎時間明亮了，覺得整顆心都熱了起來……

第十七章　沈氏夫妻夜話兒女，陳小郎君悟情

沈二老爺一家該是喜氣洋洋地準備南下了，可是沈二老爺卻為了要在揚州城中新置辦院子而犯了難。

沈大老爺看見弟弟一臉苦大仇深的樣子，決定不再逗他了，拿出幾張銀票，笑問道：「阿弟可正愁這個？」

沈二老爺點了點頭，一張俊臉脹得通紅，道：「揚州的地雖不比西京的寸土寸金，可是要在城中置辦一處宅院卻還是需要不小的一筆……」

沈大老爺拍拍阿弟的肩膀道：「我就想看看你什麼時候跟為兄開口，沒想到這麼些年了，你還是這麼不長進，什麼事情都得等到為兄來問你。你忘了，你阿嫂當年入股書局生意，你也拿出了不少，如今年年都有紅利，為兄都給你悉數存著呢！」

沈二老爺接過銀票，小心翼翼地看看面額，驀地目瞪口呆，道：「阿嫂入股的是什麼書局生意？竟……竟然拿了這麼多紅利?!」

沈大老爺得意地道：「自然就是現在西京最大的書局——甄選書局。想想這些年最暢銷的畫冊之一西京美郎君圖冊賣了多少本，你心裡就大概有數了。」

沈二老爺張了張嘴，看看一邊摸著美鬚、一邊微笑的兄長，真是對其佩服得五體投地了。他支支吾吾地說道：「我只是不想動娘子的嫁妝和她那間小陪嫁鋪子，畢竟娘子心裡還

惦記著幾個孩子，以後三個兄弟娶妻要下聘、珍姊出嫁要嫁妝，這都是不小的支出。我的俸祿就那麼些，兄長也是知道的……」

沈大老爺任吏部官員，自然對自家阿弟的俸祿是清清楚楚，故點點頭道：「你放心去揚州做官，西京有為兄為你擔著，不必擔憂。」

回到房中的沈二老爺將銀票拿到沈二夫人眼前晃了晃，沈二夫人一把奪過看了看數額，可是高興壞了，立刻對親親夫君奉上香吻一枚，同時感慨自己真真是嫁對了人家，夫君的家人就像一棵大樹般，可以讓人放心地依靠著。

沈二夫人這才想到自己的娘家，頭靠在沈二老爺的肩上道：「我阿爺年前將信寄到了西京，說是我阿弟要從隴西去揚州看咱們呢！」

沈二老爺不禁笑問道：「這麼多年來岳丈和妳阿弟都在隴西守邊，如何想到要來揚州看望？怕我對妳不好嗎？」

沈二夫人嬌嗔道：「你敢！」隨即帶著驕傲和自豪對夫君道：「說是我阿弟的孩兒翔哥，要去長豐書院考學呢！但是我們就此要搬到揚州城了，也沒法現在給他們去信，畢竟待信到了，他們也早都出發了，怕是要去往平安縣舊宅了呀……」

沈二老爺安撫道：「平安縣的宅院咱們不是留了一人嗎？幾個月內都會守著，妳娘家兄弟會在揚州城尋到咱們的。」

沈二夫人感慨道：「當年我嫁你的時候，阿弟不過十二歲，也不知道現在長什麼模樣了？一轉眼，孩子都這麼大了。我阿娘生了我阿弟後，沒幾年就去了，別看我阿爺是個粗人，卻愣是為阿娘守著不續弦，就那麼一房姨娘，還是我阿娘當年的陪嫁呢！我阿爺啊，就是個倔強的老翁，對我，那是被我氣得恨不得拿鞭子抽我，對我阿弟卻從來都捨不得說一句重話，可真真氣人。不過我阿爺為我尋了一門好親事，將我許給了你。如今珍姊可要多個表哥了！」

沈二老爺點點頭道：「我看珍姊這都八歲了，還不開竅呢，再過幾年該給挑選夫君了，妳也要上上心。」

沈二夫人道：「都操心著呢，我看那蕭小郎君倒是不錯，百年世家的小郎君呢！」

沈二老爺雖然也十分喜歡蕭小郎君，但腦袋還是很清醒的。「世家有世家的聯姻之道，恐怕人家看不上我們這麼小門小戶的。我看那陳小郎君倒是個好的。」

沈二夫人不依道：「陳小郎君人倒是還好，可他到底是個庶出，珍姊以後若嫁過去，還不得被他那嫡母欺負死？珍姊可是我這麼多年來捧在手心的心肝兒，豈是進他們侯府叫人糟蹋的？我斷斷是不會答應的。」沈二夫人思前想後，忽然眼前一亮，道：「翔哥呢？年紀比珍姊大了一歲，若是以後讀了書，不回隴西做武將，倒是一個不錯的選擇！」

沈二老爺點點頭，摟住娘子的肩頭道：「夫人不必多憂，珍姊的婚事，以後我們還能託兄長給她在西京城中找個好人家。今年她才八歲，再看看吧。倒是大郎的婚事該操心了，兄長的意思，是等大郎從長豐書院完成學業後，回到西京過了明經科再訂親。」

沈二夫人點了點頭，與夫君頭抵著頭，在這個即將離開西京的夜晚，就兒女的婚事說了大半夜都不覺得疲累。

卻說陳益和跟父親大人一席談話之後鬆了口氣，隨即想到第二日便要和沈府一家人一起下揚州，心情出奇的好。不料這臨走前，還是被掃了興。

陳益和歷來準備沐浴前，是叫香雪打好水就退出去的，陳七一般在門外守著，陳小郎君則在自己的房內沐浴，若是需要人遞個香胰子，都是陳七代勞。

這香雪眼看著已然十四歲了，若放在別人家，穩穩地已做通房丫頭了，可是在侯府中還沒有用武之地呢，白白可惜了發育極好的身段了，直叫其他房中的小郎君暗暗嘆息。

香雪畢竟是領了夫人的命令來到陳益和房中伺候的，前幾年，她覺得郎君年紀小，還不懂人事，凡事要慢慢圖之。可如今郎君已經十二歲，再過兩年都可以成親了，可不就是到了該通人事的時候了？自己若是不趁現在成了事，這又要等一年，她真真是不甘心啊！下定決心要與陳益和成事的香雪，先是為即將沐浴的陳益和準備好了水，就安靜地退了出去，然後使了個藉口將陳七支開，緊接著回到自己的小屋脫了厚重的外裙，靜等著機會。

毫無防備的陳小郎君，此刻正坐在浴桶中閉目養神，享受著熱氣的蒸騰感，忽然聽門響了一下也不甚在意，以為是陳七進來送香胰子。忽然，一雙手順著背就摸了上來，那手溫柔細軟，撫摸過的地方叫人立刻感到一陣酥麻，陳益和背部一僵，低聲道：「香雪退出去！」

香雪此次都豁出去了，哪裡肯就此停手？她不但沒有退出去，反而將臉湊了上來，對著陳益和的耳朵輕吹了一口氣，脫掉外裙的身子緊緊上前貼著陳益和的背，柔若無骨的手輕輕滑到陳益和的胸前。

這陳小郎君哪裡經過這般逗弄？他強忍住身體的悸動，一把甩開香雪的手，厲聲吼道：「我數到三妳若再不走，別怪我無情，讓陳七把妳扔出去，妳以後也不用在我這兒伺候了！」

香雪都做到如此地步了，見小郎君還是這樣的冷酷無情，立刻覺得委屈非常，哭得是梨花帶雨，幾步繞到陳益和的跟前，哭道：「郎君，香雪求求你看我一眼，哪怕只是一眼也好啊！香雪本來就是要做你的人，你別不要我啊！」

陳益和哪裡想看，直接開始數數。「一、二……」

香雪一看郎君這般發怒，便知今夜是成不了事了，只得哭哭啼啼地跑了出去。

剛剛被香雪支走的陳七，這時剛走回到小郎君的門口，看到香雪哭著跑出來的身影，還沒鬧明白怎麼回事，只得在門外問道：「郎君，可有什麼事情？」

陳益和惱火非常。「以後你要是隨便就被別人支走，乾脆自己挖個地洞鑽進去，別再丟我的臉！」

陳七都是十八的人了，這一聯想，算是明白怎麼回事了，不禁暗想道：哎喲，這香雪真是夠厲害的，敢妄想郎君，真是膽大包天啊！他急忙喊道：「郎君你可別生氣，我保證以後郎君沐浴的時候一定守在門口！」

陳益和一聽陳七的話，惱火的情緒不減反增了。

沈二老爺急著趕去揚州報到赴任，因此自己帶著隨從，先於眾人，快馬加鞭地出發了，而剩下的沈府眾人與陳益和則不緊不慢地先走陸路再走水路，直達揚州。

陳益和自開了竅後，自然是希望能時不時看到珍姊的，所以此番能夠和沈家人結伴一起下揚州，別提心裡多美了，只盼能逮到機會跟沈珍珍說上那麼一、兩句話，都足夠他內心竊喜不已。

可惜珍姊一開始壓根兒沒看出陳小郎君滿是傾慕的少年心，看見臉色時不時發紅的陳小郎君時還直問道「陳阿兄，你可是生病了」，直到走了將近一個月，珍姊才終於從陳益和反常的害羞中嗅到了一絲異常，不禁自問道：難道陳阿兄這是心悅於我，怎地跟以前不一樣？隨即，她立刻否定地搖搖頭，趕緊把自己從胡思亂想的軌道中拉回。儘管這麼多年來陳益和對待她是真真的好，而且在她眼中，沒有一個少年小郎君可以美過陳益和，可是，那僅僅限於欣賞。

她從來沒有把陳益和當作以後的夫君人選，真的不是陳阿兄人不好，他好得都快讓她自慚形穢了！實在是長興侯府家大業大，這種後宅鬥爭複雜的地方，就她這種戰鬥級別的，估計一進去就會被轟成了渣啊！

這輩子的沈珍珍自小就沒有被培養宅鬥技能，所謂三歲看老，人貴在有自知之明才能活得安樂。再說，陳小郎君的世子父親估計也是看不上自己這個出身自從六品官員府上的兒媳，為免以後大家都不好過，她還是裝傻比較好，其實她的內心也滿滿都是美人只可欣賞而不可採擷的辛酸淚啊！

裝傻充愣珍姊是個中好手，於是看著珍姊那一副完全不開竅的樣子，陳小郎君的確內心鬱悶，卻還不能寫在臉上，憋屈感可想而知。

加之沈二夫人特意對兒女提到，她娘家兄弟要攜兒從隴西到揚州拜訪，沈珍珍即將見到表哥，陳小郎君心中的警鈴立刻大作。之前有個出身優越又受沈二夫人喜歡的蕭令楚，就已經夠讓人惱火的了，如今又白白多了個表哥，這還得了！平時，那些女郎們最愛看的話本故事中，不都是表哥與表妹是青梅竹馬，最後互相傾慕而喜結連理嗎？

心中頗有危機感的陳小郎君自發現珍姊對自己毫無情愫後，便開始細細琢磨著怎樣才能等沈珍珍長大，將其順利騙回家，越想吧，越覺得前路灰暗，但他又不是那種輕易放棄之人，怎會甘心就此打住？所幸沈珍珍的年紀不大，依著沈氏夫妻對沈珍珍的寵愛，自然不會這麼早就給她訂下親事的，他還有的是機會！

本來就聰慧的陳小郎君冷靜下來後，便覺得此事需徐徐圖之，特別是在經由水路南下的路上，看著京杭運河上的來往船隻，讓陳小郎君想起當年他和沈家人相遇，沈珍珍贈欒的情景，更加覺得沈珍珍與他乃是天賜良緣、天作之合！

終於，在沈珍珍已經覺得看見水面就心慌慌的時候，眾人於這日下午在揚州城外的碼頭上了岸。

沈二老爺已經高效率地去北城的官府報了到，並在南城中為家人置辦了一處兩進院落，這兩天一直使人在城外的碼頭等待家眷的到來，所以沈珍珍兄妹跟著沈二夫人一到，就在家丁的帶領下，順利地來到了揚州南城中的新家。

眾人剛一開門，沈二夫人左腳才跨過門檻，就聽見一聲飽含熱情的呼喊——

「阿姊！」

沈二夫人手中的團扇立刻掉落在地，整個人都呆傻了。眼前向自己飛奔而來的男人是誰？沈二夫人的眼眶忽然就溢滿了淚水，來人可不就是自己自出嫁後就未見過的阿弟，李元恪啊！沈二夫人一看見他，彷彿就看見了年輕時的阿爺，多年未見的阿爺也不知道如今老成了什麼模樣？姊弟倆都是泣不成聲。

沈二老爺從前廳一路走來，也頗為感慨，身後還跟著一個老實的小郎君。

沈二夫人忙拉過沈大郎、二郎、三郎以及沈珍珍，道：「快叫阿舅。」

沈家兄妹紛紛給第一次謀面的阿舅行了禮。

沈二老爺隨即將跟在自己身後的小郎君介紹給沈氏兄妹。「這便是你們阿舅家的郎君，你們的表兄弟，李天翔。」

李小郎君被點了名，略帶羞澀地從沈二老爺身後探出半個身來，一臉好奇地看著眾人。

沈珍珍一看差點笑出來，為了淑女風範生生地忍住了。表哥啊，你這扭捏羞澀的模樣真真與你黝黑粗獷的面容不搭啊！

李元恪抹了抹眼角的淚珠，一把拉過兒子李天翔道：「還不給你姑母和表兄妹們行禮。」

李天翔先是絞了絞衣袖，緊接著細聲細氣地給沈二夫人還有沈家兄弟行了禮，最後還不忘露出一個憨厚的笑容，問了一聲「表妹好」，說完又繼續絞衣袖。

沈珍珍看著自家表哥，腦海中出現了本應套馬桿的雄壯漢子，卻一副扭扭捏捏的畫面，突地覺得這個有強烈反差感的表哥真有意思，自然笑容可掬地跟表哥也回了禮。

陳益和站在後面，看見李天翔的面容時先是鬆了口氣，因為實在不符合當代對好容顏的定義，可是當看到沈珍珍滿眼的笑意，不同於對蕭令楚時的愛搭不理，他立刻覺得整個人都不好了，不禁自問：莫非四娘喜歡的是這般黝黑的類型？但是陳小郎君天生就曬不黑，即使頂著烈日練習一下午的騎射，他頂多是曬得臉色通紅，第二日又是雪白如玉了，哪裡能像這位郎君一般的黑？這是個難題啊……

沈二老爺看著這院子裡都是人，連忙招呼道：「別擠在門口了，咱們進去說話，讓下人們將行李慢慢搬進來。」

李天翔第一次離開隴西的邊關，跟著父親大人一路來到這熱鬧繁華的揚州城，他對一切都是好奇的，甚至於今天見到父親總是提起的姑母，也要細細打量一番，再一見到珍妳，覺得這個表妹真是他見過最美的女郎了！

沈珍珍當然跟李天翔在隴西邊關見到的小娘子不大一樣，隴西邊關的女郎們整日頂著風沙，能比李天翔白點，但哪裡比得上沈珍珍的膚若凝脂、雪白如玉？沈珍珍這光潔白嫩的皮膚就已經夠她表哥驚豔的了，更別說那越發精緻的五官，更讓他覺得表妹是美若天仙啊！

這一日的傍晚，眾人在沈府吃了一頓熱鬧非常的晚飯，沒見過世面的李天翔覺得姑母家的人不僅各個長得極好，就連飯食都如此可口，再喝上一杯酸甜的葡萄漿，真是好喝得要流淚了！別看李表哥皮膚黑，但是他長了一雙漂亮的眼睛，能充分地表達出他內心的喜悅，那濕漉漉的眼睛配上那驚喜的表情，直把另外一桌的沈珍珍看得是眼睛都要笑彎了。

李元恪大抵因這麼多年的思念終於找到了出口，酒喝多了，開始真情流露，眼淚汪汪的，最後把自己喝趴下了。

李天翔從未見過父親酩酊大醉的樣子，此刻覺得十分不好意思，試著自己扶起父親回房休息，無奈人小力薄，最後還是在沈大郎的幫助下才將父親大人扶回房。

沈家兄妹按照父親的吩咐，終於各自入住新屋。

沈珍珍看著佈置一新的房間，很快進入了夢鄉。

而陳小郎君卻在客房中輾轉反側，腦海裡都是沈珍珍時不時就看著李天翔笑的畫面，內心堵得厲害，直到夜漸漸的深了，趕路辛苦的陳小郎君才終於迷迷糊糊地入睡，卻連作的夢都是亂糟糟的，真真是女郎不知少年心，愁壞個人哪……

第十八章　小郎君們的會面

古人都說，三個女人一臺戲，其實呢，幾個小郎君也能一臺戲，且唱得也是精采非常。

蕭令楚的阿爺是江南上都護，因此揚州新來的官員一到揚州城便要先來拜見，沈二老爺自然也不能例外，希望能與上峰搞好關係，日後好升遷。

恰學堂開學之前，蕭令楚在揚州家中陪伴父親與母親大人，無意中聽見休沐的父親對母親說起，今年新來揚州城的官員中有前平安縣令沈慶元，調任至揚州來做允判，蕭令楚的心立刻就飛出了自家，行色匆匆地牽著馬就出門了。

蕭令楚的母親崔氏還想找兒子說兩句話呢，結果一轉眼兒子就不見了，又不知道上哪兒野去了。蕭夫人出身自清河崔氏嫡支，自然是通身氣質不俗，本身又是個真真的美人，蕭令楚的好樣貌有一大部分便是來自蕭夫人。

恰蕭令楚的庶妹蕭鳳琪來給嫡母請安說說話，遠遠就看見嫡母在前廳中喝茶，氣質美如蘭，她不禁嘆了口氣，心想，也難怪父親大人一直寵愛著嫡母了。

蕭夫人一看是蕭鳳琪來了，笑著將她拉到身邊，說了幾句話，然後問道：「妳阿兄在族學中可有十分交好的同窗？」

蕭鳳琪立即想到了沈府的雙生子，便答道：「聽說阿兄跟沈氏郎君們十分交好。」

「前平安縣令沈家的？」蕭夫人想到之前蕭令楚略微提過，就明白蕭令楚這是急急出門找同窗去了，便也寬了寬心。

蕭鳳琪緊接著又補充道：「阿兄不僅跟那沈氏郎君們交好，還對那沈氏小娘子格外上心。」

「喔？」蕭夫人一聽，剛寬的心又提了起來，可是卻面色未變，輕輕地抬起下巴，一雙水光美目緊緊地盯著蕭鳳琪，意味深長地問道：「是琪姊在女學的同窗？說說吧。」

蕭鳳琪連忙躬身答道：「此小娘子在沈府排行為四，長得十分明麗可人，聽說是沈府的姨娘所出。那沈娘子不僅貌美，還十分聰慧，在課堂上總是得到先生的誇讚。之前阿兄還特地囑咐我，平時要多照應著沈娘子，若是有哪個女郎對其不滿，要相幫沈娘子。」

蕭夫人聽完，放下了手中的茶杯，站起身，摸了摸頭上的金絲鏤空珠釵，笑道：「送妳去女學，看看，這不過才一年，整個人氣度都更好了。妳先下去吧。」

蕭鳳琪低著頭退出了嫡母的主屋，她雖不能從嫡母的臉上看出不悅，不過這麼多年來她和姨娘一直都小心在嫡母身邊生活，對其脾氣多少是瞭解的，嫡母笑得越開心，便是心中越不悅的時候。蕭鳳琪想到了蕭令楚對珍姊的熱乎樣，臉上閃過一絲嘲諷，輕勾了嘴角，暗想：沈珍珍啊沈珍珍，任憑妳多聰慧、多貌美，就妳那個家世，永遠也過不了我嫡母這一關的！

蕭夫人在房中來回踱步，想著兒子今年就十二，是該操心娶親等事宜了，她必須給娘家去信，選出一個嫡女作為八郎的妻子。兩大家族的利益最能維繫的方式就是聯姻，如今她在蕭家站穩了腳跟，自然要繼續擔起延續兩大家族結兩姓之好的責任，八郎的妻子必須是清河崔氏的嫡女。至於那沈四娘，不過是芝麻小官家的庶女，也就剛剛夠給八郎做妾。娶妻娶賢，妾倒是可以美點，可若那沈四娘是個不老實的，還有其他妄想，就真真是給臉不要臉了！

且說蕭令楚出了門，才想起自己還不知道沈府在揚州的新宅在哪兒，如何能去拜訪？只得牽著馬，百無聊賴地走在市集，結果恰好看見一個臉熟的人正從一家店面走出，可不就是沈大郎嘛！蕭令楚喜出望外，連忙牽馬上前，直呼：「仲明兄！」

沈大郎一抬頭便看見了蕭令楚，笑道：「真是巧，在這揚州城中見到了令楚賢弟。」

蕭令楚忙問道：「聽聞沈府搬進揚州城，不知在哪條街上？」

沈大郎回道：「家父在漢城路買了一處兩進院落，若是你到了漢城路便能看到了。」

蕭令楚隨即問道：「仲明兄是來街上隨便逛逛嗎？我雖說幾乎都在武進祖父母家，卻對這揚州城十分熟悉，如果仲明兄不嫌棄，我可帶你在城中逛上一逛。」

沈大郎先是行禮感謝，而後搖了搖頭道：「今日是帶我表弟來置辦些墨寶的，我們這就要回府了。令楚賢弟不若一道去我們府上看看？二郎、三郎見到你一定欣喜非常。」

「表弟？」蕭令楚從未聽雙生子提過有個表兄弟，這是從哪裡冒出來的？蕭令楚十分好奇。

此時李天翔正好從店中尋出來，看到沈大郎後鬆了口氣，道：「表哥，我看那枝小狼毫筆就行了，你再幫我看看。」

蕭令楚見多了面白的書生樣，忽然一看到李天翔那黝黑的面容，不禁笑出了聲。「這位郎君怕是抹了炭灰在臉上，怎地如此的黑？」

還沒鬧明白情況的李天翔立刻側頭看著表哥。

沈大郎連忙對表弟介紹道：「這位是二郎、三郎的同窗，蕭令楚。」又連忙對蕭令楚介紹道：「這位是我娘舅家的表弟，李天翔，前兩日剛從隴西邊關而來。」

李天翔恍若沒聽見蕭令楚的大笑聲般，露出憨厚的笑，連忙稱呼了一聲。「蕭兄。」

蕭令楚也覺得自己剛剛的大笑有些過了，忙回道：「李賢弟，若是你想買筆墨紙硯，我知道不遠處有一家十分有名。」

李天翔連忙搖手道：「不用特別好的紙，不過是最近為練字而用的。」

沈大郎道：「我這表弟過兩日要隨我一起去長豐書院，最近一直在苦讀，所以我才拉著他出來轉轉，我們也該回去了。」

蕭令楚忙道：「我是該上門拜訪的，可是今天實在也沒帶禮……這樣吧，你們在此稍等片刻，我去德味齋包幾盒點心，上次聽四娘對這點心鋪子的點心讚不絕口。」還沒等沈大郎回答，蕭令楚一躍上馬，就消失在這條街的盡頭。

李天翔看著蕭令楚消失的身影，感慨道：「本以為益和兄的丰姿已經是極好的了，如今這位蕭郎君倒是能平分秋色，中原真是人才濟濟啊！」

沈大郎拍了拍表弟的肩膀道：「你可知那蕭郎君出自哪兒？蘭陵蕭氏！其母又是清河崔氏嫡支，你說這蕭郎君能差得了嗎？」

對世家有所瞭解的李天翔這才恍然大悟，原來這蕭郎君大有來頭啊！怎麼表哥們認識的同窗都是大有來頭的呢？才到揚州幾天的李天翔，每一天都會受到心靈衝擊，更覺得自己以前就是井底之蛙。

還真就是片刻的工夫，蕭令楚就又騎著馬回來了，手裡拎著德味齋包好的點心，跳下了馬，對沈大郎道：「我一進去就叫他們把最好的給我包了幾樣，咱們這就走吧！」

在沈大郎的帶領下，蕭令楚終於登了沈家的門。

此刻的陳益和正在院中幫助雙生子曬書，一聽見門響，就知道沈大郎帶著李天翔回來了，可哪裡想到這出門買個筆墨都能碰見蕭令楚。

沈珍珍恰好也抱著自己的書出來曬，一眼就看見除了自家兄長以外，風格各異的幾位郎君。

展顏微笑的陳益和看見沈珍珍，連忙幾步上前，道：「我來幫四娘曬書。」頭仰得十分高昂的蕭令楚見到珍姊，得意地晃了晃手中的點心。「上次四娘不是說德味齋的點心好吃嗎？今兒給妳包了幾樣來！」

一臉黝黑憨笑的李天翔，操著帶有隴西口音的官話道：「表妹呀，妳咋抱這麼多書？都是啥書啊？我來幫妳。」

沈珍珍看著眼前的這三位少年郎，心中忽然就生出一種「我真是個香餑餑」的美妙感覺。

雙生子一看見蕭令楚便眼睛一亮，問道：「令楚如何找到的？」

蕭令楚摸摸頭笑道：「在街上隨便逛逛，恰巧看見仲明兄，就順便來拜訪一番了。」

「是啊，我和大表兄在買狼毫筆時碰見了蕭郎君，他還以為我臉上抹了炭灰呢！」李天翔憨笑道。

沈珍珍一聽，立刻又對蕭令楚翻白眼，怎麼幾年過去了，這二缺就沒長進呢？

陳益和緩緩道：「蕭郎君定是離得遠，沒有看清，我倒覺得天翔賢弟這膚色看著身體十分康健呢！」

沈珍珍同意地點點頭，諷刺道：「這天氣都逐漸要轉熱了，誰家還燒炭火啊？蕭阿兄莫非最近在家苦讀，眼睛不大好使？」

蕭令楚一聽沈珍珍這話，不禁轉頭細細地看了看李天翔，這看著憨厚的傻小子根本不傻啊！看看，不過一句話就讓沈珍珍對自己翻白眼了。他隨即冷哼一聲，道：「李賢弟還是養白些的好，學問再好，即使過了明經科，到了吏部甄選的時候，外表姿儀也是考量的重要標準哪，可別怪我沒告訴你！」

沈二郎一看蕭郎君的脾氣上來了，忙出來打哈哈道：「此番還勞你破費了，帶了德味齋的點心來。不若我叫人將點心擺入碟中，待我們整好書，一起去品嚐一番吧？上次的香粽，我到今天都還記得那個香味呢！」

蕭郎君的臉色這才好轉，道：「也沒精心挑選，不過是揀了幾樣最貴的罷了，不然怎麼好意思拿出手呢。」說完還斜眼看了李天翔一眼。

沈三郎忙喚來秋葉接過蕭令楚帶來的點心，然後喚蕭令楚一起幫著曬書。

若是在家中，蕭令楚是從來不會做這等事，此刻倒覺得挺有意思的。再看看沈珍珍對她表哥那一副笑臉，他十分不屑，不就是個邊關來的土小子罷了，她倒是熱情得很，哼！

陳益和一邊輕放著書，一邊捺下心對李天翔講起書院的趣事，可把李天翔聽得津津有味；沈珍珍則一邊聽一邊還時不時插上幾句話，三人倒是笑聲連連。

蘇姨娘恰站在不遠處，將這一切盡收眼底，她細細地將陳益和、蕭令楚以及李天翔看了又看，心裡若有所思。

話說這沈家兄妹們在新家不過住了兩日，便要各自啟程去各自的學堂了。

李天翔則在父親大人的陪同下，跟著大表兄還有陳郎君出發到長豐書院考試。

李元恪陪同兒子至書院考試的打算是，若翔哥真的考上了長豐書院，他便將其託付給阿姊家照應著，自己一人獨自回隴西；若是翔哥沒有考上，就跟著他一起回隴西，再給翔哥尋個好學堂。

李天翔自來了中原後，先是見了陳益和，再見了蕭令楚，這兩個郎君已經把他比得是自信全無了，從隴西出發時，對考上長豐書院的信心也直線下降。這不，到了之後，第二日準備進場考試前，李天翔已是緊張得一手的汗，黑黝黝的腦門上也滿是汗，還一步三回頭地問李元恪——

「阿爺，我考不上可咋辦呀？」

李元恪擺了擺手，笑道：「考不上，咱們便回隴西給你找個好學堂啊！」

李天翔這才憨笑地點了點頭，進去考了。

待幾日後榜出來了，李天翔果真是沒上榜，哭得是昏天暗地，偏還無聲無息的。陪著看榜的陳益和看見腳下的泥土不停地被打濕，才知道李天翔哭得是多麼傷心，叫人看著都於心不忍，他只得屏棄了對這個情敵的不良情緒，說了幾句安慰的話。

沈大郎則拍了拍表弟的肩膀，勸慰道：「回去後繼續努力，日後咱們在西京城見。」

李天翔用袖子抹著淚水，直點頭，隨即跟著父親去往揚州的沈府收拾行李，跟姑母告別，準備踏上回隴西的路。可惜美麗動人的表妹已經去了學堂，連告別都不能有，叫考試失利的李天翔心中更覺難過。

沈二夫人愣是給阿弟塞了一個大包袱，都是她要帶給阿爺、老姨娘以及她弟妹的禮物。

李元恪走前還細細叮囑他阿姊道：「阿姊以後要常常寫信回來，阿爺年紀大了，每每看到妳的信不知有多高興，看一次信足足能念叨一個下午呢，說的都是阿姊小時候的事情。」

沈二夫人本就捨不得多年未見的阿弟，再這麼一聽，眼淚就砸了下來，覺得自己過去這些年只在乎丈夫兒女，太疏忽娘家了，急忙抹了抹眼淚，答應道：「哎，知道了！回去跟阿爺說少喝酒啊！到了就給我寄封信，報個平安。你家翔哥，我看是個好的，日後必定會有出息的。」

十幾年沒見面的姊弟，就這樣再次分別了，都不知道什麼時候會再相見。但是，此番李天翔卻因為一副老實憨厚的模樣，在其姑母沈二夫人的心中留下了極好的印象，她深覺姪子翔哥日後定是個肩上能擔責任的，同時卻又為其可惜，如果能留在長豐書院讀書就好了……沈二夫人深深地嘆了口氣。

另一邊，沈珍珍跟著二兄、三兄回到蕭家女學繼續開始新一年的學習。這一年的學習加上了沈珍珍最頭疼的女紅，真真是苦不堪言，白嫩的手指被扎得滿是針孔，她不禁開始後悔以前淨跟母親撒嬌了，應該學些女紅的，總好過現在被繡娘先生強逼著高強度練習。

後來，蕭令楚聽見雙生子提到李表弟沒考上長豐書院，回隴西去了，當即噗哧一聲笑了出來。「就說他長得太黑吧，所以連書院的先生都看不下去了！」

「……」

第十九章　陳益和家中變故，匆匆三年光陰

本以為最後一年會在長豐書院安然度過的陳益和並沒有如願，四月下旬，陳益和接到家中的急信要求他速速歸家，說是長興侯身體有恙。陳益和有不好的預感，開始收拾行李，準備速速上路趕回西京。

沈大郎看見急著收拾行李的陳益和，忙詢問是怎麼了。

「家中祖父身體有恙，我需即刻趕回西京。」陳益和擦了擦額頭的汗，自己收拾書本，陳七則在一旁收拾著衣物。

沈大郎一聽，臉色突變，忙問：「那還回來嗎？」

陳益和苦笑道：「只怕得回去才知道，也許要在家待許久，不過我已將家中住址抄好，仲明兄若是通信，我一定收得到，以後你回到西京，也可來尋我。」

沈大郎看著比自己高出一些的陳益和，心中真真不是滋味，畢竟這麼多年的同窗了，大家走得如此近，已經相處如兄弟，忽然間，這個人就要從你的生活中抽身而去，沈大郎心中的不捨和失落是難以言喻的。

「不管如何，到西京後來個信。放心吧，以後咱們還有機會相見的。」沈大郎安慰道。

陳益和點了點頭，滿臉的苦澀，道：「代我向二郎、三郎道別，還有……還有四娘，若以後有緣，咱們還會再相聚。」收拾好行李後，陳益和告別沈大郎，快馬加鞭地離開了。

沈大郎看著陳益和遠去的背影，長嘆了一聲。

待陳益和終於抵達西京，回到府中後，看見人人表情肅穆，他心中咯噔一下，暗道：看來是不好了！

陳克松看見兒子回來了，似是鬆了口氣。「你祖父身體怕是不好了，才急召你回來。」

陳益和點點頭，不禁問道：「祖父的身體在我離京時還好好的，怎麼就突然不好了？可是得了什麼急症？」

世子搖了搖頭，拍拍兒子的肩膀道：「……不要問了。去你自己屋裡收拾收拾，然後去看看你祖父，自你考上書院後頗得他看重，看到你他大概也會開心些。」

雖說這全府人心惶惶的，但卻有那麼幾個人是心裡真樂的，一個是世子夫人趙舒薇，這麼多年來她一直盼望著成為這偌大侯府的主人，今兒已經隱隱約約看見自己馬上要成為長興侯夫人了，怎能不心生喜悅；而另一個就是香雪了，自聽說陳益和要回來後，她就每天在屋前翹首期盼，盼著郎君歸來，這一看就是個沒死心的。

陳益和心頭的疑惑越來越重，回屋後只得問香雪。「府中發生了何事？我離家時一切都好好的，怎麼就忽然身子不好了？」

香雪一聽，連忙探頭看看門外，再將屋門關住。

這一番舉動倒弄得陳益和緊張起來了，實在是香雪先前的行徑太讓人害怕了。

香雪湊過頭對陳益和道：「郎君聽我細細說來。前一陣子，侯爺被邀去花樓看雜戲，那表演雜戲的有兩名伶人柔術了得，聽說那腰肢極纖細，一手便能握住，軟到無骨一般。侯爺圖新鮮，叫那兩個伶人湊近一看，那眉眼真真是勾人——」

陳益和眉頭一皺，打斷了香雪。「說後面。」

香雪忙點了點頭，接著說：「侯爺就將那兩個伶人帶回了府，連著幾晚都與其在房中廝混，不知節制，一日忽然就病重了，聽太醫說，是……是……是陽氣虛脫。」

這香雪說得隱晦，陳益和一聽哪裡有不明白的？祖父都這般年紀了，還連著幾口玩雙飛，可不就陽氣虛脫了？再說，長興侯爺這麼多年都沒怎麼在房事上節制過，身體怕是早已不能負荷，如今算是雪上加霜，這一旦身體一垮，恐怕也就只有熬日子的分了。看來，長豐書院恐怕是回不去了……

看著陳益和漸漸難看的臉色，香雪不敢再說話，思量著，這郎君真是個重感情的，聽說小時候連侯爺的面都沒怎麼見，這會兒竟就這麼難過，真是個品性好的。想著想著，她不免對陳益和更多了些愛慕。

香雪哪裡知道，此刻陳益和的心中是為了要離開書院而惆悵、為了看不到珍姊而難過。同時，一旦家中出現了變化，恐怕以後他在嫡母心中更會是宏哥的攔路虎，在這府中的日子怕是更不好過了。

陳益和到達西京的五日後，長興侯沒能熬得過去，就此長眠，到地底跟他動不動就要去祠堂說說話的父親和阿兄相見去了，而他的病因也因被放走的兩個伶人而不脛而走。窮其一生，他留給人們的飯後談資都是他後宅的那些美人們，以及他人生最後這個香豔的故事。而長興侯夫人也因傷心過度，不再理會府中的紛雜事物了。

陳克松當了許多年的世子，如今他阿爺去了，他這個世子就成為了新一代的長興侯，家中的老老小小都需要為逝去的老人守孝三年，陳克松算是要卸職丁憂，而陳益和也不能再回到長豐書院讀書了，只得給沈大郎寫了封長信，說了說家中的情況。

按照新一任長興侯陳克松的計劃，長興侯府最初是靠軍功起家，因此在年輕的一輩中，還是必須有人能建功立業。陳益和學問雖然是好，並且這些年在揚州進益許多，但是身為長興侯的兒子之一，他必須代替身體虛弱的宏哥去擔任武職，而若是真上了戰場，刀劍無眼，生死有命，也只能看造化了。

待沈珍珍從沈大郎那裡得知陳益和就此留在京中，不會再回長豐書院的時候，沒心沒肺的她還是偷偷地紅了眼眶。小時候看到都會驚嘆的美少年從此要淡出她的生活，會漸漸地走遠，也許終其一生，他們都不會再有交集了。沈珍珍輕輕地嘆了口氣，十分悵然，她只願他以後一切都好，能在那個偌大的侯府中有一席之地，再不像她初見他時那般受人欺負。

時間隨著春夏秋冬的更替走著，在這三年中，各府都發生了不少的事，咱們一一道來。

先說說沈府，沈大郎在長豐書院的最後一年沒了陳益和這個好夥伴，雖覺得寂寞，但最後卻以名列前茅的成績順利從長豐書院畢業，並得到了魏長豐的注意，因此又在長豐書院中留了一年，得魏公的親自指點，自然是受益匪淺。魏公的學識為沈大郎的學習開了一扇明亮的窗，也為他日後的為人處事奠定了基礎。後經魏公推薦，沈大郎入西京，投到已退休的太傅名下，準備再學一年，便下場考明經科。並且，沈大老爺代替弟弟和弟妹，在西京為大姪子擇了一門好婚事，對方是六品京官之女，比沈大郎小兩歲，只等沈大郎考完便可成親。

沈家二郎和三郎則繼續在蕭氏族學讀書，性子也比以前沈穩了許多。

三郎的武藝倒是比讀書好很多，因此立志以後去考武舉，但武舉並非每年都有，每三年才考一次，其難度可想而知。三郎在眾郎君中優異的武藝，自然也吸引了隔壁小娘子們的注意，到了這般年紀，哪個少女不懷春？沈珍珍的同窗李雅柔，某次恰好看見沈三郎在練習射箭，幾箭均命中靶心，一下子就被深深地吸引住了，這才放下身段，跟沈珍珍成為好友。

二郎讀書雖然還可以，卻日漸顯出畫畫的天賦來，特別是給沈珍珍畫了一幅人物畫之後，直叫沈珍珍看了就愛不釋手，覺得她二兄以後必然是個大畫師。

沈珍珍已經從八歲的小姑娘長成了十一歲的少女，在大周，女郎可以成親的年齡是十二，郎君可以成親的年齡是十五，但是近年因為女郎家都挑得厲害，因此很多富貴人家的女郎十五歲之後才出嫁的比比皆是。

如果遠看沈珍珍，感覺會是一個身材苗條、身姿修長的娘子，有著削肩細腰，脖頸細緻，讓人不禁想要看看這個身姿婀娜的娘子到底是哪般模樣？再一走近，細細打量，還是少女裝扮的佳人烏髮黑亮，一半披著，一半分綰了雙鬟髻，露出光潔飽滿的額頭，膚白勝雪，尤其是在陽光的照耀下看著更似美玉，清秀分明的眉彎彎如柳，濃密的長睫下是一雙盈滿水光的杏眼，高挺的鼻子下有著飽滿粉嫩的雙唇，真真是明豔非常的佳人。怪不得每每李雅柔總是憤憤不平地對沈珍珍抱怨道「看著妳這張毫無脂粉就已經明豔照人的臉，我都不想去照銅鏡了，真真是徒惹煩惱」。

這幾年沈珍珍出落得是越來越好，成為了蕭氏女學中出挑的美人，惹得隔壁的小郎君們議論紛紛，但鑑於二郎、三郎和蕭郎君都武力值強大，因此倒沒有什麼露骨的話語出口。

蕭小郎君年方十五，也算是明白男女之間的事了，但奇葩的是，蕭小郎君是個標準的顏控，覺得見到的小娘子都是醜八怪，也就沈珍珍還成，特別是沈珍珍總能說些有意思的，跟別的女郎不一樣，因此他倒是越來越喜歡沈珍珍了。雖然騎射功夫已經足夠好，但是蕭小郎君就算頂著風吹日曬，也要時不時去跑馬場邊偷偷地看看沈珍珍騎馬，看著少女那縱馬飛馳的倩影，他總會自豪地想著：*她的騎術好，有一半可都是我的功勞！*

沈珍珍自己已經不記得有多少次，蕭小郎君打著比試的名義，拉著自己練射箭，還給自己做了個拇指的玉扳指。蕭令楚也曾偷偷給自己送來最好的柔膚膏敷手上因為刺繡的傷口。有時候沈珍珍自己都覺得她其實是個無比自私的人，雖然她覺得蕭令楚非常好，但是在一天沒有談及親事前，她就要堅守著自己的心。可是，她不知道自己堅硬的心還能對著蕭令楚的笑臉和一片火熱的心設防多久。

沈二夫人與李元恪的通信比以前多了，沈二夫人十分關心李天翔的情況，得知老實憨厚的姪子已入隴西李氏的族學，也高興不已。中原地區世家頗多，但隴西李氏的家族實力也不弱，在隴西一帶，說起世家李氏，在當地人的眼中那絕對是標準的貴族世家，因此能入隴西李氏的族學，證明李天翔的學問確實是不錯的。進入隴西李氏的李天翔也沒辜負家族對他的期望，以一手好字讓先生和其他同窗對其刮目相看，同時也吸引到李氏一些小娘子的注意。

至於陳益和這三年在家中並沒有消極應對，除了和沈大郎一直保持頻繁的書信往來以外，自己也不忘勤奮地讀書練字，努力練習騎射，總之是樣樣也沒落下，倒叫他的父親大人倍感安慰，同時深深地惋惜陳益和不是嫡子，若長興侯的下一個繼承人是陳益和，何愁以後長興侯府不能壯大實力、枝繁葉茂呢？

最值得陳益和欣慰的卻不是別的，而是他和弟弟宏哥的關係親密了許多。概因自從世子夫人趙舒薇榮登侯府女主人寶座之後，才真真正正地懂得了一個道理——每個好聽的頭銜背後，都有著不易的汗水。比如她現在每天都需要操持著一大家子人的吃喝拉撒，哪房吵得不可開交了、哪房有誰生病了、鋪子裡的帳房先生可不可靠……大大小小的事全部洶湧而來，她哪裡還能像以前一樣時時刻刻將宏哥看著，不讓他接近別人？

長興侯陳克松堅持將自己的嫡子宏哥送進族學，跟其他堂兄弟一起接受先生的教導，因此宏哥倒是跟眾多堂兄弟都日漸熟悉了起來，人也變得比以前開朗多了，身體反倒比以前好了些，特別是當他知道自己的庶兄曾是長豐書院的學子後，更加對其心生仰慕，便時常去陳益和房中請教課業。陳益和自然是盡心指導宏哥，兄弟倆的感情便漸漸好了起來。

因陳克松這幾年對陳益和的關懷漸漸多了起來，其他房的人各個都是人精，對陳益和的態度自然也十分友好，趙舒薇更是沒時間來對他橫眉冷對，因此，除了香雪時不時要獻身的苦惱，陳益和在侯府內的日子倒是真如沈珍珍的期望般，越發好過了起來。但對於未來，他卻不那麼確定了，是繼續回到長豐書院完成學業？還是另謀出路？一時間，他覺得自己的思想似乎分裂成兩個小人，在不停地爭吵，卻誰都不能說服誰，因而陷入一種解不開的僵局。

直到陳克松叫庶子來到書房，才告訴陳益和，他已經遞了摺子上去，讓陳益和入勛衛，官居從七品。概因陳益和並不是嫡子，因此他並沒有資格做皇帝近身的帶刀侍衛，而勛衛只能做守衛皇帝在皇城中的工作，卻不會距離皇帝太近。就這樣，守完孝的陳益和，聽從父親大人的安排，直接入了勛衛，領了官職，從此開始了按時應卯的生活。

此時十五歲的陳益和，穿著颯爽的武官服，那威風凜凜的丰姿折服了西京城上到三十、下到十歲的女子們，不建議心臟不好的小娘子輕易嘗試見陳小郎君的舉動，概因實在是太過激動。有那大膽的女郎們，會讓女扮男裝的侍女出門行走，專門候在陳益和每日騎馬回家的路上，就為了送上一封信來表達那火辣辣的愛意。

陳益和起初還會看看，後來乾脆直接交給陳七處理了，其中有請求結兩姓之好的，有要與他一晌貪歡的，各種請求表達不一，卻都是赤裸裸的調戲，倒叫陳益和哭笑不得。他不由得想到，若是沈珍珍也能像這些大膽的女郎一樣愛戀自己就好了，可是細細一想，若是沈珍珍變成這般，也許自己就又不會那樣喜歡她了，真真是矛盾非常。

想到了沈珍珍，陳益和準備擇日就約沈大郎去酒肆，問問其最近的日子過得可好，一來是表達對好友的關心，二來自然就會得到沈珍珍的最新消息。每當他聽見沈珍珍在做什麼時，整個心就會覺得滿滿的，這陳郎君大概也是魔怔了，中毒不淺哪！

第二十章　一紙配婚令（一）

就在陳益和守完孝的這一年，即上元五年，鞏固好權力的肅宗開始放眼於更大的全局思考，思考著如何提高生產力，如何邊關設防，並且進行人口遷徙等一系列與大周朝政息息相關的措施。最後，他總結出的結論是，這些即將一步一步進行的改革措施，都與人口的增長密不可分，而促進人口增長，最通俗簡易的辦法就是生娃兒！

恰好肅宗常常聽說他最反感的世家們是如何的拿喬、挑三揀四地挑選女婿，世家女因此還被稱為一女難求，使得肅宗十分不悅，世家女難不成比皇家公主還尊貴嗎？就連一般的小娘子家也是挑挑揀揀、各種攀比、嫌這嫌那的，都是被這世家把風氣給帶壞了！

於是，肅宗在多方的考量之下，召集骨幹朝臣們一商量，而後大筆一揮，一紙配婚令就被宣詔於天下了。皇帝陛下是這麼說的——

我大周乃泱泱大國，女子適齡而嫁，男子適齡娶親，特此，女郎滿十二歲，郎君滿十五歲的，於一年內訂婚，一年半內行嫁娶之禮，否則官媒介入強行婚配。若有不從者，女子適用就近原則，擇家廟或臨近的道觀清修，男子則遷徙去張掖建城。敕令即日起有效，有效期三年。

這一紙配婚令一出，是引起了軒然大波，畢竟大周百姓們對配婚令是聞所未聞的。世家們紛紛咬牙切齒地開罵道「皇帝小兒，管天管地，還管人嫁娶，缺德」！可即便世家人再罵，照樣還是得執行啊！本來大周的皇帝就一直在打壓世家，世家現在的狀況早已不是一百年前的模樣了，這不是還聽說肅宗打算重修氏族志，不好好表現能行嗎？強大的世家還好，這小一些的、沒剩多少人的世家若是再惹怒了皇帝，被從氏族志上除了名，可真真是沒臉去見祖宗了！

一般官員家的人心裡也是極苦悶的，因為一直對兒女們的婚事多有期待，恨不得是殫精竭慮，思量著各種利益，所以就耽誤了一撥已然可以結婚生子的郎君、娘子們，結果現在不得不趕鴨子上架，降低種種標準，只求儘快為適齡的兒女們尋一門差不多的親事。皇帝的敕令可不是說著玩的，難道想烏紗帽不保？

當然，也有對配婚令十分高興的，那就是一般平民人家或是貧苦人家的適齡郎君和女郎們，那些可能因為村口洗個衣服、街上賣個貨就看對眼了，卻苦於父母一直嫌對方家境不夠好而不肯點頭的，現在再也不用太擔心父母要棒打鴛鴦了。

長興侯府的陳益和恰是這敕令中所提的適齡郎君之一。長興侯爺陳克松自守完孝重返朝廷之後，最近是一上朝就能被一些官員的熱情給嚇到，就連以前十分嫌棄陳益和是庶出的官員們，現在好像也不是那麼嫌棄了。不過，陳克松卻對陳益和的妻子人選持謹慎態度。

趙舒薇的嫂子也出馬，讓趙舒薇找長興侯談聯姻之事，趙舒薇立刻如打了雞血般，向陳克松說起大哥家有待嫁庶女，是陳益和妻子的絕好人選云云，可惜卻被陳克松搖頭否定了。

趙舒薇是個急性子，當即問道：「兩家聯姻不好嗎？我大哥家的雖是庶女，那也是十分好的女郎啊！」

「她們不妥。」

簡單的一句回答，趙舒薇哪裡肯依？她不依不饒地道：「你若不說出個三二一，此事別想揭過！」

陳克松眉頭一皺，將屋門關上，看著趙舒薇那暴躁的模樣，忽然眉頭展開，嘲諷一笑道：「本來是想給妳和你們家留點顏面的，今兒妳非跟我扯開這塊遮羞布，我也就直說了。妳覺得我會讓三郎娶他殺母仇人家的女郎嗎？」

陳克松的話就如一把利劍，忽地刺進趙舒薇的心扉，霎時間，冷汗就冒了出來。「侯爺說的是什麼話？我……我……我不明白！」驚慌失措的趙舒薇極力裝糊塗。

「少給我揣著明白裝糊塗，這麼多年跟妳裝，我已經很累了，今兒妳既然想說，咱們就說個清楚。當年夏錦是怎麼死的，我清清楚楚，你們以為能瞞天過海，當我是傻子嗎？」

趙舒薇徹底傻眼了，完全喪失了反駁自辯的能力，腦子裡亂哄哄的。

陳克松看著滿臉驚慌失措的趙舒薇，忽然就生出了幾許快意。

「你既然早知道，為什麼……」趙舒薇不明白，她一直以為姑姑和阿爺做得不知不覺，哪裡想到陳克松竟然從一開始就知道了！

「什麼為什麼？為什麼不跟你們家撕破臉？妳倒是跟我說說，如何撕破臉？說我舅舅和我母親合謀毒死我的小妾？我那個時候有什麼能力跟你們撕破臉？」

趙舒薇一聽，忽然覺得眼前的男人陌生得可怕，他表現得對夏錦一往情深，結果明知道自家做的事，多年來卻隱忍不發，甚至還能跟自己相敬如賓！

「你不是最喜歡那狐狸精嗎？竟能一直隱忍不發，還跟我生了孩子，你才是最可怕、最自私的人！你全都是為了你自己，最可憐的就是那個狐狸精！」趙舒薇恍若瘋了一般大喊。

這話有如一把鹽，生生撒在陳克松內心深處的傷口上，他的心疼得厲害，卻又有被人看穿的惱羞成怒。「妳住口！」有那麼一瞬間，他真的想要掐斷這個潑婦的脖子，隨即他平復了一下情緒，忽然笑道：「妳說得沒錯，我最愛的是我自己，夏錦是個悲劇。可是我卻不能再讓我們的孩子依舊是個悲劇，因此，三郎的婚事我來作主，我不會讓三郎娶你們家的什麼適齡女郎的。如果妳以後還想安安穩穩地做妳的侯府夫人，妳該知道如何去應付你們家的那些人。別忘了，妳阿爺已經致仕，而我看妳阿兄的能力可遠遠比不上妳阿爺，所以妳自己掂量掂量吧！」陳克松冷酷地看了一眼趙舒薇後，大步邁出了屋子，朝外走去。

此時的他沒有看見縮在屋外走廊側面、滿臉淚痕的宏哥。

趙舒薇委頓地坐在床邊，開始嚶嚶哭泣，心中是難過夾雜著不知所措，緊接著，她又開始擔心這樣的陳克松還會不會讓宏哥繼承侯府？她得好好思量一番說詞，回去與娘家人商量。不一會兒，她擦了擦眼淚、敷了敷脂粉，鏡中看去，又是那個高高在上的侯府夫人了。

宏哥本是要來找母親談心的，卻無意間聽見了父母的爭吵，知曉了家中秘辛——原來庶兄的生母竟然是被外祖和祖母合謀毒死的！這對於一直以來心思單純的宏哥來說，簡直是駭人聽聞，一時間整顆心都亂糟糟的。想到庶兄，他竟覺得心痛難忍，不禁滴下淚來。待父親走後，自己也踉踉蹌蹌地回屋了，哪裡還顧得上安慰母親，滿心都是對庶兄的愧疚和日後不知如何面對的茫然。

此時的陳益和也陷入深深的苦惱中，究竟以怎樣的方式才能跟父親說說自己想娶沈珍珍為妻的意願呢？畢竟婚姻是父母之命，媒妁之言。若幸得父親大人同意，沈家又會不曾同意呢？從以前的觀察來看，沈二夫人似是不喜自己的庶出身分，他曾明顯感覺到沈二夫人對待他和蕭令楚的不同，若是沈家人反對，父親大人肯定不會拉下臉面再去說的，因此，事情因為配婚令的忽然發出而變得十分棘手。若無配婚令，沈府自然不會急著為沈珍珍挑選夫婿，那他便有充足的時間去安排。但是現在，情況卻完全不同了，沈珍珍明年就十二周歲，依沈二夫人的性子，沈家人自然要立刻開始為沈珍珍挑選夫君，以便細緻籌備嫁娶事宜。

陳益和只得叫陳七送口信去西京沈府，約沈大郎出來一聚。

遠在揚州的眾人聽到配婚令的宣詔時間要比西京城略微晚一些，沈二夫人一聽到配婚令，立刻頭暈目眩，只怪自己以前沒有為珍姊尋個好夫家，如今在這麼短的時間內要定下合適的一家，可如何是好？一時間沒了主意的沈二夫人，叫來了蘇姨娘說道說道。

蘇姨娘思量了一番後，道：「老爺如今還是六品，咱們府這上不上、下不下的，恐怕也不是能高攀誰家，不若讓西京的大老爺給珍姊看看？」

沈二夫人捶胸頓足地道：「這個勞什子配婚令到底為哪般啊？如今只得給大兄寫信，同時也要給我那娘家兄弟去信一封，問問翔哥的情況，可是他們家遠在隴西，我怎麼捨得珍姊嫁那麼遠？這看來看去，最合我心意的就是蕭家郎君了！我一會兒就去蕭府探探口風！」

蘇姨娘從心底不看好沈二夫人去蕭家走這一遭，但依沈二夫人的倔脾氣，怕也是勸不下的，因此只得輕聲勸慰道：「若蕭家不願意，夫人也不必難過，畢竟他們不是一般人家。」

沈二夫人點了點頭，急忙給自家兄弟寫好信，叫下人發到驛站，而自己這就坐著馬車，行色匆匆地去了蕭府。

因著這幾年沈二老爺在揚州做官，各家女眷也免不了會碰面，蕭夫人一直都對沈二夫人笑臉相迎，倒叫沈二夫人覺得蕭夫人是個容易相處的，這真真是錯看了蕭夫人。

趕到蕭府門口的沈二夫人連忙遞了拜帖。

蕭夫人一聽下人說沈二夫人前來拜訪，美眸中波光流轉，嘴角勾起了漂亮的弧度，叫管事先下去了。她一邊吩咐下人將沈二夫人請進來，一邊叫侍女將家中的客人也請來，一場她期待的好戲就要拉開帷幕了。

沈二夫人被下人領進府，一路穿過前院來到前廳後，就看見蕭夫人拉著一位小娘子，正眉開眼笑地說著話，她心裡突地咯噔了一下。

蕭夫人一看見沈二夫人，便親切笑道：「唷，今兒什麼風，把我們沈二夫人吹來了！」

沈二夫人憂心地說道：「蕭夫人可知道了陛下剛剛宣詔的配婚令？」

蕭夫人點了點頭，輕笑道：「早上聽我家老爺提了提，也不算是什麼大事，兒女們也確實到了該婚配的年紀，可不就得行嫁娶之事？對了，沈二夫人快看看我這姪女，崔明榮，剛剛從老家而來，是我阿弟的嫡女，我們清河崔氏的明珠女郎。」

一邊站著的崔明榮忙福了福身子，給沈二夫人行了禮，倒真真是落落大方，一點小家子氣都沒有。

蕭夫人拉著沈二夫人坐下後，看了看崔明榮，道：「去將妳阿爺給帶的茶拿來，讓沈夫人也嚐嚐咱們收購的新茶。」

崔明榮乖巧地下去了。

蕭夫人這才低聲對沈二夫人說：「這位女郎真真不錯吧？可是我為八郎精挑細選的崔氏女呢！原本是想再看看一些日子的，不過這配婚令一來，倒是讓我下定了決心，打算儘快將這門親事定下來，也好了了我一樁心事啊！」蕭夫人一邊嘆氣，一邊說道。

沈二夫人到這會兒哪裡還聽不明白？這崔明榮就是蕭夫人為蕭令楚挑選的妻子！一時間，她心中百味陳雜，反而不知如何接話了，只得點了點頭。

蕭夫人緊接著說道：「像我們這種人家，最是講究出身了，祖宗定下的規矩，門當戶對，咱們得遵守不是？否則就成了家族的罪人啦！妳不知我花了多少心思，在其他的大世家也相看了幾個，還是就看上了我阿弟家的明榮了。到底是世家出來的，端莊大器，她那阿娘也是出自陳郡謝氏的女郎呢！」

這一番門當戶對的言語就像一記耳光般，狠狠地打在沈二夫人的臉上，她甚至來不及說出自己心中的想法，就先讓蕭夫人給堵得死死的了。

恰好崔明榮將茶端了上來，沈二夫人這回才細細地打量了一下。這女郎是合中身材、鴨蛋臉面，舉手投足之間溫柔大器，的確是氣質不俗。但觀容貌，也就是個中上之姿，哪裡能跟珍姊明豔照人的容貌相比？一個門當戶對就這樣生生讓她的珍姊失去了做蕭令楚妻子的資格，沈二夫人的心裡哪能好受？真是傷若滴血，疼痛難忍啊！

蕭夫人看著沈二夫人漸漸煞白的臉色，心知事已成，忙問：「我看沈二夫人臉色不大好，可是身體有恙？看我，見了妳就囉嗦個沒完。今天夫人來我府上，到底所謂何事？」

沈二夫人強笑道：「無甚大事，只是還沒給珍姊訂下親，一聽到配婚令，便來找夫人問問有無知曉的適齡郎君而已。」

蕭夫人斜睨了沈二夫人一眼，緩緩說道：「原來如此，不過我一時間還真真想不起合適的。大世家中的郎君是不大行的，除非你們四娘願意做妾，倒是還有可能。」

這話更如一把鹽般撒在了沈二夫人心頭的傷口上，雪上加霜。

「我們不過小門小戶的，從未想過讓女兒攀嫁世家做妾，只是想找個可靠、差不多的人家，她嫁過去做個正頭娘子，以後安穩度日罷了。」

蕭夫人這才笑道：「原來如此。那等我家老爺回來，我再問問他有沒有合適的人選，我一時間還真想不起來呢！」

儘管蕭夫人一再挽留，但沈二夫人哪裡還坐得住？表達了謝意後，就匆匆離開了蕭府。

一上自家的馬車，沈二夫人的眼淚瞬間決堤。一想到珍姊，她就覺得傷心非常，連帶著對蕭夫人都不待見了，啐了一聲。「呸！蕭家也配？讓我們珍姊做妾？作妳的春秋大夢！」

沈二夫人抹了抹臉上的淚，決定再也不上蕭府的門了！

第二十一章　一紙配婚令（二）

這廂，在揚州的蕭夫人不費吹灰之力，將沈二夫人殺個片甲不留。

那廂，在武進族學中的蕭令楚聽到配婚令後便坐不住了，跟先生告了假，躍上一匹馬就朝揚州飛馳而去。他必須回府告訴父親和母親大人，他蕭令楚要娶沈珍珍為妻！

一路快馬加鞭地趕了大半天的路，終於回到揚州蕭府的蕭令楚，急匆匆地進入府內，只見母親正眉開眼笑地與一位陌生女郎說著話，性子急的蕭令楚哪裡顧得上看那女郎的模樣，一張口就說：「母親，兒子有事要說！」

蕭夫人看見急急趕回來的蕭令楚，立刻就明白了他為什麼趕回來。她不疾不徐地指了指身邊的女郎，對蕭令楚說道：「你今兒既然趕回來了，快來見見你的表妹。」

此刻的蕭令楚哪有心情看什麼表妹？他使勁地搓了搓手心，道：「母親，兒有話說，還是請表妹迴避一下吧？」

崔明榮初次看見表哥，真真是被驚豔了，一襲暗紅色絲綢袍衫襯得蕭令楚是肌膚雪白如玉，面若桃瓣，特別是那雙彎彎的桃花眼，似笑若嗔，顧盼生輝，自然有一股別樣的風情，真不愧是蘭陵蕭氏的翩翩少年郎。崔明榮雖有心與表哥說話，但是見蕭令楚的臉色並不好，只得識趣地向姑母行了禮，準備退下。

蕭夫人眼帶稱讚地向崔明榮點了點頭，真是個懂事的孩子。

蕭令楚看見表妹走了，才開口道：「母親，陛下出了配婚令，兒心儀沈家四娘已久，願娶她為妻，終生不離不棄！」

蕭夫人聽了，忽然笑了起來。「我的兒啊，娘都要為你的這句不離不棄而喝采了！阿娘一直都不知道，我的八郎竟然已經對這沈四娘情根深種到不離不棄的地步，這個狐媚子是給你灌了什麼迷魂湯？就她那出身也配做你的妻子？簡直是癡人說夢！」

蕭令楚看著母親剛剛還有笑容的笑臉已經變成一臉厲色，便知道母親的脾氣上來了，但是少年兒郎，正是血氣方剛、壓不住脾氣的時候，他跪到地上，仰起臉說：「兒確是心儀她已久，望母親成全！」

蕭夫人厲聲道：「我來成全你，誰來成全為娘？就沈四娘的身分，如何入得了蕭家的門？讓她做個妾都是抬舉她了！若是成全了你，我日後就沒臉下去見蕭家的列祖列宗了！此事不必再提！我已經為你挑選好了妻子，就是你剛剛所見的表妹，崔明榮，乃你舅舅家嫡女，待她回去之後，我便找媒人上門去提親！」

從來沒有聽母親提過此事的蕭令楚驚呆了，哪裡還顧得上什麼禮貌，立刻頂嘴道：「我才不要娶那個醜八怪！」

蕭夫人一聽，氣得差點喘不上氣來，一個巴掌甩過去，蕭令楚的半邊臉立刻紅了。

「你放肆！我清河崔氏的嫡女就是讓你這樣糟蹋的?!」

雖然小時候的蕭令楚曾因為淘氣而被蕭夫人追著打過板子，但那是威懾多於懲罰，哪裡知道個痛？如今他真是第一次挨了母親的巴掌，叫他又驚又怒。蕭令楚一把捂住火辣辣的臉，大喊道：「母親若是覺得打我就能讓我娶那個醜八怪，那真是打錯了算盤，兒子心中的妻子人選就只有一人，那便是沈四娘！」

蕭夫人冷笑了一聲。「看來你還是執迷不悟啊，婚姻乃父母之命，媒妁之言，難不成你還能帶著沈四娘私奔？她家人還沒蠢到這個地步！你給我滾下去好好想想！只要你身為一天的蕭氏郎君，表妹你是娶定了！」

蕭令楚起了身，朝自己的屋子走去，除了剛剛的急怒，此刻還夾雜著傷心，一滴淚落了下來，說不清是為了母親的不同意，還是這一巴掌帶來的痛楚。

待到第二日，蕭夫人再找蕭令楚時，發現人已經離去，想必是回族學找那沈四娘去了，她臉上的神情驀地冷得嚇人。

崔明榮安慰道：「表哥大概是課業繁忙，才來不及跟姑母告別。」

蕭夫人的臉色由陰轉晴，笑道：「還是明榮懂事！過幾日等妳回去了，我定要去信跟妳阿爺好好誇讚妳一番！姑母真是越看妳越喜歡，誰要是能將妳娶回去，那可是幾世修來的福氣呢！」

崔明榮一聽姑母的話，臉上立刻浮起紅暈。若是能嫁給表哥，她也真真算是無憾了……

一夜無眠的蕭令楚，天還矇矇亮就騎馬離開了家。當他在馬背上回望家門口時，在黑暗中的蕭府就像一個巨大的牢籠般，看著很可怖。夜裡他也細細思量了一番，家中事宜，父親和母親一向有商有量，既然母親執意為自己定下崔氏表妹為妻，肯定也是經過父親首肯的。來不及再想太多，此刻的他急需要見到沈珍珍，問問她的心意，她應該也是心儀自己的吧？想到這裡，他迷茫無措的心好似好過了些。

女學中的沈珍珍一早起來上課，就看到李雅柔焦慮的神色，跪坐不安，整個人一副心事重重的樣子。

待到晌午好不容易讀完詩書，午飯畢，眾小娘子準備移往琴室上樂律課時，李雅柔急忙湊上來跟沈珍珍說：「妳可聽說了陛下的配婚令？」

沈珍珍是留宿在學堂的，自然不比李雅柔能回家從父親那裡得到消息快。

「什麼配婚令？」沈珍珍一臉好奇地問。

「用我阿爺的話就是，陛下讓適齡的娘子和郎君們速速結親，不可再挑挑揀揀，否則女郎們要去道觀清修，郎君們則要去張掖戍邊，敕令三年有效。妳我可不是馬上就要到了這適齡的女郎行列？」

沈珍珍兩輩子為人，第一次聽說皇帝陛下還管到百姓嫁娶的事，倒是新鮮得很。她秀眉輕蹙，這才意識到自己若是作為適齡女郎，該嫁給誰？阿娘此刻是不是急壞了？

陷在自己思緒中的沈珍珍可是先把李雅柔給急壞了，她可是來說正事、探口風的！

李雅柔忙搖了搖沈珍珍。「我……我……我就想問問，妳那三兄可曾定下了？」

沈珍珍這才反應過來，是了，李雅柔心悅她家三兄不是一日兩日了。雖說大周民風開放，女郎們熱情如火，但李雅柔倒是知禮守禮的，從未做出什麼踰矩的事。

「不若我替妳問問？我看妳可是迫不及待想做我三嫂了！」

李雅柔一聽，臉上帶著嗔怒，伸手掐了沈珍珍一把。

沈珍珍連忙告饒，兩人笑嘻嘻地入了琴室。

恰今日先生讓眾娘子彈奏已經練習幾日的潯陽曲，沈珍珍纖纖玉指輕撫上琴，情已入境，跟著眾娘子演奏一曲潯陽江上美景，彈著彈著，漸入佳境之時，不知何故，琴弦忽然啪的一聲斷了！沈珍珍的手指立刻被割破了，她眼皮一跳，似有不好的預感。

教琴先生的琴童忙帶著沈珍珍出去處理，還一邊解釋道：「大概是之前上課的娘子們彈的十面埋伏太過激昂，琴弦也有段日子未換，所以才會斷掉。」

沈珍珍這才心裡略安，對琴童報以一笑。待包紮了手指，沈珍珍準備重返琴室時，卻聽見蕭令楚的叫喚——

「沈四娘！」

沈珍珍回頭看過去，就見蕭令楚臉色難看，滿頭是汗，似不知從哪裡剛趕了回來。

蕭令楚皺著眉頭，看了一眼沈珍珍的手指，對琴童道：「這女郎手指割破了，恐怕一時半會兒也彈不了琴，就讓她歇著吧。」

琴童一看八郎君發話了，連忙點頭應了一聲，自己離去。

沈珍珍忙對蕭令楚擺擺手道：「欸，我手指就是一點小傷而已，哪裡這樣嬌氣了？倒是蕭阿兄，你是剛從哪個土堆鑽了出來？快快回去擦洗一番吧！」

蕭令楚此刻看旁邊無人，竟一把拉住沈珍珍，朝她住的地方走去。

沈珍珍嚇壞了，忙朝四周看去，緊張道：「男女授受不親，你快放開我，我自己走。」

蕭令楚似沒聽見一般，一步也沒停，就這樣拉著沈珍珍入了女學後院。

沈珍珍又羞又急道：「你有話好好說就是，這樣若是讓人看見，我還如何做人？」沈珍珍的語氣中既帶著埋怨，又帶著羞澀的嬌嗔。

蕭令楚轉過身，細細地看著沈珍珍，似要將這一張如花嬌顏深深印刻在心底。他艱難地開口道：「妳可曾聽說了配婚令？」

若在平時，蕭令楚必定滿臉微笑，可今天從見面後到現在，他整個人看著都不對勁，因此沈珍珍乖巧地點了點頭。

「今兒聽李家娘子說了。可是有什麼事？」

沈珍珍漂亮的杏眼直望著蕭令楚，讓蕭令楚霎時間不敢去看她的眼睛，忙道：「妳我都是適齡的女郎和郎君，自是要遵守配婚令，妳可有何想法？」

沈珍珍看著蕭令楚嚴肅的表情，有點不敢相信自己所猜的，兩世為人的她即將被初次表白求婚了嗎？所以蕭郎君才如此嚴肅？上輩子只活到十八的沈珍珍哪裡經歷過這種事，因此心中滿滿的都是喜悅，似乎馬上就要溢了出來，整個人霎時間神采飛揚，眼睛熠熠生輝，一絲紅暈還悄悄地爬上了臉頰。她不禁自問道：以前讓我討厭的蕭令楚，什麼時候變得這樣好了呢？沈珍珍沈浸在一片歡喜中，忽略了蕭令楚一直發抖的雙手。

「我……我去找了我母親，說我心悅妳許久，想娶妳為妻……」蕭令楚說得斷斷續續。

少女的矜持讓沈珍珍忍住了心頭強烈的激動，她低下頭，靜待蕭令楚把話說完。

「妳……不……我阿娘說，以妳的身分，只能做……做妾。」

滿心歡喜的沈珍珍一聽見「妾」字，就如被潑了一盆冰水般，整個人瞬間如墜冰窖，呆住了。她不禁喃喃問道：「蕭阿兄，這是……要抬我進門為妾？」

蕭令楚從未覺得說話如此艱難，只得點了點頭。

「蕭令楚！我要你再說一遍，你要我給你做妾？」不敢置信的沈珍珍又驚又怒，一把甩開蕭令楚的手，連忙退開幾步。

「四娘，妳、妳聽我說，我也是昨天回府才知道，母親已經為我定了崔氏表妹為妻，我……我一點都不喜歡那個醜八怪，可是……可是母親說要門當戶對，你們家……」

「我們家是小門小戶，配不上是不是？蕭令楚，我今兒明明白白告訴你，我沈珍珍絕不會做妾！」

蕭令楚急道：「那個醜八怪表妹婚後只是個裝飾，我是真心喜愛妳的！雖聽著是妾，可是一切吃穿用度，我都會按蕭家嫡妻的標準來，也會一直歇在妳房裡，這難道有區別嗎？」

沈珍珍此刻聽了，對蕭令楚是完全失望了。在他的心裡，怎麼一切就如此簡單？千百年來後宅的紛亂，因郎君們嫡庶不分惹出來的禍還少嗎？

「是，你覺得沒有區別，可是在我心裡，這個區別可大了！蕭郎君，我祝你與崔氏女郎百年好合，我沈珍珍寧可嫁個小門小戶，當個正兒八經的正頭娘子，也絕不會做你的妾！」

蕭令楚一聽立刻大怒，喊道：「那妳到底要我如何？難道要我帶著妳遠走高飛？為了妳，昨晚我和母親爭吵得多凶，還第一次挨了她的巴掌，妳若是對我有一絲絲真心，為什麼就不能為我委屈一點點？不過是個名分！」

沈珍珍本是一臉的倔強，此刻卻生生地被逼出了淚。

蕭令楚一看她梨花帶雨，立刻心軟了，卻又覺得自己說得句句在理。

沈珍珍手指著蕭令楚道：「你開口閉口一個不過是名分，可知名分一詞壓死了多少人？我雖不知你那表妹是何般模樣，可若婚後你真那般對我，我第一個就被她恨上了。而我，一個只得你寵愛的妾，整日要看你母親和嫡妻的臉色，還得隨時擔心一個不小心就被發賣，你能日日守在我身邊保護嗎？我的孩兒日後也不能叫我娘，還要小心翼翼地活著，一輩子就是個庶出。像我這樣得嫡母喜愛，變庶為嫡的幸運庶女能有幾個？我不能叫我的孩兒以後也被人狠踩。咱們道不同不相為謀，以前是我看錯了你，你也並不懂我，做妾之事切莫再提。」

沈珍珍提著裙子，衝進了自己的房間，緊緊關住房門，背部順著門扇漸漸下滑，最後整個人坐在地上，手捂雙臉，低聲哭泣。

蕭令楚一臉頹然，看著那緊閉的房門，忽覺沈珍珍距離他有千山萬水之遙。他心有不甘，急忙轉身直往沈家兄弟的住處走去，暗想：也許他們倆會理解我，幫著說服珍珍！

沈二郎、三郎剛從學堂回來，見到蕭令楚，三郎立刻問道：「你人跑哪裡去了？可是家中有什麼事？」

蕭令楚進到房間，將房門一閉，立即說道：「二位自是也聽到了配婚令的消息吧？我昨日便是快馬加鞭回府，向母親請求娶四娘為妻。」

沈三郎一聽，哪裡能掩得住臉上的喜色，馬上問道：「那你母親如何說？」

「我一回去，母親才告知我，她已經為我定下了崔氏表妹為妻。」

三郎一聽深覺遺憾，拍了拍蕭令楚的肩膀道：「說實話，我也覺得蕭夫人大概會比較喜歡世家女郎，珍珍再好，到底差了個出身。」

二郎在一旁不動聲色，看著蕭令楚的臉色，問道：「令楚似是有話還未說完？」

蕭令楚點了點頭，支支吾吾道：「我母親說，若四娘進門就是做妾。我剛剛也問了四娘，但她拒絕了。我……我知道做妾委屈了她，可我一定會待她好，你們可否勸勸她？」

三郎是個急脾氣的，立刻說道：「你叫我們勸珍珍給你做妾？我們可是她的親親兄長，會這樣推她進火坑嗎？你、你……你是不是傻了？」

蕭令楚拍拍胸脯。

「我保證對四娘一心一意，不叫那醜八怪表妹欺負她！」

二郎搖了搖頭。

「我二人與你都相識多年了，只是此事我們萬萬作不得主。我們雖是小門小戶，但珍珍也是我母親、父親的心頭肉，為了讓她嫁戶好人家，做正頭娘子，我母親才苦心將她變庶為嫡。也許你現在可以保證得很好，但是世事變化都未所知，珍珍又是個要強的，定不肯給人做妾，且我父親、母親也不會應允的，因此，令楚還是到此為止吧。」

蕭令楚聽到這裡，即便沒有見到沈家長輩，卻也明白了沈家人的態度，心裡頓覺無望，目光微滯，喃喃地退後道：「你們都在逼我……所有人都在逼我！」隨即，大叫一聲的蕭令楚跑出了房門。

二郎匆忙對三郎道：「愣著做什麼，還不快追？可別出什麼事才好！」

兩兄弟也連忙衝出房門，向著蕭令楚離去的方向直追。

漸漸暗下來的天色，就如蕭令楚此刻的心一樣，灰暗無比……

第二十二章　一紙配婚令（三）

沈二夫人給遠在隴西的阿弟寄出的信，到了李元恪手中時已經快兩個月後，隴西已經入了秋。

李元恪的夫人姓薛，其父是個六品武將，她自小脾氣潑辣，十分精明能幹，因其樣貌不俗，出嫁前有許多人求娶，誰知偏偏看上了老實巴交的李元恪。說來也是緣分，李元恪從小沒少被阿姊打，倒覺得自家夫人那美目一瞪的凶樣子十分可愛，兩人的日子自成親以來一直和和美美，薛氏將家中經營得有模有樣。因此，李元恪在軍中總是被同僚打趣說「元恪家有河東獅，吼上一聲抖三抖」。

話說李元恪收到了信，細細思量了一番，卻沒有立刻就回信，他總是要與薛氏商量一番的。於是傍晚回府後，一切事畢，坐在房中的夫妻在安歇前才有時間說說事情。李元恪自是原原本本地將信中的內容說給了薛氏聽。

薛氏如此精明，一聽便想到了其中的關鍵所在，急聲問道：「你阿姊的意思可是想與我們家結親？她這是看上了我們翔哥？」

李元恪點了點頭。「我看阿姊是有這個意思。自我們上次去過揚州，阿姊便對翔哥多有誇讚，說是日後必有出息。自那以後，每每阿姊來信總是要問問翔哥的情況。況且，翔哥比珍姊大了一歲，二人年紀倒也十分合適。」

薛氏立刻美目一瞪，道：「這事我可不依。」

李元愘奇道：「我阿姊的女郎要許給咱們家的翔哥，這是親上加親的好事，娘子為何不依？」

薛氏擰了一把李元愘的耳朵，隨即嬌笑道：「咱們翔哥不是在李大世家的學堂讀書嗎？年前，我聽他回來說過，李氏的當家主母問他可有訂親，我就猜他們家是看上了翔哥。加之這配婚令宣詔以來，各路人家都有些慌亂，果不其然，前兩天我那姨母便來說，李家怕是有意將現在李氏當家人李大老爺的一位庶女嫁給咱們翔哥哩！」

李元愘皺了皺眉，懷疑道：「此事當真？」

薛氏一臉得意地說：「真的不能再真！過些日子翔哥回來，想來就有眉目了，所以你可不能應了你阿姊。」

李元愘有些煩躁，甩開薛氏搭在自己肩上的手道：「那可是我阿姊，再說，我看翔哥當年也十分喜愛他表妹，妳讓我怎麼回我阿姊？」

薛氏的脾氣立刻就上來了，聲音都高了許多。「你滿心都是你阿姊，這些年到底是我操持著這個家，還是你阿姊啊？」

李元愘一聽，連忙上前，一把捂住薛氏的嘴。「妳小點聲，要是被我阿爺聽見了，我看妳要吃不了兜著走！」

薛氏哼了一聲，放低了聲音道：「我知道你阿姊當年對你多有照顧，但是你想想，那珍姊從小養在你阿姊身邊，嬌生慣養的，這到了隴西來，能受得了這個苦嗎？再說了，翔哥到揚州那會兒才多大，哪裡見過世面？見到個嬌俏可愛的小娘子，自然是喜歡到一處玩耍的，你怎地還當了真？」

此刻李元恪的心猶豫不定，一邊是遠在揚州的親親阿姊，一邊卻是在隴西勢力龐大的李家，他該如何抉擇？

薛氏看了李元恪的表情，因對其脾氣十分瞭解，便上前輕揉了夫君的肩一把，細細分析道：「夫君且聽我說，如今阿爺年紀也大了，你呢，還是個小小的守衛郎。若是我們跟李家結了親，這在隴西的日子也能好過些，是不是？若是珍姊嫁過來，還要跟著我們吃苦，你忍心嗎？恐怕那時你阿姊又是心疼、又是不捨，反倒不美了。畢竟咱們家的根在隴西，未來若干年都要在隴西這片地上經營，你可得為了整個家想遠一點才是。」

李元恪覺得娘子的話不無道理，他正是見過嬌美可愛的沈珍珍，也知道阿姊有多寶貝這個原本是庶出的女兒。隴西這偏遠之地哪裡比得上繁華的揚州城呢？加之氣候也不比中原地帶，他也不忍讓沈珍珍到隴西來，被風沙磨礪得面目全非。況且，沈珍珍的到來並不能改變家中現狀，但是，若與李家結親後，至少他們家在隴西這裡會得到許多好處。身為一個男人，必須為家族著眼更多的利益和發展，因此他只能在心中對阿姊說句對不起了。

薛氏看著夫君深思熟慮的樣子，既沒有發脾氣，也沒有據理力爭，知道他聽進去自己的話，遂放輕聲音道：「這事也就咱們兩個知道，阿爺和翔哥都別告訴，以免節外生枝。你若是覺得對你阿姊有愧，等以後咱們日子過得越發好了，還能去西京或揚州探望，我也想見見你口中的阿姊到底是何等模樣。」

李元恪點了點頭，嘆氣道：「依阿姊的脾氣，若是知道翔哥已經定下了，再不會在此事上糾纏不休，自然也不會再問阿爺的，只是心中難免會怪我……罷了，魚和熊掌不可兼得，為了這個家，也只能這樣了。」

薛氏嬌笑道：「這才是我的好夫君。」

李元恪苦笑地搖了搖頭，點了點薛氏光潔的額頭道：「妳呀，才是個油嘴滑舌的主兒。」

在昏暗的燈光下，李元恪細細地看著薛氏的面容，鳳眼上挑的媚色，丹唇未張的飽滿，雙手不由自主地摟上了薛氏的細腰，喉頭一動，似是想為心中沒有散去的苦悶找個出口。

畢竟是結縭多年的夫妻，薛氏哪會不知自家夫君的性子？平日看著是個不急不慢的，可是在房事上可真真是個猴急的。她美目一轉，霎時間風情萬種，柔媚一笑道：「今兒夫君操勞了一天，就讓妾身好生伺候一番，享受這千金一刻，明日再去想那煩心的事，如何？」

李元恪這一被撩撥，哪裡還忍得住？自然是與有情人做快樂事，芙蓉暖帳度春宵了……

第二日，神清氣爽的李元恪在細細斟酌了一番後，開始提筆給阿姊回了信，信中先是說了說家中近況，最後才終於說到了翔哥的身上，表達了幾分歉意，說翔哥已經要與隴西李氏的貴女訂親，只差交換庚帖了。寫完信的李元恪擱下筆，長嘆了一口氣道：「阿姊，我也是身不由己啊！妳若是怪，就怪我自己沒出息吧，不得不攀權附貴。」

於是，這樣一封被沈二夫人滿心期待著的信，就從隴西發出了。

待過了幾日，李天翔從學堂歸家，還跟父親、母親說起了配婚令一事，不免想到了遠在揚州的表妹，於是小心試探地問道：「阿爺可知揚州姑母家的表妹定了否？她可是馬上就要十二歲的女郎了。」

還未等李元恪開口說話，薛氏已笑道：「你個傻孩子，你表妹那等姿色的女郎，怕是揚州城內就不知有多少人家排著隊求親呢，你遠在隴西，可別瞎操那份心了。」

李天翔聽後點了點頭，有些自嘲地笑了笑。「母親說得是，像表妹那等風姿秀美、氣質如蘭的女郎，在隴西都不多見，怎麼會愁嫁娶之事？恐怕姑母和姑父正在愁該選哪家郎君做女婿呢！對了，昨日學堂先生帶我去見了李大老爺，李家大老爺竟然問我可曾訂親，兒只得如實回答道還未訂親，李家老爺這不知是個什麼意思？」

薛氏頓時眉開眼笑地道：「哎喲！我的兒，你也是好事將近了！等會兒去街上給你祖父買壺酒，讓他邊喝邊給你說道說道！」

李天翔笑著應了一聲，腦海中卻浮現出沈珍珍的倩影。那時，恰逢春日，一片鬱鬱蔥蔥，在揚州姑母家的院子中，表妹綻放的笑顏，還有彎著眼睛衝他笑的一幕幕，雖然自揚州一別，已過去幾年，卻依然能如此清晰。只是無奈有陳益和與蕭令楚兩個格外優秀的少年在旁，使他自慚形穢，只得將那萌生的情意深埋在心中。

沈珍珍之於他就像短暫美麗的一個夢境，夢醒了就不見了，每每只有在夢中他才能看見她的倩影，出現在那一樹美麗的桃花下。他不得不在心中暗暗安慰自己：原本就是我一片奢望，罷了罷了……

若李天翔知道恰在此時，是他的父母生生地阻斷了他與表妹沈珍珍本可以結縭的緣分，不知這少年的心中又該是何等滋味呢？

自沈二夫人在蕭府中鎩羽而歸，被蕭夫人鬧個沒臉後，心中自是歇下了再讓珍姊做世家婦的想法。天下烏鴉一般黑，想必別的世家也是若蕭家這般注重門第，他們這種小門小戶的，還是別起那不該有的心思了，罷了。

恰恰是因為如此，沈二夫人將所有的希望放在了阿弟李元恪家。縱然隴西距離揚州十分遙遠，但是她對阿弟家畢竟是知根知底，將珍姊嫁過去，到底是放心的。所謂男怕入錯行，女怕嫁錯郎。況且她的信中已經將意思表達得十分明顯，沈二夫人有自信，就憑她跟阿弟的感情，阿弟和弟媳也定會同意讓翔哥迎娶珍姊的！這麼一想，沈二夫人便覺得寬心不少，只翹首期盼阿弟的回信到來後，就能將珍姊的婚事定下了。

沈二老爺卻沒有如此樂觀，在官場打滾多年的他看來，李元恪家也未必就十分穩妥。畢竟結親是兩個家族之事，其中所牽扯的利益關係有時候並不是簡單的親情可以代替的。恰沈大郎的親事就定在了這個年底，他們一家也要上西京城去，一是為他三年一度的述職，二則是為了大郎的親事。若是在年底前，隴西的來信能敲定那自是好，若是沒有成事，那麼年底入京，他就要與大兄細談了。

不得不說，沈二老爺的考慮就要比沈二夫人周到許多。

反觀蘇姨娘，自知道夫人要將沈珍珍嫁到隴西後，心裡的滋味是百味雜陳。雖然隴西也是她的家鄉，但奇怪的是，她自小就不喜歡那裡的風沙，她擔心沈珍珍嫁過去後根本受不住那邊惡劣的天氣。況且，她隨夫人離開隴西多年，也未見過舅老爺的妻子，根本不知那薛氏的脾氣是好是壞，因此心中頗為擔憂。但是作為姨娘，在女兒的婚事上，她是一丁點話語權都沒有，只能任由夫人作主了。想到此的蘇姨娘只能輕嘆一口氣，眼前她能做的，無非就是祈求上天給她的女兒一門好婚事，那她這一生也就無憾了。

恰逢重陽，學堂中停了幾天的課，沈家兄妹也就坐上馬車回了揚州。

沈二夫人看見兒女，樂得合不攏嘴，可是看到沈珍珍，這樣一位光彩照人的小娘子，再聯想到她在蕭府中受的氣，不免紅了眼眶。不過，沈二夫人直率的性格好就好在一碼事歸一碼事，因蕭令楚與雙生子十分交好，對珍姊照顧有佳，所以她在孩子面前隻字不提她去蕭府之事，就像什麼事情也沒發生一般。

待沈二老爺將雙生子叫到書房考校去了，沈珍珍才能和母親坐下說說話。

沈珍珍擔心若是將蕭令楚之事告訴母親，反倒會惹得母親心傷，因此也未提及此事。

母女倆在蕭家讓其做妾之事上，倒是頗有默契。

沈二夫人先是問道：「高郵縣令前些日子來問過妳父親妳三兄的婚事，聽說那縣令的嫡女是妳的同窗，不知是何般模樣？」

沈珍珍一聽，忍不住笑出聲來，差點把李雅柔給忘了，這小女子不知道在家裡等得多麼心急了，竟說服了她父親直接出馬！她急忙說道：「這李娘子可是個有趣的妙人，人長得是眉眼清秀、面若桃花，脾氣倒是十分直爽，平日說話是妙語如珠、字字珠璣，倒跟女兒十分談得來。」

沈二夫人點了點頭道：「若是個好的，我也就放心了。妳阿爺跟那李縣令見過幾回，印象頗好，若是能做親家，也是一樁美事。何況，妳也知道妳三兄那跳脫的性子，倒和這樣的女郎才合適。」沈二夫人接著又道：「我已去信至妳隴西阿舅家，等到妳阿舅的回信來了，若是談定，珍珍嫁給妳表哥可好？」

沈珍珍乍一聽，忽然愣住，腦海裡出現了一個黝黑憨厚的少年郎，操著一口帶著隴西口音的官話叫自己，惹得陳益和還有蕭令楚在一旁偷笑。想到那兩人，沈珍珍才恍然大悟，原來兜兜轉轉，冥冥中自有注定。我和表哥不過見過那麼一次，竟然有牽手一生的緣分，看來這緣分之事真真是沒有先來後到之說。

沈二夫人看沈珍珍沒接話，不知是害羞還是怎麼著，便摸著珍珍烏亮的頭髮，愛憐地說：「我看妳那表哥是個好的，雖說樣貌並不出挑，但貴在老實憨厚，人是靠得住的。再說，妳若嫁過去，妳阿舅和舅母也必定會視妳如己出，隴西雖遠，我倒是也能放下心。」

沈二夫人都將話說到了這分兒上，可見其一片苦心。沈珍珍乖巧地答道：「珍珍全憑母親作主。」

再說到遠在西京的陳益和，在這一年新入勛衛的郎君中，雖年紀是最小的，身形卻是最高大的。因著勛衛都是三品官員以上或者勛貴們才能給自家郎君們謀得的，因此這些郎君們出身非富即貴，不當職的時候，幾個說得來的便會相約一起去曲江邊的酒肆中喝喝小酒，再去那花船上聽聽小曲兒，這才歸家。

陳益和身為勛衛一員，自然也結識了不少郎君，其中就有位喚姬商岐，其父是三品武將，這是典型的勛貴之家的小郎君，平日一擲千金為喝酒，還喜說葷段子。但是姬商岐仗著武藝了得，倒也是天不怕地不怕，初見陳益和時還對其漂亮的外表好一番不屑，直到比試了幾回，才對其刮目相看，兩人是不打不相識。

這日，姬商岐朝著陳益和擠了擠眼睛道：「今兒不若跟我們去喝一喝，再去聽聽那江南伶人唱的戲？不是我說啊，那些女郎可不是一般的女郎，風情非一般小娘子有的，真真是勾人得緊啊！」

陳益和一聽，臉一紅道：「在下今日已與人有約，不若改日我請姬兄喝那劍南燒春喝個痛快。」

姬商岐促狹道：「每每一說此你就臉紅，我說啊，就你那容貌，西京城不知有多少女郎求著與你歡好呢，可需要我給你個圖冊參照參照？」

陳益和這回連耳朵尖尖都紅了起來，看得姬商岐這個樂啊！暗道：平時打不過你，在這事上我總算是勝了一回。心裡別提多痛快了！

陳益和心裡惦記著與沈大郎要在食肆碰面，哪裡肯跟著去喝酒？只得再三推辭，姬商岐這才放過他。

待陳益和終於在食肆見到沈大郎後，一直上下不定的心恍若能放下些了，於是問了問沈大郎的婚事，又談到了這引起軒然大波的配婚令。

沈大郎搖了搖頭道：「配婚令如此突然，倒叫家中措手不及，特別是我母親，以前一直覺得珍姊年紀小，可如今她馬上要十二歲了，真是著急得猶如熱鍋上的螞蟻。」

一提到沈珍珍，陳益和的心立刻就提了起來，小心問道：「那四娘現在可定下了？」

沈大郎嘆了口氣。「若是定下了，我母親怎會著急？不過前幾日大伯收到了家中的來信，說母親有意將珍姊許給隴西阿舅家的表弟，但還未知結果，故叫大伯在京中也相看一下別家郎君。大伯素來喜愛珍珍，便問我那隴西表弟的樣貌、品德如何……」

沈大郎話還沒說完，陳益和手中的酒杯突地顫了顫，米酒立刻灑了出來，他連忙掩飾說：「今日開弓練箭的時間有點久，手都不聽使喚了，沈兄莫介意。只是那隴西不僅偏遠，且氣候惡劣，若是四娘嫁過去，恐怕也是難以適應那裡的風沙。」

沈大郎深表同意。「可不是嗎？再說我那表弟，模樣一般，也就占了個老實，可是我阿娘喜歡啊！這婚姻本就是父母之命，媒妁之言，我們也只有聽的分兒了……」

此刻的陳益和心焦如焚，對後來沈大郎還說了些什麼已全然不記得，更不知一路是怎樣渾渾噩噩地牽著馬回了家。他整個腦子失去了冷靜，變得異常混亂。若沈珍珍嫁了別人……想到此，他便覺心痛難忍，有如刀絞，原來不知不覺竟已對沈珍珍如此動情。想到沈珍珍的如花笑顏，陳益和再也坐不住了，什麼三思而後行都被拋卻腦後，如今的他只是個慕少艾的少年郎，想要得到自己心愛的少女。於是他奔出房外，就著月光，朝父親的書房快速跑去！

第二十三章　婚事

此時的長興侯陳克松正在書房中細細地研究西京城牆布防圖，忽然聽到了急促的腳步聲，而後敲門聲並兒子陳三郎的聲音一同響起，他心覺奇怪，不動聲色地收起書桌上的圖紙，才讓陳益和進了書房。

此刻的陳益和呼吸急促、滿頭的汗水，頭頂上掉落的碎鬈髮黏在額頭上，陳克松哪裡見過兒子這般狼狽的模樣？他心覺詫異，卻仍不緊不慢地問道：「何事讓你如此慌張？可是在勛衛中出了事？」

陳益和搖了搖頭，咬了咬嘴唇，兩手拳頭一握道：「兒是想來與父親說說配婚令。」

陳克松一聽是配婚令的事，倒是鬆了口氣，本還以為這小子在勛衛中闖了什麼禍呢！他隨即露出溫和的笑容道：「原來是為了配婚令之事而來，怎地還這般大驚小怪？你年方十五，恰恰就是配婚令中的適齡郎君，為父想著在明年給你定下親事。雖然也有許多同僚問起你，但是這畢竟涉及終身大事，還是謹慎挑選的好。對方家小娘子的相貌、品性以及家境都得細細考量才是。」

「父親，兒已有心上人，求父親成全！」陳益和堅定地說出了自己的心聲。作為在家中不得不小心翼翼的庶長子，他從未如此勇敢地在父親面前主動地表達自己的想法。

「喔？說說，是哪家娘子？」陳克松好奇地問。

「那小娘子沈四娘乃是我長豐書院的同窗沈仲明之妹，其父是揚州允判沈慶元。」

陳克松的眉頭皺了皺，揚州允判，從六品官，門戶真真是低了。

「這小娘子有何過人之處，竟教你這般亂了方寸？出身不過六品，竟想高攀我們侯府？且還是遠在揚州的，難道這偌大的西京城，就找不出一個勝過她的？」

陳益和看著剛剛還面色柔和，這會兒卻變了臉色的父親，心一橫，兩膝著地，直接跪倒在父親身邊，緩緩道：「兒當年年僅九歲，去求考長豐書院，渡船於河上時落了水，恰沈家船路過，將兒救上了船，那小娘子央其母贈藥的情景依然歷歷在目，這救命之恩乃其一。」

陳克松冷哼了一聲。「那陳七跟著你難道只是擺設？沒有沈家人，你也不會有生命之憂。少跟我說救命之恩，難道這就得以身相許了？笑話！」

陳益和並沒有退縮，繼續說道：「再後來，兒與其兄成為同窗，平日多有照應，也曾去沈府作客過，那一家人友善非常，讓兒生出親近之感。起初兒也視那小娘子為妹，可是不知不覺幾年過去，兒才發現，見不到其人時，心中思念難忍。也許她並不是世間女郎中最好的，也不是多麼完美無瑕，但是在兒子的心中，她勝過一切珍寶！」說到情深處，已經眼含熱淚的陳益和，還用握拳的右手重重地敲了敲自己的心口。

陳克松看著跪在自己面前的兒子，已經十五歲的少年，正是意氣風發的年紀，他倔強地抬臉看著自己，為了心儀的女郎而勇敢無畏，那張臉奇異地與當年夏錦那美麗的臉重合在一起。當年的夏錦也是這樣跪在其父面前，求他的成全，就是為了與自己相守；身懷六甲的身子，愣是翻山越嶺，義無反顧地隨自己到西京來……血緣真是個神奇的東西，陳益和有著與母親相似的五官，在屋內的燭光下看著是那樣的瑩白無瑕，平時看是個乖巧懂事的，一旦心中有了主意，卻十匹馬都拉不回來，與那時候的夏錦真是何其相似啊！

陳益和一直在觀察父親的臉色，此刻也是忐忑不安。不知道是什麼原因，原本臉色漸冷的父親，此刻的臉部線條竟然莫名地柔和起來。

「那小娘子就這般好？你當初可是連安城公主的駙馬都不當，為父也一直不想為你找個差的。要知道，若是娶那沈家小娘子進門，對你日後可毫無助益。她的出身做正妻是低了些，倒是可以抬進來做妾。」

陳益和堅定地搖了搖頭道：「做妾是萬萬不能的，兒不能將她委屈在後宅做妾。兒今天來求父親，也是深思熟慮想了許久，那小娘子的娘家也許不會對兒以後做官有多大幫助，但是只要我二人夫妻恩愛，她將內宅管理得井井有條，家中一片和睦團結，兒也能在外靠自己闖出一片天。再者，兒本是庶出，還要照顧母親的感受，若是娶了高門嫡女，母親心中怕是會多想，因此沈小娘子的出身恰恰是最適合兒子的。」

陳克松靜靜地看著兒子，長嘆了一口氣。如此好的兒子，即便是為了自己的婚事，也還思慮著家中的平衡，他本不悅的心情霎時間消散了不少。這一生他欠夏錦良多，是不能償還的了，如今他和夏錦的兒子已長大成人，這孩子從未求過什麼，這還是他第一次開口，叫他反倒不知如何生硬地拒絕了。

「起來說話。我問你，那沈府在西京可有本家？」

「那小娘子的伯父名為沈慶林，乃是京官，現居西京。聽說他們兄弟二人感情甚篤，沈二老爺對沈大老爺的話是言聽計從。」
「吏部郎中沈慶林？原來沈慶林的阿弟在揚州做官啊！」
長興侯雖然擔了個武職，但是因其是肅宗的心腹之一，因此對朝中人員自是瞭解不少。雖然沈慶林的品級比自己低，但在年輕一輩的文官中，絕對是個可圈可點的人物，年紀不大，卻是察言觀色的個中好手，幹起事來也不耍奸溜滑，頗受其上司喜愛，未來官途不可限量。若真是這樣，與沈家結親的事就又另當別論了。
陳克松略微思索一陣後，對陳益和緩聲道：「此事我知道了，容我想幾天。」
陳益和卻沒有起身，而是一咬牙道：「兒還有一事相求。」
陳克松斜睨了兒子一眼，詫異道：「平時不見你求人，怎地今兒忽然就有如此多的事情相求？說吧！」
「兒想將房中的侍女香雪調去伺候母親。」
陳克松冷笑一聲道：「這還沒成親呢，倒是替你未來的娘子打算起來了，莫非那沈家小娘子還是個善妒的？那香雪不是一直在你房中伺候得好好的？」
陳益和臉色泛紅道：「兒正年輕氣壯，正是好好幹事的時候，怎能沈浸美色？那香雪幾年前就想勾著兒做不軌之事，礙於母親的臉面，兒一直隱忍不發，可是如今這香雪越發變本加厲，兒實在是覺得不妥……」
陳克松心裡哪會不知自己妻子和她娘家人打的那些算盤？當年，趙家人生怕趙舒薇嫁進來後不受自己的喜愛，故而視夏錦為眼中釘，一碗藥下去人就沒了，現在又要來禍害夏錦的兒子，真真是爛到根的無可救藥了。香雪的事，他自然是清清楚楚的，以前並沒有多管兒子房中這些瑣事，也是想乘機看看三郎的定力，如今這小子腦子好使，又十分清楚分寸，香雪那枚爛棋也不必在這兒礙眼了。

「這是小事，待你婚事一定，尋了機會將其打發就是，你母親那裡若有事，我擔著。」

「謝父親！」陳益和一臉感激。

從頭到尾一直不忘觀察父親臉色的陳益和，發現父親大人最初的厲色已經消失不見了，他心知求娶沈珍珍之事已經成了六成。萬事開頭難，現在的他距離沈珍珍是又近了一大步。

陳克松擺了擺手道：「下去吧，今日你所求之事，為父已經知曉，只是婚姻大事不能兒戲，容我再想幾日。明日你還要去勛衛當值，還是早點安歇吧。」

陳益和這才從父親的書房退出來，儘管滿心歡喜，卻不喜形於色，但是已然沒有了來時的驚慌失措，反而生出了一種豪氣，那是對沈珍珍志在必得的信心，於是整個人立刻看來神采奕奕、精神煥發起來，連回到自己屋子的腳步都是輕盈的。

這廂，在西京中的長興侯還在細細思索兒子的婚事，準備在初一或者十五全體九品以上京官的朝會之後跟沈慶林這個從四品官員寒暄寒暄。在大周朝，諸在京文武官員職事九品以上，朔望日朝；其文武官四品以上以及監察御史等特殊職事官員每日參朝。長興侯陳克松官居四品，自是要日日參見皇帝的，但是那沈大老爺現居從四品吏部郎中，又不是特殊職事，只是逢每月初一和十五才能上朝參見皇帝，其餘時候都在吏部中好好幹活，長興侯想找沈大老爺聊聊家常也不是那麼容易的事，因此陳益和也只有在家焦急地等待父親的答覆。

那廂，遠在揚州的沈府又是哪般模樣？一家之主沈二老爺十一月中就要出發去西京述職，儘管最近手頭的各項事務忙得不可開交，卻還是不忘與李縣令結兩姓之好。沈三郎和李雅柔的婚事就此定下，兩家一達成共識後，成親六禮的前幾項是一樣不落，有條不紊地進行著。

李雅柔因此也不去女學了，每日嬌羞地在家乖乖地繡嫁妝，跟著母親學管帳持家，倒叫在女學中的沈珍珍覺得有些寂寥。自她與蕭令楚鬧過那戲劇性的一齣戲後，蕭令楚就從族學的學堂中消失了，不知是他自己不想見到沈家任何一人，還是蕭家人生怕其惹出什麼事來，將其拘在了家中。二郎和三郎怕妹妹傷心，也對蕭令楚的事隻字不提，因此沈珍珍也只能對此來一聲深深的嘆息。

沈二夫人作為後宅主母，更加閒不下來，在家中緊鑼密鼓地準備著要帶去西京的各項物什，主要為沈大郎成親所用。

李元恪的信終於在沈二夫人每日的翹首期盼中到了，沈二夫人拉著蘇姨娘一邊往前廳走，一邊說道：「快拆開，我得趕緊看看他們什麼時候能下定，這一年半匆匆就過了，珍姊這親事可絲毫馬虎不得。」

蘇姨娘一邊麻利地拆信，一邊笑道：「夫人說得是，每每籌備婚事，是既費時又費力的。」

眼見著蘇姨娘剛將信封拆開，將信取出，沈二夫人便一把奪過信，迫不及待地讀了起來。忽然之間，她原本甚好的臉色變得煞白，兩手抖動得厲害，兩張薄薄的信紙就從她的指尖慢慢飄落下來。

蘇姨娘跟著沈二夫人這麼多年了，哪裡見過她這像被抽了魂般的樣子？她連忙撿起地上的信，細細讀了起來，而後也不禁花容失色。

沈二夫人一下子癱坐到跪榻上，喃喃道：「連阿弟家都靠不住，我還能指望誰？」緊接著竟哭得天昏地暗。

蘇姨娘連忙抓住沈二夫人的手道：「夫人！夫人！冷靜些，嫁不去隴西，四娘也能嫁去西京啊！沈大老爺必定能給小娘子找個合適的郎君。」

沈二夫人雙手捂著臉，一抽一抽地道：「哪就這麼容易了？大兄這一直也沒來信，我還跟咱們老爺信誓旦旦地說我阿弟家必定是沒錯的，這可真真是給了我一個響亮的巴掌，叫我如何跟老爺開口？」

蘇姨娘趕忙絞了帕子來給夫人擦臉，還安慰道：「老爺畢竟是個男人，想事情必定周全些，不會責怪夫人的。」她又給沈二夫人倒了杯水。「夫人也別生舅老爺的氣，畢竟是我們說晚了。」

沈二夫人怎麼也想不通，疾聲道：「之前阿弟的來信中，一點都沒提到給翔哥訂親的消息，怎麼就忽然定下了隴西李氏家的小娘子？不是騙我的吧？我阿弟老實巴交，是個耳根軟的，心中不見得有個主意，這訂親一事，必定是我那從未謀面的弟媳所為！」

蘇姨娘曾經想過未曾謀面的薛氏，心裡也就釋然了，輕聲說：「夫人也別傷心了，畢竟您離開隴西多少年了呢！那隴西李氏是什麼人家？若是有結親的機會，誰家又想錯過呢？多少人巴巴地排隊等著，都未必有如此好運，您也該為舅老爺一家高興才是。」

沈二夫人如何能高興得起來？這高興的事都讓別人家攤上了！越想越氣，怎麼她的珍姊的婚事就這麼難呢？

心情抑鬱的沈二夫人，因怒氣攻心，第二日就病倒了。

蘇姨娘只得一人做兩人用，幫沈二夫人處理家中各項事務。

沈二老爺本就對李元恪一家期待不高，因此也沒有太失望，反倒對沈珍珍不用去隴西那風沙漫天的地方而感到別樣的安慰。他家珍珍就算不是金枝玉葉，也是自己一直捧在手心的掌上明珠，何苦去那偏遠的隴西？

待沈家兄妹再次從學堂歸來，沈珍珍看見沈二夫人才剛剛恢復一些的身體，一問蘇姨娘，才知道了表哥與隴西李氏訂了親，母親一聽竟然氣倒了的事，一時間淚如雨下，低聲道：「阿娘，咱們府上沒有家廟，大不了我就去那道觀清修，過個三年，待配婚令無效了，我再出來。您可別累壞了身體，若是您有個什麼不妥，叫女兒如何是好？大兄眼看成婚在即，您這樣虛弱的身子可如何受得了這一路的顛簸？」沈珍珍邊說，眼淚邊控制不住地往下掉，哭得是撕心裂肺，像是要把所有積在心中的痛苦都發洩出來，還帶著一絲自暴自棄，喊道：「大不了絞了頭髮去做姑子！」

沈二夫人一聽沈珍珍這話，這心就跟被剜了一塊肉一般的疼，她捂著胸口，哭道：「妳……妳……這是要氣死我喲！我養妳這麼大，就是讓妳絞了頭髮去做姑子的？妳真真是個白眼狼！」沈二夫人一把鼻涕一把眼淚，手指點著沈珍珍的額頭，惡狠狠道：「阿娘無論如何都要給妳找個好夫婿，做姑子這種話以後不許妳再說，妳這是生生在我心上捅刀子！」

沈珍珍這會兒也知道自己說的話太過消極，惹得沈二夫人心傷，因此抹了一把眼淚，道：「只要阿娘好好的，珍珍都聽阿娘的。」

沈二夫人點了點頭道：「為了你們兄妹的婚事，我也要振作了。妳以後切莫給我提那道觀，若是真的道觀，我見不得妳去受苦；若是那假道觀，妳個女孩子家家的，可知那些地方哪裡是乾淨的？以後叫我聽見一次，就打妳一次！」

蘇姨娘進來了，給哭得雙眼通紅的母女倆都絞了帕子，安慰道：「咱們小娘子再過一個月才十二歲，還有一年半的時間，哪裡會找不到一個合適的郎君呢？夫人和小娘子快都別傷心了，等咱們平安入了西京，有沈大老爺為咱們小娘子操心呢！」

沈珍珍偏過頭去看站在一旁微笑的蘇姨娘，不得不感慨，自己的這位姨娘真真是個人物，怎麼可能是農家小戶養出來、當年被賣進阿娘家的？這容貌、這氣度，那絕對是大戶人家培養出來的啊！看看關鍵時刻人家這淡定的模樣，把她和沈二夫人都不知甩出多遠呢！自己除了容貌以外，真是半點都比不上她家這位姨娘啊！

沈二夫人想通了，身體自然就好得快了，待沈二老爺交代好公事，一家人準備出發的時候，沈二夫人的身體已經好利索了。一家人這就踏上了進京之路。

沈三郎站在船頭對沈珍珍玩笑說道：「也許大伯父給珍珍在京城尋了個好人家，妳就再也回不來這揚州城呢！」

平日沈三郎說的話，沈珍珍都沒當真過，今日聽著不知怎的，竟生出了深深的離愁。她站在船頭看著如畫般遠去的揚州城，好似以後再也不會回來一般。

沈家人坐著船離開，自是沒看見騎著馬站在碼頭的蕭令楚。那騎在馬上的少年，不復以前的意氣風發，整個人都瘦了下來，臉帶憔悴。他與崔氏表妹的親事已經有了眉目，來年下半年就會親迎表妹進門。接受這一切的他只當這一切都是命，是他與沈珍珍有緣無分，怨不得人。看著遠去的船隻，恍若那河上的一片浮葉，不知不覺就帶走了他年少時期全部的愛戀，蕭令楚只得在心中暗暗道：別了，四娘，願妳能覓得一個好兒郎，白頭到老……

第二十四章　沈府喜事

自從配婚令頒布以來，沈珍珍覺得冥冥中有一雙手，不知會把她推向何方，因此心生迷茫、無助之感，不知何去何從。經這一路的顛簸，沈家人終於在十二月上旬到達西京城。此時，距離沈大郎成親的日子不過十來日了。

自從沈家與要成為親家的楊家說定以來，納采、問名、納吉、納徵，一切事宜幾乎都是沈大老爺和沈大夫人拿主意。沈大夫人肖氏盡心盡力，連府內給沈大郎的新房都佈置得十分妥當，這叫趕來後一看的沈二夫人覺得分外窩心，看著這一家子掏心掏肺的人，再聯想到自己的親阿弟，她又差點掉下淚來。

沈二老爺拜見過老母親之後，便急於與沈大老爺長談一番，先是與述職有關的官場事宜，再是緊緊圍繞在沈二郎與珍姊的婚事上。沈二郎的婚事，兄弟二人都主張在西京看看再作決定。緊接著，沈二老爺便將李元恪的事情說了。

沈大老爺冷笑一聲道：「看上他們家郎君，那是給其臉面！只圖眼前利益的一家人能有何出息？不做親家也罷！也不看看這些年來世家的沒落情況，現在那些家道中落的世家，就是以後隴西李氏的真正寫照！」

沈二老爺嘆了口氣道：「我那娘子，就是期望得太好了，這一聽哪裡受得了，可不就立刻病倒了，與回來的珍姊是哭到一起。珍姊那個不爭氣的，竟然還說出要絞了頭髮當姑子這種話！還好，有個心裡亮堂的蘇姨娘在一旁寬慰，這才都說好了。」

沈大老爺一邊撫美鬚，一邊點頭道：「你這蘇姨娘倒是個不簡單的，只可惜了出身。」

沈二老爺雖然跟沈二夫人感情甚篤，卻也不得不同意沈大老爺的觀點。就拿珍姊來說，雖是蘇姨娘生的，可是自小被沈二夫人養著，這性子啊，就跟沈二夫人如出一轍，除了容貌繼承了蘇姨娘的秀美外，真真是差之遠矣！

「所以，我想請阿兄給珍姊在京中尋個可靠的人家，讓她嫁過去做個正頭娘子，小夫妻日子和和美美的就好，我從未想過讓她高攀。總之，無論如何也不能讓她進那道觀清修。」

沈大老爺喝了口茶，看了一眼阿弟，意味深長地道：「恐怕這事，還真不能如你所願那般簡單了。」

沈二老爺猛地一抬頭，一臉詫異地看著沈大老爺，問道：「阿兄何出此言？莫非這其中還有什麼緣故？」

沈大老爺嘆了口氣，笑道：「咱們珍姊這緣法可還真不一般，你可知那長興侯府？」

沈二老爺點了點頭道：「自是知道的，長興侯府這麼些年來在西京的飯後談資還少嗎？再說，那長興侯的庶長子還是大郎在長豐書院的同窗呢，長得是一表人才，別看此子與二郎、三郎一般的年紀，但不論是心性還是心計卻都不一般，日後想是個有出息的。」

沈大老爺笑著拍了拍阿弟的肩道：「說你們家傻人有傻福呢，那長興侯前些日子來問過我珍姊可有定下，正是想要給其庶長子說去當正妻呢！」

沈二老爺一聽哪裡還不明白，那不就是陳郎君看上了他家珍姊嗎？但是，他想了想之前妻子說的話，一時之間不知道是該高興還是該憂愁，只得如實對兄長道：「我那娘子之前不甚喜那長興侯府，覺得後宅頗亂，怕珍姊嫁過去受委屈。再者，聽說長興侯夫人是個難相與的，且還有個嫡子，這珍姊從小被我和她阿娘嬌生慣養著，怕是——」

沈大老爺鬍子一吹，眼睛一瞪，立刻打斷了猶豫不決的沈二老爺。「我說你啊，這三年在揚州怎麼越待越傻了？那陳郎君我也在朝會時見過幾回，雖是守衛皇城之職，但那是入了勛衛，已經是有官身了。何況我看那郎君生得極好，丰神如玉的。聽說之前安城公主都有意招其為駙馬呢！你可知光是最近就有多少官員問過長興侯這庶長子？你倒好，還嫌這嫌那的！我先跟你說好，要是你們夫妻錯過了這門好親事，珍姊的婚事我可就不再管了，哼！」

沈二老爺連連道歉，擺出笑臉道：「阿兄別跟我急啊，我這不是就事論事嘛！再說，我不過井底之蛙，眼光哪能跟阿兄你比呢？哪，我這就去跟娘子商量啊！」

沈大老爺點了點頭。「這門婚事我看是好的，我看那長興侯倒不似傳言般不待見這個兒子，你想想，那勛衛是誰都能入的嗎？再者，若是他不關心此子，直接由其嫡母操辦婚事就好了，哪還會親自出面？」

沈二老爺一向對沈大老爺言聽計從，待向沈二夫人轉述時，沈二夫人這一聽是直真愣了，以前最不看好的陳益和，偏偏在這個時候出現了，她得感慨這是沈珍珍的命呢？還是緣分天注定呢？沈二夫人心裡是百感交集，欣喜的是，珍姊的婚事這麼快就有了著落，何況那陳益和基本上是他們看著長成今天這般模樣，人是不錯的；憂愁的是，珍珍這副天真的樣子，嫁進侯府後能否在後宅中站穩腳跟可是個大問題啊！一想到這裡，沈二夫人的心裡又沒了主意。

蘇姨娘倒是頗為豪氣地笑道：「夫人可就別擔心了，那嫡母能怎麼樣呢？只要咱們珍珍有個愛她護她的夫君，一切事情都好說呢！」

沈二夫人嗔怒道：「妳說得倒是簡單，合著就我一人在這裡瞎操心呢！」

蘇姨娘拿著帕子捂著嘴，嬌笑道：「我的夫人喲，您這是關心則亂！船到橋頭自然直，走一步看一步吧！您看，咱們操心了半天，原來啊，這珍姊的緣分可不就在這兒候著呢，倒叫您掉了那麼多淚。」

第二日，沈珍珍來給母親請安時，得知陳益和的父親竟然親自出馬，不禁奇道：「這陳阿兄是給長興侯灌了什麼迷魂湯？」三年未見陳益和的沈珍珍想了許多，想起他們初見的時候，想起在揚州的一幕幕，想起他為自己買的花燈……那些本以為淡忘的畫面都一一清晰地回來了。她總是自私地為自己找尋好的出路，對陳益和的心意忽略不見，結果他卻在自己看不見路的時候，就這樣出現了。一時之間，沈珍珍的內心是五味雜陳，不知是喜是悲。

倒是沈大郎聽了關於珍姊婚事的來龍去脈後，為其不用去隴西嫁給那又黑又憨的表弟而感到萬分慶幸，但同時也為陳益和的守口如瓶感到生氣。這小子看上我妹妹了，咋一點口風都不透呢？

平時穩健的沈大郎也不穩健了，直接就出門直奔安仁坊的長興侯府，等著見陳益和。守門大哥說三郎君還未歸家，固執的沈大郎也不走，就在門口等了起來。沒一會兒，只見一人騎著馬慢慢地靠近了，可不就是陳益和當值完畢回來了！

沈大郎恨不得揪著這小子問問怎麼回事，結果一看到陳益和鼻青臉腫的狼狽樣，驚訝異常，忙問道：「你這是被誰下了黑手給打了？看來這下手的肯定是心狠手辣之輩！」

陳益和苦笑了一聲，擺了擺手道：「不過摔了幾跤，不礙事。」

陳益和本就皮膚白皙，這臉上一塊一塊的瘀青看著十分可怖，誰這麼狠心能對陳郎君這漂亮的臉蛋下黑手呢？原來，來年二、三月就是幾年一度的鄰國使者朝會期，各附屬國也好，或是鄰國的使者們也好，總會挑出各自的年輕武士一起來切磋切磋。陳益和身為勛衛中比較高大的一位，就被選上去勤練武藝，好在屆時切磋的時候給大周爭口氣。這下可苦了陳益和，畢竟跟人練習對打難免中招，回家只得自己貼貼治療跌打損傷的藥。

沈大郎這一看陳益和捂著臉，支支吾吾的樣子，忽然就樂了，笑罵道：「你活該，誰叫你惦記我妹妹！」

陳益和一聽，才知道沈大郎來所為何事，看來父親已經向沈家拋出了結兩姓之好的橄欖枝！他立刻覺得心情明亮，渾身輕鬆，連身上的傷都不那麼痛了，不禁勾起嘴傻笑起來，結果這一勾唇，嘴邊的瘀傷被牽動，疼得他是齜牙咧嘴，直逗得沈大郎哈哈大笑。

沈大郎嫌棄道：「就你這樣，怎麼陪我娶新娘？本想叫你使個美人計，叫那些凶悍的婦人們找不到西北的，如今這美人計怕是用不成了。」

陳益和一臉輕鬆地道：「你放心，我日日敷藥，到那日定看不出來了。再說，我也不會日日挨打的。」想到已經進京的沈珍珍，陳益和年輕的心猶如點了一把火，立刻熱了起來，在夕陽的映照下，那張笑臉就如蒙了光一般熠熠生輝。

陳益和身為儐相之一，在勛衛中當值了大半天後便匆匆趕回府中，扒了幾口飯，然後沐浴一番，認真地梳頭穿戴起來。本就是身姿修長的郎君，身穿繡著暗紋的深藍色絲綢外袍，棉布白袍內襯，腰間束帶，蹬上新靴，長長的鬈髮用竹簪束起，整個人精神非常，更加突顯出他精緻的五官。陳益和這才滿意地騎馬出門，迫不及待地趕往沈府去了，名為幫忙，實為尋機會偷瞄佳人。

自沈大老爺說了長興侯府之事後，沈家上下似是為沈珍珍的親事鬆了口氣，可以一家子集中精力來辦好沈大郎的喜事了。這可是沈家年輕一輩中的第一件喜事，怎能不開個好頭呢？六禮的最後一環——親迎，也是重頭戲。新人在這一天成就好事，結為夫妻。

沈家的宅子和沈大郎要娶的女郎家楊府都居於西京城北，離得並不大遠，且因大周娶親是在傍晚，因此沈家人一早起來後依然不急不慢，井然有序。待過了晌午，沈府裡的節奏才開始緊張起來。只有新郎沈大郎還跪坐在自己屋中悠哉地喝茶，名為養精蓄銳，對比於其他來來往往、跑前跑後的人，反倒成了家中最閒的人。

沈大郎一看到陳益和來了，像見了救星一般，連忙道：「還好你來了，你再不來，我都不知如何打發時間了！」

陳益和一個拳頭過去，輕捶沈大郎的肩膀，笑道：「小弟恭喜仲明兄今日與佳人喜結連理。」

沈大郎也是一臉喜色道：「本是打算等到來年考了明經科後再行結親之事，誰想到這配婚令一出，那女郎家倒是急壞了，才將婚期速速定下。不過，倒是趕上了我阿爺進京述職，是個好時候。」

陳益和笑道：「天作之合、天作之合！」他邊說話，邊站在沈大郎的房門口往四處看。

沈大郎拍了他一下，笑罵道：「別以為我不知道你心裡所想，今日府內亂哄哄的，多的是外男，她怎麼好拋頭露面？」

陳益和臉一紅，帶著被戳破心事的窘迫，支支吾吾道：「三年未見，不知四娘出落成什麼模樣？」

沈大郎大笑道：「放心，我妹妹只會出落得越發嬌美，你們倆若是站在一起，真真是貌美的一對，惹人眼紅啊！」

忙了好一會兒的沈二夫人來看兒子時，這才看見了陳益和，頓時驚豔得說不出話來。

陳益和看見了沈二夫人，忙有禮地行禮。雖兩家還沒過了明路，但兩家人都心知肚明。此刻的沈二夫人再看陳益和，拋卻其他的偏見後，就帶了些丈母娘看女婿的心理，是越看越喜歡呢！

待母親嘮叨完離去，看著陳益和時不時心不在焉的樣子，沈大郎反倒大膽了起來。「你隨我來！」

陳益和跟在沈大郎身後，不知要去哪裡。待走到一房間前，聽見少女銀鈴般的笑聲，腦子轟地一下炸開，整顆心都燒了起來！一門之隔的便是他心心念念的少女，他如何不悸動？

沈珍珍這會兒沒閒著，正在自己的香閨中細細地串著銅錢串，這是準備用來分發給那些守在新娘大門口的剽悍婦女們的。聽說這些婦人身形粗壯、凶猛非常，手持棍棒專打新郎！今日府中嘈雜一片，沈珍珍多想去前院湊個熱鬧啊，可是母親嚴厲囑咐過，說家中男客實在太多，為免被唐突，她只得乖乖縮在房中，實在心有不甘。

這會兒她聽見大兄的聲音，連忙輕笑著去開門，剛抬起頭看見大兄，正準備打趣兩句呢，忽見大兄身旁竟然還有一名高大的男子！她來不及細看，就啪的一聲將門關上，急急道：「大兄，小心我告訴娘！」

對於一直緊盯門扇的陳益和，雖是驚鴻一瞥，卻足以看見佳人的嬌顏和身姿。一頭烏黑的長髮半披於肩，半綰雙髻，幾朵簡單的珠花墜於髮間，就將那不帶脂粉的臉頰映得面若芙蓉；杏眼雙眸含水般清澈，顧盼之間就叫他心旌動搖；高眺的身姿卻帶著江南女子的纖細，腰間繫雲帶更顯出不盈一握的腰肢，整個人真真是婀娜多姿、嬌美動人。

陳益和脹紅了臉，在門外急道：「四娘，在下陳益和，多有失禮。」

沈珍珍一聽才恍然大悟，原來那外男竟是陳益和！剛才太過慌亂，竟連面容都來不及看，她心頭羞惱非常。

陳大郎連忙接道：「妹妹別惱，我們這就走了，妳可別跟娘告狀啊！」始作俑者忙帶著陳益和逃之夭夭。

沈珍珍在門內氣惱道：「有你這麼胳膊肘往外拐的兄長嗎？」

沈二郎和三郎身為另外兩個儐相，看到久未謀面的陳益和時也是高興非常，三人細細琢磨著如何應付迎親時女郎家的為難，才能順利讓沈大郎娶親，幾個人說說笑笑，好不開心。

待太陽西斜，沈大郎身穿一身紅色喜服，頭上繫紅巾，整個人看著精神奕奕，準備要出發了。

沈大郎先是跪下祭過祖先，沈二老爺則在一旁高聲道：「吉時已到，出發親迎！」

沈大郎向父親磕了個頭，道：「兒莫敢不從！」這才起身，帶著儐相們和要抬新娘回來的花轎，以及糾集的年輕好友們、手持火把的下人們，從家中出發了。

待到達坐落在永昌坊的新娘家楊府時，就見大門已經緊閉，準備就緒，只等新郎過關斬將，叩開門了。沈大郎跳下馬，大喊道：「沈仲明特來迎娶楊氏三娘！」

安靜的楊府忽然就沸騰了起來，想必七大姑、八大姨都在那兒準備嚴防死守。

府內一人問道：「君可對詩？」

新郎自信滿滿道：「請出詩對。」

待沈大郎滿頭汗地連對出三首詩後，門忽地敞開了。沈大郎欣喜非常，正要大踏步邁進時，突然被剛跳下馬的陳益和一把推開，原來是剽悍的婦人們手拿木棒出來要銅錢了！不給，就等著挨打吧！陳益和眼疾手快，護著沈大郎往前走，身後的二郎、三郎則忙著發錢。

這楊家的七大姑、八大姨本來想下黑手的，可是看見護著新郎的俊儐相就如畫中走出的人物般，只微微一笑，婦人們就怎麼都下不了手。

好不容易，沈大郎到了女郎的閨房外，新娘房中傳出娘子們的陣陣笑聲，楊氏女郎頭蓋著紅蓋頭被簇擁而出。沈大郎牽過新娘，內心激盪萬分，成親後他就是個真正的男人了！

二人一起行禮，辭別楊老爺和夫人。

楊老爺官居六品，是個文謅謅的文官，細細叮囑了這一對新人要好好過日子云云。楊夫人則抹著眼淚囑咐女兒嫁人後要在夫家聽話孝順，持家有道。

二人行了禮，待陪嫁的侍女扶著新娘上了花轎，這沈家迎親的隊伍就算迎親成功，準備打道回府了。

沈家院子中已經擺好了酒，只等著宴慶來賀新喜的客人。經歷了走氈毯、跨火盆等儀式後，新娘才被扶入新房。在眾人期待的起鬨聲中，沈大郎掀開新娘的蓋頭，眾人直誇嬌羞的新娘真真是好顏色。

不過經夏蝶口述，沈珍珍想像了一下，這新娘的臉上不知被塗了多少層脂粉，再塗上兩個紅圓疙瘩……她不禁打了個冷顫。

待沈大郎被一幫人拉入院中開始拚酒後，陳益和身為盡職盡責的儐相，也不得不替沈大郎擋下了許多，不然沈大郎哪裡來的精力去洞房？

終於，沈大郎可以回去洞房了，陳益和卻被生生地灌趴下了。在夢中，他看見了魂牽夢縈的佳人沈珍珍，正笑靨如花地朝他走來，步步生蓮，真真是好夢一場啊……

第二十五章　又起波瀾（一）

自從長興侯夫人趙舒薇被夫君狠狠指責一番後，看著安生了一些，得知長興侯要為陳益和聘一個小官之女做正妻，心裡倒也頗為受用，暗想：以後這陳益和怕是無娘家助力，我的擔憂自然能少一些了！可是她總得給嫂子一個交代，於是，這日趙舒薇回娘家跟嫂子回話去了。

趙舒薇的嫂子黃氏是個有心計的，這一聽自家庶女不能嫁給陳益和做正妻，忙問是何緣故。

趙舒薇自然不敢告訴嫂子，陳克松已經知道當年就是自己家人害死了夏錦的事，只得將事實移花接木，顛倒順序，乾笑道：「還不是那上不得檯面的賊小子去求侯爺，說要娶同窗之妹，聽說其父是個揚州從六品小官，侯爺應了。我呀，倒是覺得他本就沒有娶高門女的命，娶個這種小門小戶的也好。」

黃氏眼珠子一轉，笑了笑。「這麼說，這小娘子是這陳三郎自己相中的？想必是個不錯的。」

趙舒薇陪笑道：「自是好不過嫂子家的女郎們，那等沒見過世面的女郎，定是也上不得檯面的。」

黃氏嘆了口氣道：「妳說這陳三郎還真不是一般的好運氣，雖有個地位不高的胡女生母，自己倒是順風順水的，不僅去長豐書院讀書，如今又入了勛衛，別家的庶子哪有他過得瀟灑如意？如今這婚事麼，本就是父母之命，媒妁之言，他倒好，一個庶子竟能說服侯爺自己選妻。雖然女方不是高門之女，卻也是他心儀的女郎，這以後還不就是琴瑟和鳴、日子和美嗎？那夏錦也算是能瞑目了，兒子這般出息！」

本來趙舒薇就是個心思簡單的，根本繞不出這麼多彎，獨獨夏錦是她的死穴，她以前一直將夏錦視為他們夫妻二人感情不和的罪魁禍首，即便後來發現陳克松不過是個自私自利的人，可是怎地她的兒子宏哥就是個身子瘦弱的，夏錦的兒子如今卻這般風光？他們母子也配！

黃氏看著趙舒薇漸漸變冷的臉色，暗笑了一聲，慢慢給趙舒薇沏上一杯茶，自己端起了青瓷雕花的茶杯，緩緩吹了一口氣，道：「宏哥最近可好？」

一提到兒子，趙舒薇便壓下心中的不忿，眉開眼笑道：「我看他是個上進的，整日愛讀書，我呀，好歹也能欣慰些了。」

黃氏點了點頭，笑道：「有個那樣優秀的兄長在前，只怕宏哥這心裡不知多想努力上進呢！讓他學習也要顧著身子，若是以後身體養不好，豈不是都便宜了那個陳三郎？你們侯爺這不是還沒立世子嗎？」

這一句可徹底勾起了趙舒薇的心事，陳克松的確還沒立世子！雖然他口口聲聲說知道嫡庶有別，可是瞧瞧他都做了些什麼？不僅讓那賤人的兒子入了勛貴家郎君們才能入的勛衛，又親自出面為其挑選正妻！從來就沒看清過自己夫君的趙舒薇內心警鈴大作，忽然就如坐針氈起來了。

黃氏緊接著道：「那香雪想必如今已出落成嬌豔欲滴的美人了，這等美人，妳若是不用，不如送回來吧，我自有用途，省得在你們府裡白白蹉跎了青春，叫我於心何忍？」

這時趙舒薇心中隱隱閃過一個主意，卻還不清晰，忙在嫂子面前回絕道：「那可不行，給了的哪有收回來的道理？若是將香雪送回來，我可就更不知那賊小子屋中的一舉一動了！」

黃氏拿著帕子清掃了一下趙舒薇的臉頰，嗔怒道：「妳個破落戶，這般小氣，不要也罷！不過以那香雪的姿色，做個侍女真真是明珠蒙塵，妳自己可好好掂量吧！我雖是全心全意為妳好，總不能將手伸到妳府上啊！」

趙舒薇忙拉著嫂子的手感激道：「嫂子對我的好，我這心裡都記著呢！如今是那賊小子沒福氣，不能娶嫂子家的女郎為妻，以後可是要將妳那親親女兒嫁作我的宏哥做媳婦呢！」

黃氏臉色微變道：「宏哥還小，過兩年咱們再說。」

待趙舒薇離去後，黃氏伸出手攏了一下髮髻，輕啐了一口。「呸，就你們宏哥那弱身子骨，還想讓我們家巧姊嫁過去？真真是白日作夢，哼！」

趙舒薇回了一趟娘家後，猶如醍醐灌頂，她這些年怎麼就叫這陳三過得是順風順水了？這小子現在風頭正勁，以後還不得踩到宏哥的頭上去？世子之位一日不立，宏哥的地位便一日不穩，這陳三都有可能藉機奪取宏哥的東西！更何況，當年夏錦那狐媚子做出那等不要臉的事情，她為何不能也做點事噁心一把陳三和他未來的妻子？最好攪得他們過不到一起，妻妾爭起來，那才叫好呢！

猛然之間，趙舒薇想到了香雪，這些年白白浪費了一枚好棋。都怪自己不會使手段，此等美人若是現在還不用，更待何時？趙舒薇眼裡冷光一閃而過，嘴角浮現出一絲冷酷的笑意，不知又心生了何詭計。

再說陳三郎君陳益和，最近心情可不是一般的好，這沈大郎的親事一過，待到過年後，趕在沈二老爺得到新的委任赴任前，這官媒就該上門去提親了。一想到此，陳益和心裡的高興勁不用說，光看燦爛的笑容便知。

姬商岐擠眉弄眼道：「看你最近神清氣爽，莫非是有何好事？」

陳益和搖了搖頭道：「哪裡是我，不過是我前幾日當了一回儐相，幫著我的同窗好友娶親而已。」

姬商岐擺了擺手道：「你別想矇我，就你這樣，分明就是春心大動！可是這大冬天的，何來的春？」

陳益和立刻被臊得臉紅了，笑罵道：「怎麼你這腦子整日就裝這些啊，沒點正事！」

姬商岐一把摟過陳益和的肩膀笑道：「看來我是說準了！你這般惱羞成怒的樣子我最愛看了，都這把年紀了，說說葷段子、思思春，都是人之常情，有甚不好意思？虧你還是個郎君！」

陳益和最近一心沈浸在上回見到沈珍珍的喜悅中，渾然不知嫡母正在算計著他……

新年一過，上元節緊接而來。陳益和欲與沈珍珍相見，一起賞花燈、放河燈，因此很是央求了沈大郎一番。沈大郎也想帶新婚妻子楊氏湊湊熱鬧，便與陳益和說定，於上元節在朱雀大街東面的粉巷口碰頭。粉巷之所以叫粉巷，概因這條有名的巷子百年來都是各種胭脂水粉販賣的地方。沈大郎心想，在他和妻子的監督下，陳益和也不敢做出什麼過分的事來，還能一消陳益和的相思之苦，倒是不錯的主意。

沈珍珍乍聞上元節可以外出，欣喜非常，聽說這兩年上元節西京城的花樣又多了起來，放孔明燈許願、賞街頭的胡旋舞成為上元一大亮點。後聽大兄說陳益和也會去，女孩子家家的心思一起，不免覺得十分羞惱，既想看看現在的陳益和，又覺得這時候相見違了禮數。

沈大郎則在一邊笑道：「有我和妳嫂子在，珍珍不用擔心。再說，那陳三現在更加玉樹臨風、英俊瀟灑，妳看了定是挪不開眼，會為其風姿所折服的。」

這話可把沈珍珍鬧了個大紅臉。雖然之前沈珍珍對陳益和並無太多男女之感，但是一聽說他未來會是她的夫君時，內心還是起了不小的變化。女人心海底針，畢竟當初沈珍珍認識最早的少年便是陳益和，況且多年來陳益和為她做的每件事都格外用心，這麼一想，她倒覺得嫁給陳益和也是不錯的選擇，至於愛情一事還得慢慢培養，起碼這個開端不錯。

上元當日，沈珍珍將自己打扮得美美的，身穿粉色襦裙，頭戴精巧金釵，臉上略施粉黛，塗上紅色口脂，整個人看著格外嬌豔，與大兄和大嫂一起坐馬車來到了粉巷口。

若是平常，陳益和一定會早到，揮著手衝沈大郎喊道「仲明兄，這裡！」，可今日不知怎地，竟然比他們還慢了些。沈大郎解釋道：「陳三估計是被什麼事情絆住了，我們還是等一會兒吧。」

就這樣，幾個人在粉巷口等了好久，馬車前的人流一撥又一撥，卻獨獨不見陳益和遲來的身影。

等了大半個時辰還見不到人的沈大郎只得對妻子和妹妹說：「這麼看，怕是他來不了了，不若咱們自己轉轉吧？今日若是珍珍想買什麼儘管開口，大兄都給妳買回家！」

沈珍珍嬌笑道：「大兄可別誇海口！」雖然臉上帶著笑容，可是內心卻是惱怒非常，明明說好了一起看花燈，這陳三郎不僅不出現，連個口信也沒有捎來，他究竟有沒有將自己放在心上？

另一邊的長興侯府裡，此時正上演著一齣鬧劇，將陳益和絆在家中，一心惦記著與沈珍珍有約的他真是又氣又惱。

原來那香雪自年前從趙舒薇那裡知道陳益和要結親的消息後，委實傷心了一把，內心火燒火燎，暗道這陳三郎本來就對自己不苟言笑，都堪比柳下惠了，這再娶了娘子，以後自己可就更沒有立足之地了！為今之計只有儘快成就好事，讓郎君心有不捨，以後將自己抬為姨娘才行！可這不使些手段要如何成事？

剛好這日，她正在院中修剪陳益和門口的冬青，迎面巧遇一直在夫人房中伺候的紫靜時，連忙行了個禮問道：「紫靜姊姊這是哪裡去？」

紫靜對香雪點了點頭道：「不過是去夫人房中的香爐加點香。」

香雪好奇地問道：「聽聞不同的香有不同功效，可是真的？」

紫靜看四下無人便湊過頭來輕輕地說道：「傻丫頭，這香裡的那些門門道道真真可說不清呢！比如說，有的香聞之心曠神怡，叫人放鬆；有的香聞之醒神清爽，叫人提神；再有的麼，那便是做閨房之樂一用，要不平康坊那些花樓怎會多燃這種香？那多是助興所用。」

香雪一聽便立刻來了精神，強忍住內心的激動道：「那這些香在哪處有賣？」

紫靜笑道：「粉巷就有不錯的製香店，平康坊倒是也有，不過那裡的香恐怕不是妳想要的，多為夫妻或是那花樓裡的娘子之用。」

香雪忙點頭，羞澀一笑道：「郎君平素回來多有疲累，若是買些醒神的香恐怕也是好的，我不過是想多為郎君做些力所能及的事。」

紫靜打趣道：「知道妳是個忠心的，但願日後郎君娶了娘子後，妳還能在這房中伺候，若是個善妒的娘子，就怕給妳隨便配個小廝嫁了，以後可真真是愁人了，妳說說妳這般模樣的，若是嫁個小廝豈不委屈了？哎喲，呸呸呸！看我這張嘴，該打！沒得說這晦氣的話，妳可別往心上去。咱們改日再說，我再遲點，夫人可就要發火了。」

香雪看著紫靜那風風火火的背影，若有所思。

紫靜走到了趙舒薇的房中，向其點頭示意了一下，趙舒薇就輕輕地笑了起來。

她接過紫靜手中的香，扔進香爐中，就著那一瞬的煙，狠狠地吸了一鼻子後，閉著眼睛靠在榻上一邊養著精神，一邊緩慢道：「叫人盯著她，此番就看她如何使出渾身解數了，若是再不能成事，我也無能為力了。咱們等著好戲開鑼吧，可千萬別讓我失望啊……」

果不其然，這新年一過，東西市各個坊一恢復熱鬧，香雪就想藉口外出，跑到夫人那裡，說要去給住在萬年縣的父母送些銀兩。

趙舒薇看了看神色緊張的香雪，笑著點了點頭同意了。

香雪在那兒千謝萬謝，夫人一揮手就讓她趕緊出門，於傍晚前必須歸府。於是她拿著自己攢的一丁點碎銀，去了郎君們的溫柔鄉——平康坊。

平康坊只有到傍晚才熱鬧非常，概因花樓裡的娘子都在傍晚打扮得風姿楚楚，支開自己的窗戶，向路下走過的郎君們笑得千嬌百媚，因此這白日倒是看著有些冷清。不過因平康坊的客棧房價便宜，外地來的書生也喜住在此地，倒也難免傳出些風流韻事。

香雪頭一次來此地，根本毫無頭緒，本以為要進花樓買香，哪裡想到有個製香鋪子就開在有名的花樓之一明月樓對面，她連忙走進鋪子裡準備買香。

賣香的婦人見有客上門，忙熱情地招呼起來，問香雪要買哪種香？

香雪臉紅一片，低聲問道：「我家夫人叫我來買……買……買那助興的香。」

婦人一聽，忙笑道：「女郎是來對了地方，那明月樓的璿璣娘子最喜用我家的幾種助興香呢！不知妳家夫人是要那烈的還是？」

香雪哪裡懂這些，只得問道：「最烈的是何種香？就要最烈的。」

婦人上下打量了香雪一番，表情曖昧，神秘一笑道：「喲，娘子口氣不小呢！這最烈的香啊可烈得很，是給花樓裡那些剛賣進來、不聽話的女郎用的，一燃起來，保准其服服貼貼、乖乖就範！怎地，娘子要這種？」

香雪故作不耐煩地道：「妳若不賣就算了，怎地話這麼多！」

婦人連忙擺手，生怕香雪離去，急忙道：「娘子別急啊，這香自然是賣的。」婦人一邊說著，一邊拿來一個白瓷小瓶，低聲道：「這便是我們用西域商人那裡買來的香料研製的玫瑰香，聽說玫瑰籽是西域達官貴人房中必不可少的物什，但是那香料稀少，我們便將其細細研磨後再調了些別的香，保准叫人聞了渾身酥軟、情動難耐，真真是良宵苦短啊！只是這種香原料貴些，價格麼，自然也就高一些。」

香雪一聽，哪還能不心動？她咬了咬唇，內心有些猶豫，最後卻一狠心，決定買下，畢竟捨不得孩子套不著狼！她一把掏出自己身上所有的銅錢和碎銀，問道：「這些可夠？」

婦人一看到錢財，兩隻小眼睛立刻放出光，小小的眼笑瞇成一條縫，趕忙答道：「夠的、夠的！我這就給妳拿一瓶新的！若是妳家夫人用著好，下回再來啊，小娘子！」

香雪付了錢，拿著香瓶點了點頭後，逃一般地離開了製香鋪。她實在是受不了那熱情的婦人，光是看著那婦人，她就覺得臊得慌。此刻，她手裡緊緊握著小小的一瓶香，就好似握緊了決定未來的關鍵。若是此次能成……越往下想，香雪的心跳就越快了一些，她決定挑個府裡人多的時候成事，到時不怕郎君不認！嗯……上元便是個絕佳的機會！

第二十六章　又起波瀾（二）

對上元有所期待的可不止香雪一人，陳益和更是滿懷憧憬。他可是好不容易才說動了沈大郎將珍姊帶出來一同賞花燈的，想到能與沈珍珍並肩走在街上，都讓他滿心甜蜜，出發之前自然是要細細沐浴打扮一番，給沈珍珍留下個好印象，畢竟他們已經三年多沒見了不是？沈大郎成親那日，恐怕她驚慌得都沒看到自己呢！

香雪習慣性地將水打好，問陳益和道：「郎君可要焚香？」

陳益和點了點頭道：「給香爐裡加點吧。」

香雪心知機會來了，強忍著心中的激動，將自己買的玫瑰香投入爐中，給陳益和佈置好浴桶，便退了出去，靜待那香起作用。

本應守在門口的陳七哪裡去了呢？原來，自陳益和入勛衛後，陳七做的事更多的是守院子，陪陳益和切磋武藝，或者侯爺有個任務差遣他去做。他原本也是要守在門口的，哪裡想到夫人房中的紫靜跑來，說夫人有話要問他，陳七只得跟去了，還一步三回頭地朝房門口看了看，心想就離開一會兒，應該不會有事。

陳益和剛坐進浴桶，渾身放鬆，就聞到了不同往常的香味，他暗道此香味道甚好，趕明兒問問是誰買的香，他也給沈珍珍買一盒去。

不一會兒，那香味就越發濃郁起來。不知是今日的水太熱還是怎地，陳益和開始覺得渾身發熱，竟然熱血上行。他使勁聞了聞此香，心覺不對，莫非此香乃是被人下了催情之物？他趕忙起身跨出浴桶，胡亂將身上擦乾，穿上裡褲，還未來得及穿衣，就聽見了推門聲。陳益和趕忙抓起中衣回頭看去，不是香雪還能有誰？只見香雪穿著紅色的抹胸，款款向自己走來！陳益和連忙叫道：「香雪，我給過妳機會，沒想到妳明知故犯！從現在起，妳再也不用在我這房裡伺候，妳的心太大，我給不了也不願意給！趁我還沒發火前，滾！」

香雪一聽郎君這絕情的話，怎能不心傷？這麼多年的服侍竟然換不來他的一點點憐惜？雖然夫人屢屢命她做些對他不利的事，可是她漸漸愛慕他，哪裡肯？於是這麼多年來夾在中間，她兩面不討好，原來這一片癡心卻都是白白錯付了！蹉跎了美貌年華，竟為了一個薄情郎，叫她如何甘心又如何肯呢？本來心中還有些害怕的香雪，此刻拋卻了所有畏懼，剩下的只有豁出去也要做成的堅定決心！

香雪反倒笑了，一臉得意地道：「郎君別嘴硬了，正是血氣方剛的年紀，你又何必強忍？這香味道如何？你是不是覺得身上很熱？還管那麼多做甚？順從你心中的慾望，香雪必叫你渾身舒爽！」

香雪那勾人的話語叫陳益和覺得身上越發地軟了，體內似有頭怪獸想要跑出來撕碎一切般。陳益和大叫道：「陳七，你給我滾進來！」

香雪搖了搖頭道：「嘖嘖嘖，郎君，你可知你現在的模樣有多麼誘人？我都覺得渾身發熱了！陳七不在門口，郎君還是別費力氣了。」

陳益和越來越難受，連呼吸都變得粗重起來，他極力甩了甩頭，朝門口走去。

香雪上前一把，死死抓住他的衣衫道：「郎君別走呀，一會兒讓全府的人來看看你做的好事！」

陳益和一邊暗恨香雪的歹毒，一邊又似無法控制自己，香雪的體香就像致命的誘惑一樣，讓他掙扎著。就在二人糾纏不清時，門忽然被推開了，二人齊齊看去，竟然是宏哥滿頭汗地跑來！

宏哥被眼前衣衫不整地糾纏著的二人驚呆了，一時竟不知如何反應。

陳益和立即喊道：「阿弟快打暈她！她在香裡添了東西！」

本來是要去母親屋內的，結果聽說母親正問陳七的話，他便想來看看庶兄，哪裡想到一開門就見到這樣的場面。不過，他好歹也是十歲的少年，一聽就明白了，原來是香雪這小蹄子妄想勾搭他三哥，簡直是吃了熊心豹子膽了！一時氣憤的宏哥順勢拿起檯面上的銅鏡砸向香雪的後腦勺，這狠實的一下掄上去，香雪立刻被敲暈了。

宏哥一看香雪倒在地上，一時之間傻眼了，哐噹一聲撂下手中的銅鏡，看了看陳益和道：「阿兄，我不是要了她的性命吧？」

陳益和來不及多說，急忙喊道：「你快將我的外衫拿來，咱們趕緊去你屋內！我這樣子，若是被人看見，不知要鬧出什麼事來。」

宏哥「喔」了一聲，抓過陳益和的外袍，吃力地架著陳益和，直往自己屋內走去。

瘦瘦的少年，此刻卻是陳益和唯一的依靠。宏哥到底是個心地善良的孩子，也不枉陳益和平日對他那麼好。陳益和在憤怒的當下，竟覺得安慰了些。

按說這陳益和的屋子平時也不見得有人常來，可是今兒不巧正是府裡人最多的上元啊！前幾年上元節，家中兄弟誰與陳益和結伴出行的最多？正是那陳大郎！

陳大郎這個愛湊熱鬧的想叫陳益和與自己一起去朱雀大街看熱鬧，於是就興沖沖地來問話，結果敲了好半天的門都沒人應，心覺詫異非常，這個時候還沒到去看熱鬧的時間，莫非三郎已經離開了？他輕輕推開門一探究竟，頭伸進去一瞧——哎喲！地上臥倒著一個美人，可不就是香雪？美人旁邊還有一大浴桶的水。陳大郎看見此景，暗自納悶，莫非這香雪美人提水時暈倒了？陳大郎本就被香雪勾得神魂顛倒、不能自已，當年還親自問過陳益和，得知香雪是夫人身邊的人，才漸漸歇了心思，但是他的心中依舊對香雪憐愛不已，心想：我將其抱到榻上看看究竟是怎麼一回事，才好放心離去，可別出了什麼差錯！

為免旁人看見說閒話，陳大郎走進屋後轉身將屋門輕輕扣上，俯下身去抱起了香雪，向陳益和的床榻走去。他這一抱起香雪，少女柔軟的身體正好貼在他的胸膛，這讓本是平靜的陳大郎立刻心猿意馬起來，真真是心癢不已啊！此刻甭管別的，他只覺得懷中的美人比那香爐裡的香還要誘人，但是他內心依然強烈地掙扎，想著：此等美人乃是夫人的人，不是我能妄想的，趕緊將其喚醒，若沒事，我也好走了。

陳大郎輕輕晃了晃床榻上的香雪，拍了拍其雪嫩的臉頰。

香雪在迷迷糊糊中睜開美眸，覺得腦後鈍疼，一時之間還未緩過神來。

本來神志清明的陳大郎聞多了那玫瑰香的味道，漸漸開始覺得有些熱，狠狠地扯了扯領口讓自己好過些，一邊看著香雪迷離的眼神，一邊嚥了嚥喉嚨，啞聲問道：「香雪妳沒事吧？怎麼就倒在了地上？」

香雪整個人暈乎乎的，恍若看見陳三郎正溫柔地對自己說話，就如那誘人的香味般讓人陶醉，她忍不住湧出熱淚，緊緊抓住郎君的領口，啞聲道：「請郎君憐惜一次香雪，香雪愛慕郎君已久，方知相思之苦啊！香雪不求名分，只求能與郎君做一日夫妻便此生無憾了！」

陳大郎一聽，本就是自己一直癡迷的楚楚佳人，原來竟與自己存著一樣的心思，此刻還淚眼矇矓、深情款款地看著自己，帶著哭腔地請求自己憐惜，他哪裡還能忍得住？十七、八歲的少年，本就是如飢似渴的年紀，加之那香爐中的香又讓人悸動不已，於是，二人就在陳益和的床榻上不管不顧地顛鸞倒鳳起來，一時之間，屋內充斥著床榻的吱呀聲和二人高低不一、厚重的喘氣聲……

這廂在夫人房中的陳七，被素來對自己不太假以顏色的夫人關心了生活的方方面面，實在是丈二金剛摸不著頭腦，卻又不敢打斷離開，只得敷衍地回答。趙舒薇在這裡東拉西扯，說的無非就是陳七這般年紀了該考慮婚配，若是看上了府中哪個丫鬟，她也願意成就一段好姻緣云云。陳七心裡覺得十分奇怪，太陽從西邊出來了嗎？這高高在上的夫人怎地今兒竟關心起他了？事出反常必有妖！陳七一想到這裡，立刻就跪不住了，不知郎君在房裡如何了？夫人這態度實在是奇怪，不由得他多想啊！

在心裡算了算時間的趙舒薇，看著陳七那緊張不安的樣子，笑道：「看你這般緊張，好似我要吃了你似的！行了，我無非也就是關心關心三郎身邊的人罷了。今兒上元，各房郎君們有呼朋引伴去逛鬧市的，我也得都囑咐一番，特別是三郎，他現在入了勛衛，是有官身的人了，出去在外一言一行都得注意。我聽侯爺說，現在的御史大夫們越發能咬了，咱們這就先去他那兒看看吧！」

陳七這才起了身，跟隨夫人朝陳益和的偏房走去。

紫靜早被夫人派去叫其他房的夫人們過來，說是有事叮囑。

其他房的夫人們這會兒不緊不慢地來了，趙舒薇一看這幾個弟妹，便笑道：「叫你們來也無大事，不過就是讓妳們回去叮囑孩兒們，今兒若是出門，要注意言行，也要注意別被人傷著了。外面那麼多人，千萬別鬧出事來。」

幾房的夫人不約而同地點了點頭，道了一聲是。

趙舒薇緊接著道：「我正要去囑咐三郎，妳們既然來了，且先隨我去，咱們就邊走邊說說話。」

這幾房夫人巴不得能多說點溜鬚拍馬的話逗嫂子開心，自然是樂意非常。

不一會兒，幾人就走到了陳益和的房門口，只聽見高低不一的粗重喘息聲從屋中斷斷續續地傳出，饒是結縭多年的婦人們，大白天聽到這種聲音還真真是覺得臉紅心跳，不好意思得緊。

趙舒薇先是吃驚不已，接著是惱怒非常，厲聲道：「這……這還沒天黑呢，竟然白日宣淫？聖賢書都讀到哪裡去了？虧我和他父親還送他到長豐書院讀書，如今還有了官身，我今日非得治治他不可，這仗著侯爺對他好，真是無法無天了！」

幾房夫人自然也愛湊熱鬧，這笑話誰不愛看哪？

趙舒薇打了頭陣，一把將門推開，跨步進入，直往床前走去。

在床榻上的二人此刻哪還在意是否有人進來？只恨不能互相揉進對方的身體裡啊！

趙舒薇看著那床榻上的女子，是香雪無疑，隔著床帷看不清那少年的臉，但想來這郎君應是陳三郎無疑了。剎那間，趙舒薇想要暢快地笑出聲來，可是演戲還得演全套不是？

她緊步上前喝道：「三郎！你怎能做出這種事？」一邊說著，她一邊忙去掀帷幔，結果驚見這床榻上的男子竟不是陳三郎，而是陳大郎！趙舒薇頓時愣住了，這戲究竟是如何開場的？現在還怎麼往下演啊？香雪這小蹄子，竟然私自改了主意，真真是膽大妄為！

眾人本是想看看陳益和那張漂亮的臉是如何驚慌失措的，不料竟然看到了陳大郎的臉。

本是來看別人笑話的二房夫人此刻突地成了別人眼中的笑話，立刻就繃不住臉了，氣憤地上前甩手，左右開弓給陳大郎和香雪一人一個響亮的耳光，大喊道：「都給我醒醒！丟人都丟到別人房裡來了！」

二人這才停下來，可是眼神迷離，臉色通紅，怎麼看怎麼不對。三房夫人揉了揉鼻子，疑道：「這屋中的香氣甚是怪異，大郎怕不是中了計吧？」

陳七是跟著夫人們進來的，一看到這種情況，頓時心急如焚，心道郎君這會兒不知去了哪裡，怎麼這香雪竟跟大郎君攪到了一起？他越想越覺不對，頭上直冒冷汗。

二房夫人立即指著陳七道：「你去拿那水桶將浴桶裡的水給我打來，我今兒就讓他們好好舒爽舒爽！」

陳七只得拎了一桶水過來，等著二房夫人的指示。

婦人指著床上迷濛的二人道：「給我把水都倒他們臉上！今日三郎回來若是怪罪，我也就認了，待我先問問是怎麼回事，不然我可嚥不下這口氣！」

陳七有些猶豫，卻看到二房夫人那利如刀鋒的眼神，只得硬著頭皮，將一桶水淋到了陳大郎和香雪的頭上。

嘩的一聲，床上的二人被水給淋醒了。

香雪漸漸清醒過來，暗道這香竟如此強，連自己都著了道，再一看自己身邊躺著的郎君竟然不是陳益和時，整顆心都涼了，一時之間連哭都忘了。

陳大郎也漸漸清醒了，當看見自己憤怒的阿娘時直接嚇呆了，哆哆嗦嗦的，不知該如何反應。

二房夫人厲聲道：「說清楚，到底是怎麼一回事？這大過節的，你們是給誰添堵呢？丟人都丟到別人房裡來了！妳個小蹄子，竟然勾著我兒做出這種沒臉沒皮的事，我打死妳！」說著就上前抓上香雪嬌嫩的臉頰，長長的指甲竟將香雪的臉抓出了血印，看著格外嚇人。

香雪覺得臉上火辣辣的，才終於明白自己終究是不能再留在陳益和身邊了，不禁悲從中來，哭出了聲。

逐漸清醒過來的陳大郎，發現自己不知不覺間竟被府中的長輩們圍觀房事了！特別是這觀眾中還有他親娘，他眼珠子都要掉下來了。他捫心自問一番，讀的聖賢書都到哪裡去了？

怎地就這般荒唐起來？這究竟是中了什麼迷藥？

一旁的香雪哭得梨花帶雨、傷心欲絕，叫陳大郎覺得自己乘人之危，毀了一個女郎的清白，因此分外自責。他連爬帶滾地撲到地上，捂著被母親搧紅的臉，唯唯諾諾地道：「母親，都是兒一時糊塗、不能把持，全都是兒的錯，兒知錯了！」一邊說，陳大郎這淚是瞬間奪眶而出，悔恨非常。

陳大郎的母親冷哼一聲，已不見了先前對著趙舒薇時的唯唯諾諾，瞬間變臉，帶著怪聲怪調道：「看看，嫂子這裡連個丫鬟都是天香美人兒呢！快，弟妹們都來瞧瞧這做下醜事的美人兒，還有臉在這兒哭得楚楚動人、好不可憐，倒像是我兒強迫了她一樣。我們大郎再不濟，但是自己的兒子我還是心裡有數的，今兒要說全是他的錯，打死我都不信！我倒要問問嫂子，你們大房的丫鬟勾著我兒到三郎屋裡亂來是怎麼個說法？」

情況急轉直下，本是設計來抓陳益和的姦，好弄個全府皆知陳三郎白日宣淫、德行有虧的，多好的一齣戲啊！可是，這戲卻一點兒都沒按趙舒薇設計的來演，倒叫這剽悍的二弟妹把她給問住了。心虛的趙舒薇忽然連底氣都弱了許多，完全不復剛才跨進屋來時那雄赳赳的氣勢。她好不尷尬，只得一笑，道：「二弟妹，妳看這事倒真是叫我鬧個沒臉，大郎可是咱們看著長大的郎君，他平日就不是那種輕狂的人，我看啊，都是香雪這小浪蹄子惹下的禍！不如我今兒就把她交給妳了，隨妳處置，妳看如何？」

二房夫人冷笑了一聲。「嫂子啊，今兒妳本就是叫我們來看戲的吧？我們大郎怕是替誰揹了這黑鍋吧？」二房夫人來勢洶洶，明顯不買嫂子的帳，不肯甘休！

趙舒薇一時被說破了心事，忙擺手道：「哎，我真真是冤枉啊！哪有什麼戲啊？看我，真是好心辦壞事唷！自我當上侯府夫人後，哪天不是為全家人操心吃喝拉撒？今兒不過就是叫妳們來叮囑孩子出行時要注意罷了，怎麼竟叫妳這般想我？可真是寒了我的心啊！」

平日本就膽小怕事的三房夫人忙給二嫂使眼色，還試圖伸手去拉她。

結果二房夫人立刻甩開衣袖，硬氣道：「妳別拉著我！平日我都能算了，可今兒都欺負到我兒的頭上了，叫我如何忍啊？你們大房的丫鬟真是要臉得很，我要去侯爺那兒讓他評評理，今兒這事不給我們個說法，我可不依！」

二房夫人不依不饒的這番話，還真真把趙舒薇給唬住了，她深知陳克松歷來不是吃素的，要真鬧到他那裡去，還不知要鬧成什麼樣呢，屆時她的這點小心思可就都要暴露無遺了！一時之間，她心裡沒個章程，急得如熱鍋上的螞蟻。

就在這時，宏哥和陳益和兄弟二人，一前一後進了屋。

第二十七章　落定（一）

陳益和乍一看自己屋內竟然這麼多人，心裡冷笑了一聲，看來今兒自己還真是被人聯合算計了，可他卻還不得不裝個糊塗，無辜地問道：「母親，這是出了什麼事？怎麼諸位嬸嬸也在？」他再一看床上一片狼藉，陳大郎衣衫不整地跪在地上，而香雪則頭釵鬆亂，哭得傷心，心裡詫異道：這大哥怎麼跟香雪……看來今日這事還不知要怎麼解決呢！陳益和看著這一幕也有些後怕，若不是阿弟及時到來，恐怕現在跪在地上、受眾人指責的就是自己了！嫡母真真是好狠的心哪，竟硬生生要毀掉自己！

宏哥此刻看著眾人這架勢，再看看陳大郎和香雪那狼狽的模樣，便想明白了怎麼回事，心裡極為複雜。自上次偷聽到父母的對話，得知當年的秘辛後，深覺對不起三哥的宏哥就一直想對陳益和更好些，來彌補他外祖家當年的錯事，可母親為何還是不放過三哥？搞出這一齣齣事來，叫他心裡是又羞又氣，覺得越發沒臉見三哥了，只得低著頭不說話。

趙舒薇一看見陳益和，氣不打一處來，罵道：「你去哪裡了？看看你屋裡，這齣是什麼破事？虧你還有了官身，竟連自己屋內都管不好！」

陳益和一臉無辜地道：「兒不過是去益宏那裡，怎曉得才離開沒一會兒就出了這種事。是兒管教不嚴，請母親責罰。」

宏哥看母親不分青紅皂白就指責起阿兄，心裡頗著急，話都說得有些磕磕絆絆的。「阿娘，是、是我在書上標記了不懂的地方，請教阿兄呢！阿兄剛剛是去了我屋內，不……根本不知道發生了何事！」

趙舒薇瞪了宏哥一眼，這孩子真是越來越不懂事了，怎麼年紀越大反而越喜歡跟她唱反調？她整天殫精竭慮的都是為了誰啊！

二房夫人卻忽然換了語氣，不見了剛剛的不依不饒，慢慢道：「你們房中人占盡了便宜，今兒這事我就給嫂子臺階下，如何？」

事情再次急轉直下，趙舒薇不禁勾起嘴角，既然這事有得商量，那就不會鬧到侯爺那裡去了，只不過是談條件的問題罷了。她的心立刻放下不少，問道：「說吧，想要什麼？」

二房夫人有些得意地道：「大郎已經說下親事了，但那女郎家獅子大開口，要了許多聘禮，我這手頭實在是周轉不開……」

趙舒薇剛剛還帶著尷尬的神情，現在立即變成了鄙夷，不禁大聲道：「唉唷，弟妹若是想跟我開口要銀兩，直接開口就好了啊，還那麼凶神惡煞的，可真真是嚇壞我了！」

陳益和在一旁看著這兩個在深宅後院中虛偽至極的婦人如此勾心鬥角、討價還價，還真是開眼了。

一直跪在地上的陳大郎看母親好似氣消了些，忙扒著母親的裙子求道：「阿娘，香雪好歹跟了我，她……」

「既然你大伯母說交給我處置，就隨咱們回院子吧，是死是活都是我說了算！讓一個這樣風韻楚楚的美人給我打水洗腳，倒也不乏一番享受呢！」二房夫人看著香雪，笑得很是燦爛。

香雪一聽，連哭都哭不下去了，隨即爬到陳益和跟前苦苦哀求。

陳益和搖了搖頭，看了她一眼，道：「如今妳做下這等事，連母親都救不了妳，我就更加沒法幫妳了。看在主僕一場的分上，一會兒從陳七那兒拿些銀子，從此好自為之吧。」

香雪就這樣哭哭啼啼地被二房夫人拖走了。

其他房的夫人們看夠了熱鬧也紛紛離去，回自己屋裡嚼舌根去了。

趙舒薇看了陳益和一眼，只得恨恨地走了，暗想：這賊小子怎地運氣這般好，竟然不在屋內！這越想，心中就越發難以平靜了。

長興侯府的一場戲著實鬧了好一會兒，連天色都暗了下來。陳益和這才想起自己與沈家兄妹還有約，二話不說就急忙往外跑。

宏哥看著阿兄的背影，大喊道：「阿兄你去哪裡？」

遠遠地傳來了陳益和的聲音。「我出趟門！」

等陳益和好不容易騎馬趕到了朱雀大街，卻沒有看見沈大郎和沈珍珍的影子。他覺得今天真真是倒楣透了，躲過了府裡的破事，卻錯過了能與佳人上元賞燈的機會，只得長嘆一聲，無精打采地慢慢離去，思考著該如何向沈珍珍解釋自己的失約。

待上元節一過，年味就漸漸地淡了，人們又恢復了往日的作息。沈府上下不僅要收拾沈二老爺一家下揚州的行李，也在盼望著陳家的媒人上門。

沈二夫人邊收拾首飾邊上火地說：「這侯府怎地還不遣媒人來？這幾日都睡不踏實。」

蘇姨娘但笑不語。

沈二老爺從前廳闊步而來，聞言笑道：「喜鵲聲喈喈，俗雲報喜鳴。我看今日咱家必有喜事而來，夫人不必上火。」

這時，沈府下人急忙奔進來道：「二老爺、二夫人，官媒……官媒上門啦！大老爺叫你們趕緊去前院！」

沈二夫人立刻喜上眉梢，笑得合不攏嘴。「快走快走！唉，快看看我這頭髮能出去見人否？」

沈二老爺一把拉過夫人道：「那官媒又不是來看妳！趕緊隨我瞧瞧去！」

待夫婦二人到了前廳，沈大老爺夫婦還有沈老太君已經坐著了。

穿著正式禮服的官媒帶了幾樣侯府準備的禮物而來，開始跟沈二老爺一來一回地進行問名禮。禮畢，沈二老爺將寫有珍姊生辰八字的庚帖交給了媒人，媒人則將寫有陳益和生辰八字的庚帖交給了沈二老爺，今日這提親問名就算是告一段落。在這之後，侯府必是要占卜的，這官媒也是個利索的人，婉拒了沈家人晌午飯的相邀，拿著庚帖急急去侯府打卦了。

陳克松因知道沈二老爺即將下揚州，也就速速去了西京城西邊的道觀占卜，老道乃是高人，平日若不是特別有頭有臉的來問，一般也是打發徒弟們出來招待的。今日，陳克松親來，才請出老道來打卦。

那老道看著沈珍珍與陳益和的庚帖，摸了摸白色的長鬚，笑道：「此二人八字若是合婚，乃天作之合。此女命格帶福，自小衣食無憂，若合婚後也是極為旺夫，多子多福的。」

陳克松一聽，原本心中對珍姊並無特別好感的他，才覺得兒子不愧是眼光好，心滿意足地離開了道觀。

沒兩日，這官媒就再次上了沈家的門，是要來納吉了。官媒遞上了大雁，笑道：「侯爺家打卦占卜，說陳郎君與沈娘子乃是天賜良緣，特使某來告。」

沈二老爺心裡喜悅至極，想著自己原本就是最看好陳三郎君的，便笑答：「既是大吉，某不敢辭。」

官媒一臉喜氣道：「沈二老爺，恭喜了，令嫒與陳三郎君這婚事就算是定下了，待明日侯府會親派人前來送通婚書，之後再送來彩禮，兩家就可以請期了，選個良辰吉日，就可結兩姓之好。恭喜，某這就回去覆命也。」

沈二老爺作揖感謝道：「此番多虧媒人，待婚事那日，你也來喝杯喜酒。」

沈二夫人揣了一個小福袋，裡面裝了些碎銀，感激道：「不過是小小心意，不成敬意，還請收下。」

這回媒人笑得就更喜慶了，收下福袋，滿足地離去。

這廂，兩家人如火如荼地將婚事進行到底，沈珍珍卻覺得自己糊裡糊塗就定下了婚事，前幾日還被放了鴿子，這心裡不知是何般滋味。

陳益和這幾日也是精神不濟，連在勛衛一起當值的姬商岐都看出了端倪，調侃道：「說說愁眉苦臉是為何啊？聽我阿爺說，你家不是給你訂親了？莫非這女郎不是個好的？」

陳益和立刻搖了搖頭，擺擺手。

姬商岐一臉壞笑。「看你這樣子就是為情所困，雖然我文武皆不如你，但是小爺我可謂是混跡花叢、閱人無數了，看看你這樣，明顯就是犯了相思病，可是依你這模樣，不該是那得相思病的人啊！哪個女郎見到你不是臉紅心跳、小鹿亂撞、嬌羞萬分，只差沒粉拳上來、半推半就啊？」

陳益和擺了擺手，並不想多說，邁著步子走了。

姬商岐一看這架勢，喊道：「欸，我要是你，怎麼也不管不顧地去見見那女郎表白心跡！像你這般烏龜，不知哪日消得相思苦！」姬商岐一邊說，一邊拽下路邊的野草放到嘴裡嚼，喃喃感慨道：「明知他是個害羞的，偏我就是愛逗他，也讓這日子過得有些意思不是？」

陳益和的確想為了自己失約一事到沈府跟沈家兄妹致歉的，畢竟是自己有錯在先。於是不當值後，他便騎馬直奔永興坊沈府。這沈府的人現在看到陳三郎君，都當自己人看待了。

沈大郎得知陳益和來見自己，忙叫新婚妻子去泡兩杯新茶來迎客。

陳益和穿過前院到偏廳，見到沈大郎正悠哉地捧茶輕聞，便硬著頭皮道：「仲明兄，上元那日是我失約，特來跟你致歉。」

沈大郎放下茶杯，笑道：「你我二人何至如此？想你也是被家中事絆住，可是出了什麼事？」

陳益和聽到沈大郎的這一句話，忽然就鼻頭一酸。自那一日，府中人都像是此事沒發生一樣，而他卻不能向別人吐露心事，唯獨阿弟對他關心一些，但是卻隔著嫡母，這種種事情讓他覺得心累，今兒沈大郎這一句關心的話，卻立刻就擊潰了他心中的城牆。

「家中是出了事，等我趕到時，你們已經離去了。」

「嗯，我也跟她們解釋了，想著你定是被事絆住，不得抽身。只是珍珍畢竟年紀小些，你這回失約，估計她心中也是不大好受的。況且，我看她最近思慮過重，不知是不是因為年紀小就要出嫁，心中沒個主意。」

「那我也去給四娘道個歉吧？本想熱鬧一下讓她開心的，如今倒惹得她不好受了，是我的不是。」

沈珍珍因著要繡嫁妝，一直不太得要領的她本就心浮氣躁，更是恨不得將那鴛鴦繡成鴨子，只得恨恨地扔下針，準備出來找嫂子問問這其中的要領。

她直直往沈大郎的新房走去，剛路過偏廳，聽見了大哥的聲音，就跑了進去，不料這忽然之間就看見了高大的、有著胡人輪廓的郎君，不是陳益和還能有誰？慌忙之間，她不知所措，只得問：「你來幹麼？」

佳人忽至，香氣習習，陳益和本是驚喜，卻聽見了沈珍珍的話，有些尷尬，只得低聲道：「我是來給仲明兄和四娘致歉的，上元那日，某未如期而至，實為失禮，今日特地上門來說明，還望四娘不要見怪，原諒某一次。」

沈珍珍一看陳益和認錯態度良好，又是一副誠心實意的樣子，當初的怒氣倒是去了幾分，再細看久未謀面的陳益和，不僅容貌輪廓越來越精緻，現在還帶著軍人的氣質，她忽然就想起自己前世中聽過的一句話——當妳找了個顏值頗高的老公時，每當妳怒氣沖沖，一看到他，火氣立刻就煙消雲散。

此刻的沈珍珍就有這種無力感。看著陳益和那顏值爆棚的臉蛋，只得問道：「那你為何失約？若是說清楚原因，我就原諒你。」

陳益和一聽，反而不知該怎樣回答了，畢竟當日之事不甚光彩，也算是家中醜事，他實在不想說出來污了沈珍珍的耳朵，可是……

沈珍珍看陳益和那猶豫的模樣，不禁又來了氣。「莫非是什麼見不得人的事，怎麼陳阿兄看似如此猶疑不定？倒叫我更加好奇了。」

「實在是此事難以啟口，也算是醜事一樁，若是我說了，害怕污了你們的耳朵。」

沈大郎笑道：「益和弟若是為難就算了，畢竟是你們家的私事，珍珍又還未入門。」

「不不不，不是這個原因！其實是……」

陳益和只得紅著臉，將事情的來龍去脈講了一下。

沈珍珍聽完，內心有個小人早已掀桌、破口大罵了！香雪竟敢做出勾引她夫君這等事？但又覺得陳益和到底是個管得住自己的，心裡也漸漸踏實開心起來。

陳益和看沈珍珍低頭沈思，一時吃不準是什麼情況，只得急急道：「我已心儀四娘多年，如今能娶妳為妻，高興還來不及，恨不得早日將妳娶回家，咱們和和美美地度日，哪裡還會有別的心思？再說，我也一向自律，只願親近自己的妻子，四娘請一定要相信我的真心。這麼多年，妳一直在我心口上，所以我才去求父親成全我，只要能和妳結為夫妻、白頭到老，我這一生就無遺憾了！」

沈珍珍被陳益和忽如其來的真情告白給震住了，心中是又驚又喜，還帶著點感動。剎那間，美眸中的水波一蕩一蕩，芙蓉面染上紅霞，羞道：「誰問你這個了？這般油嘴滑舌！我原諒你就是了，下次若是再做出這種事來，我可不饒你！」說完就害羞地跑出了偏廳，覺得心中小鹿亂撞，似要衝出來一般，結果迎面剛好撞上來換茶的嫂子楊氏。

看見小姑子一改幾日來的頹色，顯得容光煥發、明豔照人，楊氏心覺奇怪，入了偏廳。

第二十八章　落定（二）

見楊氏端了茶，款款而來，沈大郎忙給妻子介紹起來。「這便是我跟妳說過的陳益和，咱們的準妹婿。」

楊氏點了點頭，笑了一下。楊氏雖不是傾城之色，但是帶著小家碧玉的溫婉，笑起來梨渦顯現，看著倒是格外甜美。

陳益和忙行了禮道：「益和拜見嫂嫂。」

楊氏忙笑道：「快別客氣了，整日聽夫君說到你，真是聞名不如一見。以前看那美郎君圖冊時，聽家中姊妹議論過，也想過這陳郎君該是何等風姿，沒想到咱們倒是成了親戚。難怪我和郎君回門時，家中人拖著我好一番問那俊儐相究竟是哪家的呢！」

陳益和被未來嫂子誇得不好意思了，低聲道：「益和本是上元與仲明兄有約，結果某因家中有事而失約，深感慚愧，今日是特地前來致歉的。」

楊氏一聽陳益和說話，暗自點了點頭，笑道：「我倒是沒什麼的，夫君去哪裡，我就跟去哪裡，倒是四娘看著不甚高興。不過她剛剛是容光煥發地跑出去了，想必是你說了什麼逗她開心的事吧？」

沈大郎拍手道：「娘子真真是神機妙算啊！剛剛益和才對四妹表白了一番，深情款款，還當著我的面，真是聞者感動，四妹頓時就臉紅了。」

看見滿臉通紅的陳益和，再由夫君一解釋，楊氏這才會心一笑。原來是俏郎君上門訴衷腸，佳人害羞之際匆匆離去的橋段啊！看來這門喜事真真是皆大歡喜呢！

沈大郎緊接著又問道：「我阿爺和我阿娘帶著二郎和三郎就要下揚州了，你們府上的納徵之禮何日來行？」

陳益和點了點頭，道：「府中最近都在忙這件事，也就是這兩日，彩禮就要拉來了，到時候就能定了婚期，也就安心了。」

楊氏噗哧地笑出聲來，倒引來沈大郎和陳益和的側目，她忙道：「婚期緊張，我看四娘就更著急了，難怪這兩日繡嫁妝總是氣急敗壞的，怕是將那鴛鴦繡成了鴨子吧！」

陳益和一想到沈珍珍那一臉懊惱的表情，倒覺得十分生動可愛，恨不得明日就能將佳人娶回家去。

沈大郎卻忽然轉了語氣，低聲道：「如今四妹回去了，我才跟你說，我看你家中此次的事，怕是早就計劃好了，就是要給你個沒臉。」

陳益和聞聲嘆氣道：「也不知為何，從我小時，嫡母就對我敵意頗大，想來有可能是因為我生母的緣故。如今盡出些么蛾子，還好我並未中計，否則現在家中絕對不會如此平靜，若是我出了醜事，只怕在父親的心中，我已成廢棋。」

楊氏在一旁聽著，雖然不知道發生了什麼事，但是後宅之爭那是常見的事，像沈家這麼奇葩的畢竟是少數，也並不是每個女郎都能像她這般，有運氣嫁進來。小姑子一朵溫室裡嬌嫩的花朵，嫁入那充滿惡意的後宅，也真真是讓人擔憂啊！

沈大郎道：「怕只怕四妹嫁進去後，這日子也不大好過。」

陳益和拍了拍胸脯，堅定地道：「仲明兄放心，我既然娶了四娘，必定盡我最大的努力保護她，叫她不受委屈。」

沈大郎點了點頭，這才略微放下了心。他實在是沒想到陳益和的嫡母竟然這樣惡毒，想出這麼不入流的方法要毀去一個前途光明的庶子，真真是後宅不寧啊！他慶幸自己家中並無此事，看著楊氏的目光不禁更加柔和了。

陳益和安慰沈大郎道：「別太擔憂，仲明兄，只要我和四娘齊心協力，一切都會好的。等過些日子天氣更暖和了，咱們去那香積寺賞櫻花如何？」

沈大郎笑道：「我看你是不帶佳人一遊，真真是心不死啊！那等花期剛至時，我們前去是最好的，你可別再失約了，否則都叫我在愛妻和吾妹面前抬不起頭了！最近復習明經科，我也是頭大不已，剛好出去郊遊，也能緩解一下苦悶。」

從沈府出來的陳益和已經不復來時的忐忑，帶著對沈珍珍的甜蜜愛戀，騎馬回府了。

陳克松算好日子去沈府行納徵禮，並且也告知了沈府，因此特地前來問妻子籌備得如何了？這次由於時間緊張，雖年前就備了起來，可是這彩禮的樣類可不只是錢財，那是生活的方方面面，就連吃食都有，所以準備起來相當繁瑣。

趙舒薇為了籌備陳益和的婚事，也不得不打起精神，一邊準備著彩禮，一邊自問憑什麼？卻又不能發出來，心中的憋悶感就更別說了。

待正月二十喜鵲叫，沈府就迎來了陳府由陳四爺帶領的結親使，正式地帶來了通婚書。只見那通婚書被放在上好的楠木盒子中，用絲線束起。那浩浩蕩蕩的彩禮隊伍，也讓沈府附近的人出來看個熱鬧，有的人交頭接耳道「喲，這沈府女郎是說給誰家了？看看這彩禮，必定是個富貴人家啊」。只見長長的彩禮中，有絲綢綾羅、五彩綿帛、精巧的金飾、成堆成串的銅錢、米麵糧油，還有豬羊等牲畜，真真是生活物品一應俱全。沈家二郎和三郎負責在門口統計彩禮，好不辛苦。

沈二夫人從看見彩禮隊伍就一直笑，沈二老爺在一旁努努嘴，低聲道：「看妳那沒出息的樣！」

待男方正式遞上通婚書，沈二老爺收下後，也拿出了女方家準備好的通婚書，讓陳四爺帶回侯府。沈府上下熱情地款待了前來送彩禮的眾人，納徵就算完結了。自此，沈珍珍就算是陳家人了，兩家只差請期和親迎這六禮中最後的兩步。按大周律法，以後這沈家有個什麼事，都與沈珍珍其人無關了。

請期，因為要請高人算個好日子，所以還要再過幾日。而行程不能再拖的沈二老爺只得將請期的重擔委託給兄長，第二日便要帶著夫人和雙生子南下揚州了。

沈珍珍和蘇姨娘則會被留在西京城，名為備嫁。其一主要是為了讓沈珍珍在京中安心待嫁，其二則是讓她跟著大伯母學習為妻的持家之道。

沈二夫人臨走前含淚囑咐沈珍珍。「妳這婚事定得緊，怕婚期也是近的，若是我跟妳阿爺不能前來，就由妳大伯父和大伯母作主婚事章程，妳大哥送嫁。聘禮的事情我給妳大伯母都商量好了，就妳這麼一個女兒，定不會委屈妳的。」

沈珍珍一聽母親這樣說，哭得十分不捨，道：「珍珍都聽母親的！」

沈二夫人看著沈珍珍還帶著稚氣的臉，嘆了口氣道：「如今妳年紀這般小就要出嫁，一定要放機靈些，少說話多看。還有，防人之心不可無，嫁過去後一定要小心，不可叫人抓住把柄。」

雖然沈珍珍並不是沈二夫人親生的，但所謂路遙知馬力，日久在人心，這十幾年來，沈二夫人對待沈珍珍真是沒得挑剔。

蘇姨娘看著母女倆抱頭痛哭，只得在一邊安慰二人道：「夫人放心，在四娘出嫁前，奴婢必定盡心盡力讓她學到該學的，待四娘親事一了，奴婢便下江南伺候您和老爺去。」

沈二夫人點了點頭，抹了抹淚道：「知道妳是個能幹的，我才放心將這裡的一切交給妳，記得要寫信來跟我說道說道啊！」

雙生子最近在家倒是安靜許多，一是對未來人生的思考，二是對婚事的想法，所以不復以往的調皮搗蛋，反倒安慰起母親和妹妹來。

沈二老爺和夫人攜兒子，這就又踏上了回揚州的道路。與來時的焦急不同，不過一個新年，珍姊的婚事就告一段落，叫夫妻二人放下了一樁心事。待回到揚州後，夫妻二人便可以一門心思辦起三郎的婚事了。但是，二郎的婚事就又成了全家迫在眉睫的大事。孩子多，操心的自然就多，特別是這配婚令就像緊箍咒一般，總叫沈家長輩不得放鬆，叫沈二夫人也嘆道「養兒女都是債啊」！

自此，沈珍珍嫁與陳益和的這樁婚事就算是塵埃落定了，只等定了婚期、披上紅蓋頭嫁入長興侯府，做陳益和的妻子了。

二月二龍抬頭，正是一年之中打起精神做事情的好時候。這幾日，西周鄰國和附屬國的使節團們陸陸續續到達了西京城，不管是西從西域而來、北從草原而來或是東從倭國而來的使節們，真正見到雄偉的西京城時，才發現自己的國家是如此渺小，因而堅定了遣送更多學子來西京學習知識的決心。

肅宗命禮部官員負責接待使節們，處理外交事宜。皇帝因要見的外邦使節多了，勛衛們加強了對皇宮的守衛，陳益和越發忙碌起來，因不僅要盡守衛之責，同時還要勤練武藝。

遠道而來的使節們不光獻上珍貴的貢品，還進獻了風格各異的美人，同時也帶來了國內有名的武士。陳益和自從去年就開始苦練劍術和近身搏鬥，使節團們最後會進行比武大賽來挑戰大周武士，試圖能在武藝上扳回一城。勛衛和其他軍中好手們被選來應對分門別類的比武，陳益和身材雖高大卻並不十分魁梧，因此並不適合蒙古武士的摔角挑戰，最後因其劍術出色而應戰倭國武士。

輪到陳益和時，他一躍上臺。

姬商岐在臺下頻頻鼓掌，萬分激動，好歹那臺上比武的可是他的好兄弟呢！

眾人一看這上臺比武的郎君是手姿綽約、樣貌出色，一時之間議論紛紛。
肅宗看見陳益和這樣貌風度，有些詫異，不禁問身邊的內侍道：「此郎君是誰？」
內侍李力在一旁低語道：「這位郎君乃是長興侯爺的庶長子，現在勛衛任職。」
肅宗點了點頭，原來此子就是陳克松的庶長子啊！難怪當年安城非君不嫁！
那倭國武士身材矮小，卻勝在快狠準的招式上；陳益和身形高大，剛開始時步伐略有不穩，只能以防禦為主，很是被動。
姬商岐在臺下急得抓耳撓腮，直喊道：「你倒是刺他啊！」
陳益和漸漸掌握了倭國武士的出劍規律，雖然他腳下移動步伐快，但因為是雙手持劍，轉身時難免停頓，而陳益和右手持劍，轉身靈活，絲毫不受影響。這一來一回中，陳益和逐漸加快了腳下的步伐，腰身閃過襲擊，一下子躍到倭國武士背後，手挽劍花，直逼倭國武士！倭國武士有所察覺，慌忙轉身，但是為時已晚，剎那間，陳益和的劍已經直指倭國武士的喉嚨！武藝比賽當然是點到為止，陳益和這就贏了，抱拳行禮，那氣度、那手姿就是個名副其實的勝者。
臺下頓時響起了熱烈的歡呼聲，陳克松在臺下也是面帶微笑，頻頻點頭，滿意至極。
陳益和點頭示意，轉身就朝臺下走去，哪想到那倭國武士並不甘休，竟朝著剛邁出幾步的陳益和舉劍刺去！
看臺上的人發出了驚呼聲，陳益和感覺不對，轉過身去，向後仰身避過致命一擊，但倭國武士的劍還是在陳益和的前胸劃上一道！陳益和抬腿一個大劈腿，就將那倭國武士踢翻在地。

姬商岐見狀，在臺下破口大罵。「倭國勇士怎地這般孬種？連輸都輸不起！」

陳克松看得都緊張地站起來了，直到看見陳益和安然無恙，才鬆了一口氣。

倭國使節團見情況失控，急忙叫使團代表去給肅宗致歉，並派人將那武士拉下場。

那武士舉劍就想自刎，結果反倒被陳益和一腳踢翻了劍。

陳益和冷冷道：「連輸都輸不起，何談進益？」

那武士愣了愣，隨即委頓在地。

陳益和走下臺後，收到了勛衛同僚們熱情的掌聲和歡呼聲，他咧嘴笑了笑，揮了揮手。

好不容易擠到人堆裡的姬商岐就像是自己打贏了一般與有榮焉，跳起來推了陳益和一把，卻見陳益和用手捂了前胸，這才臉色大變地問道：「你是不是受傷了？」

陳益和點了點頭，用指頭在嘴邊示意切勿聲張。

姬商岐會意般地點了點頭，啐了一口，低罵道：「別讓爺在西京再見到他，否則讓他吃不了兜著走，再也不長個兒！」

陳益和差點笑出來，可惜胸口疼，只得跟勛衛隊長說一聲，去換衣坊查看傷勢。這一看，好傢伙，胸前已經被刀鋒劃了一道口子，出血了。

姬商岐因為不放心，手裡握著一瓶藥，也跟了過來，見狀不禁罵道：「爺今日就找人去倭國那幫人住的地方算帳去！比武本就是點到為止，哪有這般小人！」

陳益和搖了搖頭道：「你要是來幫忙的就別罵了，快拿藥來。」

姬商岐道：「看你這細皮嫩肉的，到時落下疤，叫你那新婚妻子看了要心急掉淚的。」邊說邊幫著陳益和上藥，又裹了一層麻布，一點都不馬虎，這才放心。

沈府中，沈珍珍正在繡嫁妝，終於能繡個像樣的鴛鴦戲水的她，最近小有所成，不料繡著繡著，忽然讓針扎了一下，手指就湧出血珠來。她急忙用嘴吸了一下手指，免得滴落在繡品上。

這時，沈大郎步履匆匆地走了進來。「陳益和受傷了！」

沈珍珍半天才反應過來，聲音乾澀地道：「受……受傷了？嚴不嚴重？」

沈大郎一臉焦急地道：「大伯回來說是跟倭國武士比武中好似受了傷，傷勢如何也不清楚。我準備去看看……要不咱們一起去看看？妳就不擔心嗎？他可是妳未來夫婿呢！」

沈珍珍目前還處於呆滯狀態，聽說陳益和受了傷，心中竟然七上八下，毫無頭緒了。「我……我怎麼去？」沈珍珍這會兒只恨不得自己是個男兒身，就能毫不顧忌地縱馬而去。

沈大郎道：「我都替妳想好了，我剛從堂弟那裡借了身衣裳，妳就男扮女裝隨我出門，咱們再帶個小廝，坐馬車去，若是沒事，我們也好安心。妳換好後就速速來尋我。」

沈珍珍點了點頭，急忙開始對著鏡子拆髮髻。

沈大郎看見妹妹那焦急的模樣，會心一笑，輕輕地退了出去。

沈珍珍越著急，這髮髻就越難拆，她手忙腳亂地拆了珠花後，輕呼出一口氣，再讓夏蝶幫自己將頭髮束在頭頂，這一番折騰下來，兩人都熱得是一頭的汗。待沈珍珍換上了男兒的衣裳後，搖身一變成了翩翩少年郎。

沈家兄妹坐著馬車、就著晚霞，到了長興侯府。

陳益和正在換藥，聽陳七進來說沈大郎前來探望，只得匆匆塗了藥、穿好衣裳，到自己的小書房等沈大郎。

沈大郎人未至，聲先到。「益和弟，你可還好？」說著推開門一看，見陳益和還能好好地坐著，立即鬆了一口氣。

陳益和擺了擺手道：「無甚大礙，怎地你還親自來了？不過就是一點小傷，哪至於如此。」

「怎麼不至於？撇去咱們的交情不談，你現在可是我的準妹婿，你若是有個好歹，我妹妹要如何是好？」

一提到沈珍珍，陳益和的心就飄了起來，臉紅道：「必是不讓四娘擔心的，就是為了她，我也要好好的。」

躲在沈大郎背後的沈珍珍臉都羞紅了，心想，原以為是個靦覥的少年，沒想到是個高級段子手！她只得絞著衣袖，探出頭來問道：「陳阿兄可還好？」

一聽見沈珍珍的聲音，陳益和先是愣了一下，隨即綻出燦爛的笑容，令人無法抵擋。

沈珍珍羞窘萬分，低著頭，專心致志地絞袖子。

陳益和柔聲道：「妳怎地也來了？我並無大礙。」

沈珍珍的聲音細如蚊蚋，道：「聽說你受了傷，我不放心，才跟著大兄來的。若是無礙，我這一顆心也就落回去了。」

陳益和一聽原來四娘也是想著自己的，這心中便如喝了蜜一般的甜，都快忘了自己姓誰名啥了，只能傻笑。

沈珍珍看著陳益和這般傻樣，心中竟也有了甜蜜之感，也甜甜一笑。

二人四目相對，含情脈脈皆在眼中，一切盡在不言中。

此時，門忽然被推開，原來是宏哥聽說三哥受了傷，急忙去了三哥的屋子卻沒找到人，便又尋到小書房來查看陳益和的傷勢，結果這一看到沈珍珍竟然呆住了，不禁想著，這小廝怎地長得這樣美？

沈大郎一看陳益和無事，宏哥又在，多有不便，就帶著沈珍珍告辭了。

鑑於有外人在，沈珍珍本是想回頭再看陳益和一眼的，也只能生生忍住。

陳益和看著佳人匆匆離去的身影，久久不願收回視線。

站在他身邊的宏哥也是望著那小廝遠去的背影久久，待人影徹底消失後，宏哥才想起自己來此的原因，忙問了阿兄的傷勢，得知陳益和無礙才鬆了口氣，於是好奇地問起那小廝。

陳益和雙頰通紅，有些羞窘地道：「以後你就知道了。」而後逃一般地離開了小書房。

第二十九章　香積寺賞花遇貴人

長興侯府為了儘快辦婚事，果然如沈大郎所料想的那般，提出了七月二十一這個好日子，陳沈兩家定好日子，等待親迎的那天到來。

這時，恰逢那春日正好，花苞初綻，楊柳抽條，正是西京人脫下羊皮襖，換上春衣的時候。西京的富家小娘子、小郎君們都流行出門踏個青、郊個遊，香積寺便是一處頂好的去處。概因這香積寺的院落中種滿了櫻花，到了這時節，正是不甘落後、爭相開放的時候，滿院粉色的花朵在春日綻放時的美景也引得畫師們頻頻到訪，想將這人間美景盡顯於紙上。

不光如此，香積寺的大院落中還種了幾棵古老的朱果樹，據說是自從香積寺建立時就種下了，一百年下來，也算是頗有香火氣，善男信女們每逢這樹結果時，便會央這寺中的師父打幾顆下來嚐個鮮，或是帶回家中讓家人品嚐，也好沾沾福氣。因此，陳益和便與沈大郎說定，攜楊氏和沈珍珍來香積寺一遊，感受春日的盎然生機。

陳郎君最近是春風得意，自從那次比武獲勝後，他得了肅宗的青眼，將其調到了近衛隊，這調令一來，讓勛衛中的其他人都頗為意外。要知道，近衛可不是勛衛能比的，入近衛的瀟灑郎君們全都是出身極好的嫡子嫡孫們，靠著家中三品以上長輩的勛蔭才能入，還要樣貌不俗，偶有那麼一、兩個破格提拔，也是格外出色的，也難怪陳益和高興了。

如今調令一下，就只等交接好，便能去新的職位報到了。陳益和不僅在立業上有所突破，又與沈珍珍定了終身，連走路都覺得腳步飄了。再說，終於有個機會能與佳人出遊，好好說說話，甭提這心中多春水蕩漾，想的念的全都是沈珍珍的倩影。

到了郊遊這日，沈珍珍一早就起來打扮得漂漂亮亮的，左照右照，生怕自己看著不美。少女們總是想在心上人面前表現出最好的一面，沈珍珍自然也不能免俗。

夏蝶在一邊笑嘆道：「娘子已經是一顰一笑皆讓人心旌動搖了，還要怎麼的美？」

沈珍珍到現在才覺得自己的心終於有了些方向感，從最初對蕭令楚的期待卻被潑了冷水，而後的配婚令使得現在這樁婚事趕鴨子上架，一切的一切讓她驚慌失措、迷茫萬分，直到現在，她對陳益和的感覺發生了變化。以前只當他是個對自己關懷有加的兄長，訂了親之後，才讓她認真思考以後該如何去面對這個既熟悉又陌生的夫君。回想過去的種種，從細枝末節中她才發現陳益和一直就是默默地站在那裡呵護著她，就如涓涓細流的甘泉緩緩地流入心田，雖緩雖慢，卻正如老人所說，細水才能長流。

恰恰是有了這樣的心路變化，再加上陳益和的一番真情告白，倒叫沈珍珍確確實實地把陳益和放在心上。這兩情相悅雖不是一開始就轟轟烈烈，卻相當的水到渠成，恍若一切就是注定好的一般。當沈珍珍逐漸把陳益和放在心上時，她的心便完全不再屬於她自己，有時候會不受控制地想起他，哪怕只是看他一眼都會臉紅心跳、小鹿亂撞，這種體驗沈珍珍以前從未有過，到現在她才終於開始明白什麼叫少女懷春？什麼叫相思？對於即將進入婚姻生活的她，因為有了對陳益和的情，也開始憧憬起嫁為人婦的日子，對於那些後宅之爭，也多了些勇氣和決心。

鏡中的少女容顏嬌美、光彩照人、笑靨如花，沈珍珍這才滿意地點了點頭，準備跟大兄一起出門賞櫻花。

陳益和趕到的時候，沈珍珍正從房中走出，上身嫩黃色的衣衫，下半身湖綠色襦裙，外面繫了一件湖綠色披風，襯得整個人瑩白如雪。陳益和看著佳人含笑而來，覺得心都醉了。

香積寺果然是香客、遊客頗多，光是在香積寺門口停下的馬車就不知道有多少輛。

沈珍珍與嫂子跟著沈大郎和陳益和進了寺，這一進去就被院中的朱果樹吸引了注意力，這不就是柿子樹嘛！那朱果花開是一小簇、一小簇點綴在綠蔭叢中，微風一吹，小小的花便散落在地上，香味撲鼻，清新至極。

沈珍珍看著只有花朵、沒有結果的柿子樹，有些眼饞。

陳益和看著她那盯著朱果樹的眼神，輕笑道：「秋季才是朱果結果的時候，素有晚秋佳果之美名，現在不過才開花而已。若是想吃新鮮的朱果，待到深秋，我就去尋那最好的小販給妳買一筐來。」

沈珍珍嬌笑道：「那朱果色澤鮮豔，味甜多汁，想想就饞，深秋可還有半年呢！」

陳益和聽後笑了笑，突然轉身跑遠了。

沈珍珍急忙問道：「你去哪裡啊？」

陳益和回頭調皮一笑，喊了聲：「你們在這兒等我！」

沈大郎調侃道：「以前小時候見他，總是一副老成的模樣，怎地現在大了，竟然孩子氣了？真是怪哉！」

楊氏用團扇半遮臉，笑道：「郎君這可就理解有誤了，聽我娘說，這郎君們啊，在心儀的娘子面前都是孩童般的稚氣呢，如今我算是明白了！」

沈大郎一聽哈哈大笑，夫妻二人你來我往，倒把沈珍珍臊得是不好意思。

不一會兒，陳益和從遠處跑來，一頭的汗。

沈珍珍嗔怪道：「又沒人催你，跑這麼急做甚？」她急忙掏出手絹，踮起腳尖，細細地給陳益和擦起汗來。

陳益和看著沈珍珍為自己認真擦汗的樣子，笑得格外開心，伸出手道：「去住持那兒好不容易求了幾個朱果乾來，妳先解解饞吧！」

沈珍珍的心中頓時泛起甜。

沈大郎也接過一塊，遞給妻子道：「快嚐嚐這香積寺的朱果乾，咱們這還是沾了妹妹的光呢！」

沈珍珍遞給陳益和一塊，道：「你也吃，這朱果乾甚甜。」

陳益和悄悄低聲說：「等以後成婚了，妳餵我吃。」

沈珍珍的臉轟地一下就紅了，有如火燒一般，內心暗罵：這年頭不怕登徒子，大不了讓小廝抄傢伙，可就怕這登徒子有文化、有美顏，讓妳下不了手，只有被調戲的分兒啊！

這邊幾個人有說有笑的，好不開心，另一邊，已嫁作他人婦的安城公主正陪著久未進京的大長公主來香積寺上香。

這大長公主乃是肅宗的姑姑、先帝的妹妹，嫁進了琅琊王氏的門，定居琅琊臨沂，但是時不時會來西京，為王氏家族走動走動，此次來也是想要讓自己的孫子謀個好職位。

安城公主當年迷戀陳益和至極，所以即便是在人山人海中，還是一眼就看到了陳益和，可惜郎君有佳人相伴，留她獨自黯然神傷……

大長公主剛還跟安城有說有笑，看她忽然停了下來，目光緊盯著前方，不禁也好奇地看過去，待看清楚後便皺了皺眉道：「不過是個胡人模樣的低賤東西，也值得妳一看？哼！」

當大長公主再看去時，卻發現那有著胡人輪廓的少年身邊站著一位穿湖綠色披風的少女，她不禁愣了愣，抹了一下眼睛，喃喃道：「怎會如此像？」大長公主畢竟是大長公主，經歷的風雨多了，就能很好地掩飾自己的神色，她不動聲色地問道：「莫非安城和那郎君還有什麼淵源不成？」

安城忙擺了擺手道：「不過是看他長得俊罷了，不過那位郎君我還真知道是誰，可不就是胡人與那長興侯所生之子。」

大長公主應了一聲。「嗯，春日到了，也是該帶兄弟姊妹來郊遊的。」

安城神色一變，道：「那陳郎君身邊的女郎不是他的姊妹。」

雖然距離當年看見沈珍珍時已經過去了幾年，可是安城還是看出了當年那個小女郎的影子，只是現在出落得真真是婀娜多姿、明豔照人，果然如她當年所說，是個紅顏禍水！

大長公主道：「那女郎又是誰家的？看著倒是個好顏色。」

安城冷冷一笑道：「這安城可就不知道了，興許不是什麼好人家出來的也不一定。」

大長公主在安城的攙扶下，慢慢向前走著，距離陳益和等人越來越近，大長公主看得就越發清晰，這個女郎的眼睛長得真真像駙馬的眼睛！儘管駙馬已經去了兩年，可是他的樣子早已經深深地刻在她的腦海，叫她怎能不激動？想起當年家中發生的事情、她失去的孩子，這一連串的事情在今天看到這個女郎後，恍若又清晰了起來。

陳益和幾人也打算去上炷香的，因沈珍珍抱怨走得累，歇了一會兒，這就跟安城公主碰上了。陳益和一看是安城公主，忙行禮，沈家兄妹和楊氏也跟著行禮。

安城公主笑道：「這位女郎看著可真面熟，不知是哪家的？瞧瞧這模樣，出落得越發楚楚動人了。」

陳益和恭敬地答道：「稟公主，此女正是臣的未婚妻子，姓沈，這二位便是她的兄嫂。」

安城一聽原來這二人已經訂親，一時之間不知這心裡是苦還是酸，想起自己的夫君，不免意難平。

大長公主手上用了用勁兒，握住了安城的手，笑道：「看見你們就想到了我年輕的時候，都起來吧！這位小娘子的確是個美人兒，倒叫我老婆子喜歡得緊，是哪個沈家？」

沈珍珍不知道這開口的是哪位貴婦，只得乖乖答道：「民女出身不過是小家，家父在揚州是從六品官。」

大長公主笑道：「就說這江南的水會養人，看看，養得這個水靈勁兒！」一邊說著一邊褪下自己手腕上的鐲子，戴到了沈珍珍的手腕上，笑道：「今兒我老婆子跟妳投了個眼緣，就送妳這鐲子當見面禮了。」說完，大長公主就攜安城公主離去了，兩人身後跟了好幾個護衛。

看著安城公主和離去的貴婦，沈珍珍覺得手上的這鐲子肯定是相當貴重，也得來得莫名其妙，遂求助地看著自家大兄。

沈大郎拍了拍妹妹的頭。「看看，咱們珍珍是個有福的，出來都能碰見貴婦贈禮呢，若是我跟妳嫂子哪日要喝西北風了，妳就將這鐲子當了接濟我們！」

楊氏在旁邊聽著，被逗得笑彎了腰。

幾個人的快樂情緒並沒被這個小插曲所影響，又繼續賞花賞景，走走停停，十分愜意。

這沈珍珍回府後便將偶遇貴人贈鐲之事告訴了蘇姨娘，並褪下自己手上的鐲子讓蘇姨娘看看。

蘇姨娘鑑於身分問題，並不是個見過大世面的人，但是卻一直沈穩有度、不驚不乍，在沈家後宅中絕對是個有主意的。但饒是淡定如斯的她，看到成色這麼純的鐲子也還是吃了一驚，感慨道：「真真是西京貴人多，隨便一個小禮物就讓人咂舌，這鐲子不知道能讓一般百姓家吃多少年了！」隨即，她拿著絲綢將那鐲子細細擦拭又擦拭後，替沈珍珍收好，淡笑道：「若是能與安城公主一起的，那不是皇宮的人就是她婆家的人，都是富貴有權勢之人，咱們珍姊倒是個有福氣的。」

沈珍珍搖了搖頭道：「那老婆婆盯著我的眼睛看了許久，彷彿在看別人。要說，我這眼睛就最像姨娘了，是姨娘有福氣才對！莫非姨娘家與這貴婦人有淵源？」

蘇姨娘拍了拍沈珍珍的頭，笑道：「傻孩子，姨娘哪裡能跟貴人有什麼淵源？姨娘自小就生在隴西，長在隴西，一直到被賣進二夫人府裡，都是伺候別人的命。」

沈珍珍捶了捶蘇姨娘的肩膀。「那姨娘自從進了阿娘家後，可還跟家人有聯繫嗎？」

蘇姨娘聽到以前的家人，表情忽然冷若冰霜，但是看著沈珍珍，又露出了笑容。「哪裡有聯繫？過去的事不提也罷，說出來都是傷心事，妳還小，姨娘也不說那些往事污了妳的耳朵。姨娘最感謝的人就是夫人，她救我於危難，那個時候我就發誓一輩子報答夫人。自從跟了夫人，姨娘的日子過得也越發的舒心，現在妳也要嫁人了，那陳郎君又是個如此好的，姨娘這輩子真真是圓滿了，過去曾有的不甘和傷心早都散了，不想了。」

這是蘇姨娘第一次對沈珍珍說起舊事，沈珍珍明顯感覺到蘇姨娘的童年過得應該十分不好，否則不會連提都不想提，臉色都變了。身為蘇姨娘的親生女兒，沈珍珍覺得很心疼，只得輕輕摟住蘇姨娘的肩膀道：「以後珍珍也會孝敬姨娘的。」

蘇姨娘點了點頭，又忽然自嘲地笑道：「說起眼睛，我的眼睛是既不像我父親，也不像我母親，真不知是像了誰。」

那邊沈珍珍跟蘇姨娘是說了這個說那個，這邊，回到家的陳益和也對父親說起了郊遊遇到貴婦人一事。

陳克松摸了摸鬍鬚道：「那婦人必然就是大長公主無疑。」

陳益和詫異道：「大長公主？」

陳克松道：「大長公主和先帝乃是一母同胞，一出生就被封為長公主，受盡寵愛，後又嫁予琅琊王氏嫡子為正妻，聽說是頗有手段和智慧的婦人。這幾年世家雖然漸漸沒落，但是王家還是幾大世家之首，實力不可小覷。聽說大長公主時不時會進京，也是為了幫兒孫謀個好缺。」

陳益和一聽那貴婦人竟是大長公主，不禁吃了一驚。原本以為是安城公主的婆家人，若是大長公主贈鐲子給沈珍珍，此事卻又說不通了，他無論如何都無法將大長公主與沈珍珍聯結起來。想不出個所以然來，他只得想著，大概是沈珍珍天真美麗，真入了大長公主的眼。

大長公主自從香積寺回到王氏在京城的宅子後，就一直心神不寧，那沈家女郎的雙眼就在她的腦海裡不斷浮現，於是她叫來自己身邊的陪嫁董大娘，吩咐道：「去，找人給我查查那沈家娘子，就是與長興侯庶長子訂親的那位小娘子，看她父母姓啥名誰、家住哪裡，都給我查得清清楚楚的。」

董大娘那日並沒有跟去香積寺，心中不免奇怪非常，只得問道：「公主，您這是？」

大長公主大手一揮。「先去查，若是有甚眉目再說。找了這麼多年，我早已經不抱希望了，如今也只是不甘心罷了。」

董大娘一直跟著大長公主，幾十年風風雨雨都過來了，情分自然不一般，這一聽，立刻明白是怎麼回事了，也激動道：「莫非……莫非是小娘子有了消息?!」

大長公主搖了搖頭道：「當年囡囡不過才幾個月，就被那賤人偷出去賣了，唯一能認的就是她胳膊上新月如鈎的胎記，還有就是那雙眼睛！我還記得那時看見她，她是如此肖父，就跟駙馬一個模樣，特別是眼睛……」大長公主一邊說著，一邊覺得心痛難忍。這個苦命的孩子不知道還活著否？若是活著，也是而立之年的婦人了。不知道她有生之年還能不能找回自己的女兒？即便大長公主是個再有權勢、金錢的婦人，此刻也不過是個沒了女兒的母親……

第三十章　喜嫁

待沈珍珍將全部嫁妝繡好後，已經是六月下旬了。蘇姨娘將所有繡活一一整理好，歸入嫁妝的箱子。女方的嫁妝是要在出嫁前三天送入夫家的，蘇姨娘已經按照二夫人的吩咐都準備好，還要時時找沈大夫人過目。沈大夫人原本是不怎麼知道蘇姨娘的，此番可算是見識到夫君口中那位阿弟家的姨娘了，真真是個心中有主意的，兼且不慌不忙。看看那長相及氣度，誰能想像是出自烏七八糟的莊子戶，還當了這麼多年的丫鬟？真真是可惜了。

七月十八，豔陽高照，沈家拉嫁妝的隊伍出發了，每一樣都是蘇姨娘精心準備的，被面是大紅色絲綢繡牡丹，所有日常用品一應俱全，甚至連壓箱的銅錢和銀兩都擺得頗有講究。

在長興侯府迎接嫁妝的眾人本以為沈珍珍家不過就是個小官之家，哪裡能有什麼值錢的嫁妝？結果看著那嫁妝裡的真金白銀時，都被晃花了眼，暗暗咂舌。眾人一臉羨慕卻不禁又自我安慰道，這娘家願意給這麼多嫁妝，看來是個無鹽女啊！

總之，在沈珍珍還未踏進這扇侯府大門時，就已引得眾人對她議論紛紛、好奇不已了。

沈二老爺和沈二夫人是趕不及來到西京操辦沈珍珍的婚禮了，概因三郎的婚事也是在七月辦，加之二郎的婚事也剛剛定了日子，因此，沈珍珍在親迎那日的走場都是沈大老爺和沈大夫人說了算。

七月二十，風和日麗。一早，長興侯府大門大開，一位少年郎騎著駿馬而出。那少年一身胡服，意氣風發，直奔城門外的樹林，背上斜挎一個箭筒，左手持弓，右手牽馬繩。原來今日便是陳益和為明日的親迎準備頭禮了，要獵隻大雁。陳益和騎馬所到之處驚起一片飛鳥，說時遲那時快，他右手迅速從背後箭筒中抽出一枝長箭，搭箭拉弓，行雲流水般射出大力道的一箭，一下子便中。陳益和興高采烈地拾起大雁，滿意地回去了。一切準備就緒，只差第二日去沈府將沈珍珍娶回來，多年夙願便終於要實現了。

七月二十一，適宜嫁娶的黃道吉日。天氣晴朗，陳益和幾乎是睜著眼到天明，只等著將一切安排好，傍晚出發。

陳克松今日也起得早，先是進了祠堂給先人們上了香，後又去了書房，取出夏錦的畫像，低聲細語一番，臉上洋溢著由內而發的喜悅，使得整個人看著都年輕了幾歲。緊接著，他又碰觸抽屜裡的另一個盒子，準備交給陳益和。

陳益和被父親叫到書房，本以為父親是要囑咐親迎時的事宜，哪想到父親竟捧了滿滿一盒的珠寶等著他。

陳克松看見陳益和，滿臉笑容道：「如今你是真正長大成人了，有些事也該交代給你聽。你母親隨我來西京時帶了兩盒珠寶做嫁妝，過去那麼些年，因咱們房裡開支也大，我又用於官場上的打點，便自己拿走了一盒，剩下的這一盒珠寶是給你的。這是你母親留給你的，她雖然未能養育你，卻早早就準備好了你娶親時要用的玉簪。」

陳益和聽著聽著，眼眶發熱地從父親手中捧過了生母的嫁妝，摸了摸那支翠綠的玉簪，心裡一時不知道是什麼滋味。他不知道生母的模樣，卻知道生母用盡了生命去愛他，他的樣貌酷似她，所以總是能被人一眼看出有胡人的血統。他感謝生母將他帶來到這個世上，總有一日，他要帶著沈珍珍，一起跋涉到莎車去看看，跟自己心愛的人去看看那孕育了他母親的地方。

陳益和手捧盒子，離開了父親的書房，回到自己的房間後，捧著那支簪子撫摸了好久，而後緩緩將那簪子插到了髮上，透過銅鏡看著鏡中的自己，露出了一個微笑。

沈府中，沈珍珍一早就被蘇姨娘從床上拽了起來，看著還睡眼矇矓的女兒，急得蘇姨娘狠捏了她一把，道：「怎地今兒還要睡懶覺不成？快起來，家中的事情多著呢！都說那些要出嫁的小娘子們會激動得睡不踏實，怎地妳卻睡得比誰都踏實啊！」

沈珍珍這才從美夢中清醒了。昨晚思前想後，內心澎湃，一直折騰到很晚才終於入睡，所以今早才睡得迷迷糊糊的，人家她內心也滿滿的是新嫁娘的激動啊！沈珍珍摟著蘇姨娘撒嬌道：「因為這是我最後一次睡在自己的閨房裡嘛，珍珍馬上就要睡在別人家了。」

沈珍珍本是在打趣的，結果蘇姨娘一聽這話卻差點掉了淚。

到底是她身上掉下來的肉，十月懷胎時期望著的孩子，如今一轉眼就要嫁到別人家了……蘇姨娘逼回了眼中的淚，笑道：「知道妳是個慣會說的，就知道哄妳姨娘！以後去了陳家，嘴巴也還要這麼甜，哄好侯府夫人。」

沈珍珍乖巧地點了點頭。

晌午過後快到傍晚，姬商岐領著勛衛一干少年郎如期而至，整個長興侯府頓時像炸開了鍋一般，打破了平靜。陳益和沐浴更衣，束髮著裝，身穿大紅色絲綢金絲線暗紋外袍，頭上大紅色髮帶束髮，再將那玉簪插入髮間，腳蹬新靴，真是好一個俊俏的郎君。

姬商岐看見打扮好的陳益和，不禁咂舌道：「快看看咱們今兒的新郎官，劍眉星目、眼如琥珀、身姿修長，不愧是咱們勛衛以前有名的玉樹臨風啊！」

其他少年一聽也點頭稱是，一哄而笑，其中一人叫道：「自從陳三到了咱們勛衛後，我回家一誇口，家中那些未婚的妹妹都來詢問，說到底是真人俊秀還是畫冊上俊秀？我便說那勞什子畫冊跟真人相差遠矣，可惹得她們捶胸頓足，恨不能一睹你的風采！今日你娶親，恐怕這路邊的酒肆都坐滿了，只等著看你身騎白馬上街迎親呢！」

在眾少年郎的打趣中，不知不覺就到了親迎的時辰。

待陳益和跪在祠堂前告慰先祖自己的婚事後，陳克松便聲音洪亮地道：「時辰到，出發！」

陳益和起身上馬，率眾人去了沈府。

一路上，果然路邊的酒肆中不時有人探頭而出看著陳三郎君，甚至還有小娘子哭喊出聲音的，那景象就像是中了進士的考生身戴紅花遊街一樣。

沈府的大門近在眼前，陳益和跳下馬開始喊：「陳益和前來求娶沈氏四娘子。」

沈大郎這會兒在門內愛莫能助，希望陳益和聰明點，能順利到達沈珍珍的閨房外。

陳益和不愧是能文能武，沈大郎出的詩對都能對答如流，到底是一個書院出來的，對彼此的路子非常熟悉。這好不容易過了對詩的關後，門忽然被打開，有了上次做儐相的經驗，陳益和知道這該是「挨打」的時候了，所以待手持棍棒的婦人們出來時，陳益和立即使了個眼色。

姬商岐見狀，大喊一聲。「兄弟們，護著新郎，讓他抱得美人歸！」

陳益和本就功夫好，加之後面有人掩護，於是便一邊笑著，一邊奔入屋內，直到達了沈珍珍的房外，喊道：「陳益和求娶沈四娘！」

沈珍珍本是坐在自己的閨房裡，內心激動，手心出汗，乍一聽見陳益和的聲音，反而一時說不清是什麼感覺，腦海中像放電影一樣，將過去他們初遇和相處的片段一一展現，幸福和滿足感忽然就湧上了心頭。原來兜兜轉轉、尋尋覓覓，郎騎竹馬來，你陳三便是我命中注定的良人啊……

沈珍珍被夏蝶等人攙扶出來，陳益和看著頭蓋紅布的沈珍珍緩緩朝自己走來，忽然就難以自抑的熱淚盈眶。

沈珍珍被陳益和緊緊握著，她能感受到手中的溫度和緊張，這是他們第一次牽手，從此刻起將牽起一生。她不禁用力回握了他一下，想要回應他。

陳益和感受到沈珍珍的動作，笑得很是幸福。

待沈大老爺和夫人滿意地點頭，還細細叮囑了一番後，沈珍珍才忍著淚，不哭出聲地上了陳家的花轎。

蘇姨娘看著女兒坐著花轎出了門，才終於控制不住地哭出聲來。

長興侯府中人都等著看陳三的妻子，因此花轎回來，新娘被牽進新房後，眾人都嚷嚷著掀蓋頭，待陳益和將蓋頭掀起後，屋內忽然就安靜了，隨即又爆出了絡繹不絕的讚美聲。新娘子真美，跟陳三真是對佳偶啊！

宏哥一直好奇三哥的新娘子是何模樣，今兒一看，不正是那日見到的小廝嗎？怪不得如此美，因為原本就是個女嬌娥啊！原來她正是自己的嫂嫂啊……一時之間，宏哥心中有些失落，但隨即又釋然地笑了笑，他的三哥值得最好的！

沈珍珍一直低頭做嬌羞狀，不敢抬頭，生怕自己臉上的厚粉嚇壞了眾人。待到陳益和被拉出去吃酒了，她才終於鬆了口氣。成親這一日真真是累壞個人哪！

待她換下了厚重的禮服，一看蘇姨娘給自己準備的紗裙，臉就不知不覺地燒了起來，卻只得認真沐浴更衣、噴上香露，等待夫君回房來。

沈珍珍靜靜地坐在喜床邊等著，終於，等到了屋外有人們離去的告辭聲，還有漸漸弱下來的嘈雜聲，然後陳益和喝得醉醺醺的，被陳七扶進門來了。

夏蝶和陳七將陳益和扶到床邊放好，就都極有眼色地退下了。

沈珍珍忙去倒了一杯水，想給這醉漢解解酒。端好水杯走近一看，陳益和喝得臉頰通紅，還面帶微笑地閉著眼，睡在那裡就像一個漂亮安靜的孩子，讓人看著都忍不住心疼。

沈珍珍坐在床邊輕輕晃了晃陳益和，叫他喝點水，哪想到手腕卻猛地被一下子坐起身的陳益和握住，將她向前一帶，她整個人立即撲上了那寬闊的胸膛，手裡沒抓穩的水杯灑了水後，一把跌落在地上，滾得老遠。沈珍珍被水灑了個滿襟，一抬頭看見陳益和英俊的臉正笑嘻嘻地望著她，琥珀色的雙眼滿是喜悅的光，哪裡像是被灌醉的樣子？這一看哪裡還能不知？這廝絕對是故意的！她一時又是羞、又是惱，沒被握住的左手就在那強健的胸膛上捶了幾下洩恨，嬌嗔道：「好啊，你裝醉！」

「今天乃是大好的日子，我不知盼了多久，怎麼會輕易地喝倒？倒是我那勛衛的好弟兄姬商岐是真真醉了，被勛衛的其他人給抬回家了。」陳益和帶著一絲頑皮，解釋道。

沈珍珍看著自己被水打濕的紗裙，臉紅道：「明明沒醉，白叫我倒了杯水，還灑了。」陳益和擁住佳人，將其髮上的珠釵取下，沈珍珍黑亮的長髮瞬間披散下來，加之那瑩白如雪的玉肌映襯著，整個人看著如清水芙蓉一般，叫人看得滿心憐愛。

陳益和忽然伸出手，捧住了佳人的臉龐，嘆了一聲，臉上的笑意怎麼也止不住，還帶著無盡的滿足，輕聲道：「妳不知道，我曾經在多少個夢中見過這個情景，每次醒來都帶著無盡的失落，也知道妳那時年紀還小，並沒有將我放在心上。如今能得償所願，娶妳為妻，我很是歡喜，一顆心被裝得滿滿的。娶了妳後就會一生只對妳一人好，會讓我們以後的孩子幸福快樂，不像我一樣，好不好？」

沈珍珍聽著陳益和這番話，滿是愛戀的表白和包容，還有對未來的承諾，她愣愣地望著他盈滿燦光的雙眸，忽然就紅了眼眶，鼻子一酸，重重地點了點頭。這一生何其有幸，讓她遇見了一個這樣執著的人。從這一刻起，沈珍珍的整顆心都被陳益和占得滿滿的。她眼中帶淚，本就漂亮的杏眼在紅燭的照亮下格外水光瀲瀲。

陳益和捧住她的臉，似是捧住了最珍貴的寶物，在其額頭輕輕一吻道：「我的好娘子，快替為夫拆髮更衣，有道是春宵一刻值千金，洞房花燭最惜時。」

沈珍珍臉上一燒，替他解開了頭上的束冠，一頭微鬈的長髮披散在肩上，接著又細細地替他解開衣襟的扣子。這是沈珍珍第一次看見陳益和披髮的樣子，本就精緻的五官，披散著微鬈的頭髮，竟帶著一絲魅惑。

二人此時離得是那樣近，連呼吸都變得有些重，在這安靜的房內聽著是如此清晰。兩人漆黑的長髮也糾纏在一起，難捨難分。

陳益和修長的手指伸出，將對坐的兩人頭髮分別挑出一縷，細細地打了個結，微笑道：「從此與娘子結髮為夫妻，恩愛兩不疑。」

沈珍珍羞澀一笑道：「從此與郎君結髮為夫妻，恩愛兩不疑。」

此時，紅燭忽然爆出了火花的聲音，二人放下帷帳，才要開始體會這滿滿春宵之夜的美景。

屋子外面是一片深沈的夜色，在這樣一個初秋的夜晚，偶爾能聽見知了的鳴叫，而帷帳內則是一片春意盎然，情致無邊。

陳益和以前總聽勛衛中的同僚說，那男女情事之滋味好似漩渦，讓人陷入便不能自拔，過去他只是一笑置之，如今才真正體會了與有情人做快樂事，兩情相悅的魚水之歡是多讓人沈醉。

他就像是一個初入戰場的將軍，在這個陌生又新鮮的戰場上拓土開疆，衝鋒陷陣的感覺讓他身心愉悅、興奮無比。既無策略和兵書，只憑著自己的英勇和熱情橫衝直撞著，他深深地被這個戰場迷住了，無法自拔。明知不該如此放縱，卻不得不在這個時候順從身體的旨意。當他的汗水和沈珍珍的汗水混在一起時，所有的理智和思緒全部放空了，腦子中好像有一片浩瀚的夜空，先是偶有一、兩顆星子劃過，到最後變成無數星子劃過，帶著狂喜地推開阻礙的雲朵，照白了整個天際。

沈珍珍覺得自己像是身處一片幽暗的大海，她被那掀起的波濤推動著，既想要反抗逃走，卻又被吸引著，漸漸沈醉在這越來越湧動的浪潮中，一會兒上、一會兒下，左右蕩漾。那一波又一波強勢的海浪讓她無法呼吸，只得大口地喘著氣，隨著那波浪一波一波蕩到身體深處，忽然間，她覺得身體的火花隨處綻放，將她融化其中，不能自拔，只得緊緊地攀著那波浪，隨著忽而強、忽而輕的節奏，搖曳著身體，直到筋疲力盡，沈沈睡去……

大汗淋漓的陳益和憐愛地看著已經累暈過去的沈珍珍，輕吻了吻她汗濕的額頭，滿足地傻笑了起來。他輕手輕腳地下了床，端來水，細細地替沈珍珍擦拭一番，才為她輕蓋好薄被，看著她漸漸地睡踏實了。

看著她疲累的睡顏，他不禁有些懊惱自己不知輕重，沈珍珍畢竟是個弱女子，哪裡像他一樣身體結實、精力充沛？待他給自己也擦拭一番，換好衣服後，又輕手輕腳地走到了花燭前，看著那燭光，滿臉的柔和，暗自祈禱道：請讓我和娘子一生恩愛，姻緣美滿。

陳益和躡手躡腳地走回床邊，看到調皮的沈珍珍已經蹬開了被子，露出了腿，不禁笑著搖了搖頭，輕輕地躺在妻子的身邊，又重新給兩人蓋好被子。看著側臉面對自己的沈珍珍微蹙的眉頭，他忍不住伸出手去撫平，忽然聽見沈珍珍嘟囔了一聲，還伸手將枕頭掀了掀，想她大概是不喜歡這新的枕頭，便輕輕地抬起她的頭，將自己的左臂伸過去，讓沈珍珍枕著自己的左臂，右手擁住她，才漸漸也睡了過去。

這一夜，陳三郎與沈四娘結髮為夫妻，恩愛兩不疑。春意無邊芙蓉暖帳，道不盡的春宵苦短和歡愉，真真是妙……

第三十一章　新婚夫妻

陳益和平日早上總是要極早地入宮應卯，因此倒是養成了早醒的習慣。他側過臉一看身邊，就見沈珍珍不知不覺已經翻過身，縮到床角的牆邊去了，睡得正香甜。

陳益和怕沈珍珍睡得不舒服，只得試圖幫她伸開腿，讓她睡得舒展一些。他不禁輕輕地摸了摸她的臉頰，笑得很滿足，又輕輕地將手搭上她的小蠻腰，也閉上了眼睛，享受這早晨嫻靜甜美的時光。

待陳益和又瞇了一會兒，隱隱約約聽見陳七的聲音——

「郎君，卯正了，該起了。」

陳益和只得晃了晃熟睡的沈珍珍。

沈珍珍被陳益和晃了好一陣，才迷迷糊糊地睜開眼，轉過頭迷茫地看著陳益和。

陳益和一看沈珍珍那無辜的大眼，長長的睫毛忽搧忽搧的，覺得可愛非常。

沈珍珍這才不情不願地醒來，一看見是陳益和，才終於有了已嫁作人婦之感，也終於想起今日是要給長輩敬茶的，趕緊一個鯉魚打挺，翻身坐起，問道：「什麼時辰了？」

陳益和笑道：「卯正啦，我的小娘子。」

沈珍珍一聽都這個時辰了，剛要下床又覺得渾身痠軟，不禁臉色脹紅地道：「真是不公平，你倒好，整個人看著是神清氣爽的，我這身子就跟被馬車輾過一樣！」

陳益和一邊將娘子的頭髮理到她的耳朵後，一邊滿臉歉意地道：「昨晚……昨晚是我不知輕重，太過了，沒有顧及妳的身體，以後再也不會了，我保證。」

沈珍珍的一雙大眼波光流轉，嗤笑道：「若是信了你的話才怪！」

陳益和看著沈珍珍清早這嬌嗔的模樣，不禁心癢，想幹些壞事，卻又不得不克制，只得捧著娘子的臉輕輕吻上，一臉溫柔地道：「妳就是應該相信我，我答應妳的事情什麼時候食言過？我這就叫夏蝶進來幫妳收拾，母親派來的老婆子估計在屋外等著收元帕呢！」

沈珍珍一聽「元帕」，自然明白是怎麼一回事，不就是來驗收洞房成果的嗎？她臉一紅，點了點頭道：「你也快收拾，咱們得趕緊去給長輩請安，不能叫長輩們等。」

陳益和叫夏蝶進來幫沈珍珍梳頭，自己則細細地穿好外袍，束起頭髮。

沈珍珍速速讓夏蝶給自己梳了個回鶻髻，插上了一支金簪，整個人看著格外光彩照人。

陳益和上前取下了她頭上那簡單的金簪，轉而從小盒中拿出一支鑲滿了紅寶石的流雲狀金簪。「我母親雖然早不在了，但是給兒媳準備的禮物一樣也不少。」

沈珍珍一看，笑道：「真是好看，快給我插上！」

待二人收拾妥當，打開門，果不其然，門外站了一個老婆子，是趙舒薇的得力幹將。

此刻她一臉恭敬地道：「夫人讓奴婢來收元帕。」

陳益和微微一笑道：「有勞。」

新婚夫婦二人這就走去了前廳，廳中已經陸陸續續來了各房的人。

趙舒薇一看見二人，這郎君英俊瀟灑，娘子嬌媚明豔，真真是一對璧人，不禁撇了撇嘴道：「看看這小倆口子，一定是昨晚太折騰了，不看看現在都什麼時辰了！」

陳益和行了禮道：「母親說得是，以後我們定當注意。」

陳克松看了一眼趙舒薇，知道其沒事找事的毛病又犯了，轉而對兒子和新婦道：「時間剛好，待長輩們都到齊就準備敬茶吧。」

幾房的人陸陸續續都到了，總算是能在白天的時候正兒八經地看看陳三的娘子。眾人就看見沈珍珍乖巧地站在陳益和身旁，面帶微笑，本就是花一般的年紀，才要含苞待放，真是怎麼看都是嬌豔欲滴。

陳二郎偷偷對陳大郎說：「三弟是個有福的，娶的竟是個樣貌絕佳的麗人，二人站在一起真真是羨煞旁人啊！」

陳大郎點頭表示同意。

宏哥一進來，看見三哥、三嫂時征了一下。沒有了昨晚的濃妝豔抹，三嫂果然是清麗無雙，再看看她一臉嬌媚，應該是與三哥感情甚篤才對，他內心很是欣慰。

各房人到齊後，沈珍珍開始敬茶，眾人看著沈珍珍款款而行、不緊不慢，一一端起茶杯，行禮屈腿，動作都做得十分標準還格外好看，都暗自點頭，也難怪陳益和要娶她為妻，這樣的小娘子誰不喜歡？

陳克松喝了新婦的茶後，囑咐了幾句。他細細地看了幾眼沈珍珍，的確是個上佳的美人，又受過良好的教育，看著是個好的。

趙舒薇看沈珍珍端茶敬上，拿著團扇笑了一聲，伸出手要去接。

沈珍珍嫁來之前，就聽蘇姨娘細細叮囑過，面對陳益和的嫡母時，一定要謹慎小心，因此多了個心眼。她雙手捧茶，待趙舒薇摸到茶杯後，並沒有立刻放手，而是穩穩地將茶杯放到趙舒薇的手心，才妥妥當當地鬆了手，恭敬地說道：「母親，請喝茶。」

趙舒薇這時候也不得不裝裝樣子，點了點頭道：「乖。」一邊說著，趙舒薇一邊讓紫靜奉上了禮品盒子。「這是我跟妳父親的心意，希望你們好好過日子。」

「謝謝母親。」沈珍珍接過盒子，遞給夏蝶後，又開始敬茶。

陳益和則在一邊介紹這是哪個叔、哪個嬸。

長輩們都是笑臉相迎，紛紛給上祝福，並且誇讚陳益和娶了個美嬌娘云云。待敬茶認親結束，眾人這才散去。

這敬了一圈茶下來，沈珍珍覺得自己從腰到腿都不是自己的了，躺到床上，一時半會兒都爬不起來。

陳益和連忙殷勤地給妻子揉了揉腰腿，一邊揉一邊說：「今天真是辛苦妳了，所幸也就這麼一回。」

沈珍珍翻了個白眼，啐道：「呸，明明知道我今日要敬茶，昨晚還狠勁地折騰我，你可是沒安好心呢！」

陳益和臉一紅，道：「我的好娘子，一早起來就跟妳保證過，以後絕對不會了，妳怎麼又開始不依不饒了？小的跟妳賠禮道歉了，妳倒是原諒我一回。」

「真讓我原諒你？」

陳益和連忙道：「比真金還真！娘子以後說什麼就是什麼！」

沈珍珍一邊笑，一邊說：「那以後敦倫的日子由我定！」

陳益和一聽傻眼了，想了一下，卻又像下了好大的決心，道：「妳定就妳定，大丈夫一言既出，駟馬難追。」

陳益和這傻乎乎的保證，倒叫沈珍珍聽著是覺得格外窩心，連忙坐起來擰了陳益和的臉道：「真真是個傻子！」

陳益和一看沈珍珍這會兒開心了，不禁鬆了一口氣，伸手捧住沈珍珍的臉，兩人額頭碰額頭，格外親暱。「以後都聽妳的，妳過得舒心自在才是最重要的，嗯？」

沈珍珍覺得自己越來越架不住陳益和這溫柔的甜言蜜語了，自從成了親，這傢伙嘴裡說出來的話是一句比一句好聽，一句比一句能打動人。

這新婚夫婦房中是各種甜蜜，那陳大郎隨著父母回房後，香雪連忙上前請安。

二房夫人看了香雪一眼，拿著團扇搖了搖，慢慢說道：「哎喲，快看看咱們房中的美人，就是不如大房的。本來以為香雪是頂美頂美的人了，結果看看人家陳三娶的新婦，不是我說，那才叫絕頂的美人兒啊！瞧瞧那一笑，都讓我看得心旌動搖了，也難怪陳三之前一直看不上別人，要是我認識了這麼個佳人，眼裡可真真是容不下別人了！」

香雪聽在耳裡，痛在心上，她過去那麼渴望能一直跟著陳益和，如今看來，這輩子她跟陳益和是沒一點點的可能了。明明早已經知道這種結果了，可是怎麼一聽到他娶了新婦，心中竟然還像刀割一般地鈍痛？

陳大郎看香雪臉色不大好，又見父母已經走向他們的屋子，連忙說道：「我看妳臉色不大好，等會兒去休息一下。母親沒有針對妳的意思，只是今兒大家都被弟媳的容姿所折服，母親也是感慨罷了。」

香雪露出甜甜的微笑道：「奴婢只是早上看不見郎君，覺得心口疼痛難忍罷了，這會兒看到郎君自然就好了，哪裡還用去休息呢？」

陳大郎一聽，心裡自然是十分受用的，便伸手刮了一下香雪的翹鼻，偷偷道：「我自然也是想著妳的，今晚妳來我房裡。」

香雪臉一紅，嬌羞道：「奴婢知道了。」

陳大郎伸出手在香雪的腰上擰了一下，這才回自己的屋子了。

香雪臉上的笑容驟然消失，重重地絞著手中的手帕，內心升起了無名的火，卻無處發洩，只得恨恨地回了自己的小偏房。

新婚夫婦回門，那是老祖宗定下的規矩。不過才出嫁幾天的沈珍珍就已經開始想念家人了，就算不能見到阿爺、阿娘，回到大伯家看看伯娘、兄嫂以及馬上要離京的蘇姨娘，總也是好的。

陳益和本就是個細心的人，更不消說給沈家眾人準備的回門禮，那是挑了又挑、揀了又揀，才終於挑好了給岳丈家的禮物。

回門這日，夫妻二人一早起來收拾完畢，就興高采烈地牽著手準備出門了。陳益和一開門，沒想到門外的空地上卻跪了一個人，竟是在二房伺候的香雪。

陳益和一看來人，本是對著沈珍珍笑得甜蜜的他驀地冷笑了一聲。

被陳益和牽著的沈珍珍看著這一早上就跪在自己家門口，哭得是梨花帶雨、楚楚可憐的，好似平白受了天大委屈一般的女子，不禁轉頭眨著眼睛看看夫君該如何。

陳益和的臉色立即冷了下來，厲聲問道：「如今妳是二房的丫鬟，一大早跑到這裡做什麼？」

香雪哭道：「郎君看在我好歹伺候你那麼多年的分上，就讓我回來吧！俗話說得好，一夜夫妻百日恩啊！妾什麼都不求，只求能待在郎君身邊！」

「一夜夫妻百日恩?!」沈珍珍這一聽，差點甩開陳益和的手，卻愣是被陳益和握得緊緊的，沈珍珍扭了一會兒，只得作罷。

陳益和此刻倒是面無表情、無悲無喜，只是目光冷得厲害。「我竟不知我哪日跟妳做了夫妻？妳是專門挑這個日子來讓我們夫妻不痛快的。我今兒依舊和顏悅色，不是因為對妳有任何憐惜或是同情，而是因為今兒是我夫妻回門的日子，所以我不願大動干戈。妳若是現在走人，我就當沒見過妳，不然……」

今日香雪心中的各種不甘已經悉數發作，哪裡還顧得了要怎麼收場？何況以前她做錯事時，郎君也沒將她怎樣，因此她的膽子不免就大了幾分。

陳益和畢竟跟香雪主僕了那麼多年，看見香雪一臉的倔強就知道她心裡所想，於是不期然就笑了，笑顏格外的燦爛，點了點頭道了一聲「好」，緊接著又問道：「我問妳一句，若是妳老實回答，我就考慮。」

沈珍珍一聽，斜眼看過去。

陳益和本就握著她的手，這會兒更是攥得緊緊的，不容她淘氣。

「今日，是誰讓妳來的？」

香雪咬了咬嘴唇道：「……是奴婢自己思念郎君，與別人無關。」

陳益和的眼睛一直看著香雪，幽幽的眼神好似洞穿了一切。

香雪猶豫半天後，才好像下了極大的決心道：「是……是夫人。」

陳益和一聽，忽然大喝一聲。「來人！」院內的幾個家丁立即聽命而來。陳益和指著地上的香雪道：「給我將這不知天高地厚的丫頭捆起來，扔到母親跟前，問問一大早這婢女從二房而來，說是受了夫人的指示，在這兒跪求著要到我房中伺候，到底是怎麼一回事？」

幾個家丁們你望望我、我望望你，都覺此事頗為棘手，這根本是兩邊都得罪人的事啊！

陳益和冷笑道：「怎麼，你們今兒是騎到我頭上了，我還使喚不動你們了？」

幾個家丁聽出三郎君的怒氣，連忙拖著香雪走了。

香雪一邊被拖著，一邊大聲哭喊。

早早去門外備馬的陳七等了半天都不見郎君出來，趕緊走進來查看一番，就看見此景。

陳益和揮了揮手，命令道：「你到二嬸的院子去傳個話，就說香雪瘋魔了，跑回了大房，正求著夫人要回來，夫人已經答應了。」

陳七一聽郎君的損招，偷笑了一聲，這就準備要走了。

陳益和笑罵了一聲。「敢笑話爺？快去！之後直接去馬車處。」

陳七於是急匆匆地跑到二房的院子，對著二房的下人添油加醋地說了一番。二房的下人們又加油添醋地說給二房夫人聽，於是得了信兒的二房夫人這回真真是惱怒了，帶著幾個婆子，氣勢洶洶地朝著趙舒薇的住處去了！

沈珍珍一邊跟陳益和往外走，一邊笑，已不見了剛才的小脾氣。「哎喲，這敢情就是那個爬床不成，被提溜到二房的那個香雪啊？果然是個沒腦子的。」

陳益和看著笑得嬌憨的妻子，伸出手刮了一下她的鼻子。「知道妳還跟我鬧脾氣？」

「我那是配合！別人演戲演得那麼真，咱們總不好太置身事外啊！」

陳益和笑了一聲，覺得他和沈珍珍真是天生一對的夫妻。「我看香雪今天是不能善了了，所以就讓母親和嬸嬸活動活動嘴皮子吧，省得二人成日都是沒事找事的主兒。」二人邊說邊朝外走去，上了馬車。

不一會兒，陳七就急匆匆跑來了。

陳益和點了點頭，道：「咱們這就出發了。」

第三十二章 回門

且說這一對新人經歷了一個小插曲後，終於從長興侯府出發去往沈府。在沈府中的一干長輩倒是等得有些心焦，蘇姨娘已經開始打包行李，準備南下了，就指望著今兒能見見女兒，自己心安，回去也能跟大人有個交代。

沈珍珍下了馬車後，恨不得連奔帶跑，不顧任何淑女形象，可陳益和就是不鬆開妻子的手，換來了娘子無數的白眼。

沈大夫人聽了下人來報，笑道：「咱們的新姑爺來了，老爺可別等上火了。」

沈大老爺摸著美鬚，點了點頭道：「總算沒有太晚，不然我可要好好說教說教，到底是出自禮儀之家，怎地做事就不守禮了？」

沈大郎因為父母不在身邊，頗有身為兄長的自覺，也在前廳正襟危坐，只等著新婚妹妹和妹夫的到來。這一看到沈珍珍和陳益和進門了，那是眉開眼笑的。

沈家人一看沈珍珍氣色頗好，整個人洋溢著光彩，看來小日子過得還是不錯的。

陳益和給長輩們一一請安，眾人都對這個新姑爺很滿意。

沈大郎身為陳益和多年的同窗好友，如今看著這好友變成了妹夫，覺得陳益和與自家還真是緣分不淺。

不一會兒，陳益和就被沈大老爺拉到書房去了，美其名曰聊聊。

沈珍珍則被沈大夫人跟蘇姨娘拉到了房內說著女人們的悄悄話。

沈大郎看看兩邊，一時不知道自己該去哪裡，楊氏遂笑道：「你還是跟大伯和妹夫說說學問去吧，看書這麼多天也累了。我去廚房看看熬的下火的梨湯好了沒，大熱天的，喝了還能潤肺清燥。」

沈大郎不忘喊道：「別忘了給我的梨湯裡加點蔗糖。」

楊氏沒好氣地道：「忘不了！」

蘇姨娘見到女兒氣色如此好，自是放心了不少，悄悄地問了沈珍珍和陳益和的閨中事。沈珍珍一聽是臊得恨不得鑽到地下去，只小聲道：「這讓人家怎麼說嘛，多難為情！」

蘇姨娘聽見沈珍珍這嬌羞的語氣，便放下了心，看來是琴瑟和鳴。

沈大夫人道：「那有甚難為情的？無非就是問問妳好不好，看妳這樣子，倒還像是個未出閣的小娘子。」

沈珍珍氣倒，只得悶悶道：「人家出閣了也還是不好意思說啊，大伯母快別問了。他哪裡都挺好的，對我也頗為體貼，生怕我不自在，倒叫我覺得很窩心。」

另一邊的陳益和在沈大老爺房中聽沈大老爺談談為官之道，倒也是受益匪淺。雖然他為武官，沈大老爺為文官，但總是有相通之處的。沈大郎則在一邊時不時地加入對話，這三個男人倒也說得熱火朝天。

待新婚夫妻分別被問得差不多了，楊氏突地到女眷這邊，道：「門外有人來傳話，說是給咱們珍珍和蘇姨娘下帖子。」

蘇姨娘一聽忽然愣了，很是詫異。「還有我？」

楊氏道：「說是大長公主府的帖子，這是接還是不接啊？」

沈大夫人立即道：「當然得接！是丁是卯，妳們隨我去看看。」

沈珍珍想起了大長公主那天看自己的眼神，又看了看蘇姨娘，果然如自己所猜測的，姨娘怕是與大長公主府的人有淵源吧？但是姨娘明確說過自己生長在隴西啊，這中間難道有什麼誤會？

幾人走到前廳看個究竟，來人正是大長公主的心腹——董大娘的兒子，王天保。

王天保在王府裡因為他娘的關係，也算是頗受重用，加之又是個機靈懂事的，所以大長公主喜歡使喚他給自己辦事。王天保以前也經常見駙馬，這一看見蘇姨娘，直接就愣住了，樣貌真真是太像了！

沈珍珍看見此人奇怪的反應，更加堅信這事不簡單。

王天保也覺得自己有些失態，忙將大長公主的吩咐說了一遍。「大長公主日前見了沈娘子，覺得頗為投緣，想邀沈娘子和其姨娘一起，明日未時至大長公主府作客。」

沈珍珍點了點頭表示知道了，明日就帶著姨娘赴大長公主府上。

王天保完成了任務，這才離開。他表面看著正常無異，但是內心卻如驚濤駭浪一般，無法平靜。這……這小戶人家的姨娘竟然長得如此像駙馬，究竟是怎麼一回事？

大長公主的帖子來得莫名其妙，還就在蘇姨娘馬上要南下之前。待陳益和等人走出書房後一聽，也覺得此事頗為蹊蹺。

沈珍珍將自己心中的疑問道出。上次見到大長公主時，她說自己的眼睛長得像故人之眼，可是她這雙眼睛真真就是跟蘇姨娘的雙眼一模一樣，她猜測蘇姨娘跟大長公主可能有何淵源，因此便舊事重提，再問了蘇姨娘一遍。

蘇姨娘的確是一頭霧水，自己從小生長在隴西，哪裡見過什麼貴人，更別說是大長公主這種身分的了。何況依照她家當年的狀況，真不像是跟富貴人家有何淵源的，否則何至於到那種家破人亡的地步？

沈大老爺只得安慰眾人道：「大長公主雖然貴為皇家公主，但是還沒聽說過仗著皇家的身分做出什麼逾越的事情來，妳們放心去吧，不會有事的。」

陳益和也在一旁道：「我明日下午會去大長公主府外等著，若是妳們遲遲不出來，我便進去要人。」

蘇姨娘在一邊看著陳益和對沈珍珍這般在乎的樣子，心裡一時之間百味雜陳，高興的是，她十月懷胎的女兒找了個好歸宿；可惜的是，這種被人捧在手心珍惜的感覺，她這輩子大概都無法體會了。不過這樣也好，她本就是為夫人分憂才嫁給了老爺，當年夫人生了雙生子後傷了身，夫人怕老爺家有說詞，才抬了自己，而她這輩子最大的恩人就是夫人，就是做牛做馬她也是心甘情願的，且沒有非分之想才能獲得平安喜樂。這麼一想，蘇姨娘本來有些起伏的心情又變得淡定沈著起來。不管前方在大長公主府等待她們娘兒倆的是什麼，她都會護住自己的女兒。

一家人一起吃了頓晌午飯，有說有笑，並沒有太刻意地再提起關於大長公主的事情。到下午，夫妻二人就該離去了。

沈大夫人看著陳益和，笑得有些狡詐。

陳益和被大伯母這目光看得有些毛，連忙問道：「大伯母可是有事？」

沈大夫人才笑道：「唉唷，其實也不是什麼大事啦，你知道的，我在那甄選書局是投了錢的，這不，去年印的美郎君圖冊賣得太好了，又要加印，發售那天你來露個臉吧？」

沈珍珍一聽，立即反對。「大伯母，他現在可是我夫君，妳……妳這是叫我如何啊？」

沈大夫人一聽，笑了。「珍珍啊，不過是叫妳夫君去露個臉而已，又不是做別的。再說了，妳可別小看我們甄選書局啊，妳看看妳那豐厚的嫁妝，可都是靠它來的啊！」

吃人的嘴軟，拿人的手短，沈珍珍這會兒也不好意思說出個一二三來了，只得伸出手指道：「僅此一回，大伯母。」

沈大夫人笑得跟一朵花一樣。「一回就成、就成！」

於是夫妻二人在親人的目送下離去了，坐在馬車上的沈珍珍笑話陳益和人紅是非多。

陳益和無奈地說：「還不是因為人家大伯母給妳出了嫁妝，我這可是為了娘子而去。」

沈珍珍一時詞窮。

二人正說得興起時，馬車忽然停了。陳益和掀開車簾看個究竟，原來這道路本就窄，迎面來的馬車卻十分大，一時之間兩輛馬車都堵在路中央了。

那輛大馬車的車夫喊道：「怎地你們還不給我們讓？快讓讓！」

陳七道：「明明你們的馬車只要後退一點就能到路口了，待我們過去，你們便可行，我們後面的路口距離可甚遠。」

那對面的車夫頗不耐煩地道：「就憑你們那馬車，也是我們府上的馬車讓的嗎？」

這話說得是狂了！陳益和伸出手按住陳七的肩膀，笑道：「今兒這情況在西京還真不多見，若是你這馬車不後退，我們還真就堵在這兒了。」

沈珍珍按捺不住內心的好奇，探出頭問道：「相公，可是出了什麼事？」

這聲音一出，對面馬車的車簾立刻被掀開，露出一張熟悉的臉來——原來竟是久未見面的蕭令楚！陳益和一看是蕭令楚，連忙把沈珍珍的頭按了進去，放下車簾，笑道：「原來是蕭郎君！這是從揚州到了西京？」

蕭令楚強忍住內心的激動，故作平靜道：「不過來了幾日，為了備考明經科。沒想到在這裡碰見陳郎君了，這是要去往何處？」

陳益和連忙答道：「今兒是攜內子回門的日子，剛剛才從內子的大伯家而出。蕭兄在揚州不知可曾聽說了，我那內子便是沈家四娘子。」

蕭令楚點了點頭，命令車夫道：「退回路口，給他們讓路，都是舊識。」

蕭令楚一發話，那車夫哪裡還有半分狂？連忙點頭哈腰，一邊囑咐蕭令楚坐好，一邊駕著馬向後退去。

陳益和連忙抱拳致謝，笑道：「今日多謝蕭郎君，某和內子都銘記在心，若是哪日蕭兄有空，咱們再好好敘舊，我們先行一步了。」

蕭令楚面無表情地目送陳益和的馬車離開，眼光久久不願收回。在揚州，初聽到陳益和要娶沈珍珍時，他心痛如刀絞，如今看到反而覺得不那麼心痛了。陳益和的確是配得上沈珍珍的好兒郎，至少他願意為沈珍珍做的，自己做不到，就憑這一點，自己已經輸個徹底。在來西京前，他自覺已經將所有事情想了清楚，並且忘記了沈珍珍，卻原來不過是自欺欺人，他還是一耳朵就能聽出她的聲音，可惜的是佳人已作他人婦，叫人如何不唏噓？直到陳益和的馬車再也看不見了，蕭令楚才放下車簾，吩咐車夫繼續前行。

馬車的轂轆又開始轉了起來，他和沈珍珍也朝著不同的方向，越走越遠……

坐進馬車的陳益和看了看妻子。

沈珍珍嘟著嘴道：「你幹什麼那樣使勁地按我的頭？不知道人家痛呢！」

陳益和連忙捧起妻子的頭，吹了吹。「還疼不疼，嗯？跟我裝嬌氣是不是？說我小氣也好，就是不准妳跟他說話，我看著難受，誰叫我這麼在乎妳。」

沈珍珍的臉忽然就紅了，一拳捶上夫君寬闊的胸膛，嬌嗔道：「小氣鬼！不過看在你這麼在乎我的分上，我就不跟你計較了，這叫宰相肚裡能撐船！」

二人在馬車上說笑，一會兒便打鬧成一團，陳益和不禁有些情動，可這大白天的，還是在馬車上，因此只得恨恨地揪著沈珍珍的袖子，一臉壞笑道：「到晚上可有妳哭的時候！」

沈珍珍與陳益和剛回到府內沒多久，就聽留守在侯府的夏蝶彙報了府內大事——今日自從小夫妻離開後，眾人也沒閒著，家中是雞飛狗跳了好一陣子。先是二房夫人率領兩個膀大腰圓的婆子，來勢洶洶地去了大房院子，二話不說右手啪啪甩上去，就給了香雪幾個耳光，接著趙舒薇都還沒反應過來是怎麼一回事前，二房夫人就坐在地上哭了起來，是既撒潑又打渾，口口聲聲說趙舒薇仗著自己是侯府夫人的身分，要叫他們二房沒臉云云，可把一干人等的眼珠子都驚到了地上！這鬧得也太過了，根本不像是大戶人家出來的女子啊！

趙舒薇壓根兒沒反應過來是怎麼回事，她的確授意香雪去搗亂來著，可是這事怎麼就被這難纏的弟妹知道了？她本想著等弟妹不哭了、好好說話時再提提條件，此事便可了結，豈料二房夫人這回可不像上回那麼好說話，跳起來就直奔陳克松的書房，口口聲聲要討個說法！結果就因為香雪，這後宅的是是非非竟鬧到了侯爺那裡。

陳克松本就不待見香雪，知道其不是個省油的燈，就知道興風作浪，再一看趙舒薇心虛的樣子，心裡真是厭煩至極，因此也就毫不顧忌趙舒薇的臉面，直接訓斥上了。這侯府夫人被夫君當著眾人的面狠狠說了一番，真真是又怒又羞！而主角香雪更慘，被陳克松直接叫人打了二十板子後，奄奄一息地被拖了下去，不知是生是死。

夫妻二人細細聽了這來龍去脈後，沈珍珍感慨道：「這都叫什麼事情啊？亂七八糟的！都是貪心不足蛇吞象，每個人都在算計，卻不知在別人眼中都是鬧劇，何苦來哉？不過夫君，你今日這小計，可是能讓夫人喝一壺了！」

陳益和笑道：「誰叫她專門挑這個日子來找咱們的不痛快呢？我原本一直敬她，卻沒想到使她變本加厲。我看我那嫡母就是個核桃，要被父親定期敲打敲打，才知道收斂一些。不過妳的話也是沒錯，這些烏七八糟的事還真都是貪心鬧出來的。可是話又說回來，這世道能有幾個不算計的？且不說官場上的爾虞我詐，就拿這後宅來說，這裡可是妳們女人的天下，女人心海底針，鬧起事情來也是不小的，要不就說哪個大戶人家的後宅還沒點事？」

沈珍珍起身蒙住夫君的雙眼，使壞道：「雖說這後宅是女人的天下，可是你看我們沈家那麼簡單，我從小就沒體會過你說的那種算計，這一來可把我嚇壞了，若是我被人欺負了呢？你幫還是不幫？」

陳益和將妻子的手一扳，手上一使勁，將人帶進自己的懷抱，輕聲道：「瞧妳，這話問得多傻！我自然是要一直保護妳的，但是我每日要出門當值，妳在這後宅中總要懂得保護自己，凡事要精明一些，嗯？」

沈珍珍噘了噘小嘴。「你別小看我，我姨娘可厲害著，今兒還跟我說了很多呢！」

聽沈珍珍一提起蘇姨娘，陳益和就想起了這麼些年來，他見到蘇姨娘的樣子。蘇姨娘其人是個美人，在後宅中老實本分，人無論走到哪裡都不失禮節、不卑不亢、波瀾不驚，實在不像個一般女子。陳益和又想起明日妻子要跟蘇姨娘去大長公主府，不知這其中究竟是有什麼緣故？特別是那日見到大長公主和安城公主一起，他還真怕這其中會有什麼牽連。

沈珍珍看陳益和有些愣神，狠狠捏了他一把，嬌嗔道：「想什麼呢？都傻了！」

陳益和笑著搖了搖頭，努力理清自己的思緒，這才開始把自己知道的、關於大長公主的事情跟妻子說道說道。

第三十三章　大長公主府之行

要說大長公主是天之驕女，真是一點都不為過。大長公主雖不是口含金湯匙出生，祖上不是世家，可人家是皇家公主啊！雖然眾皇家公主的地位不同，但是大長公主絕對是皇家的一顆璀璨明珠。她阿爺就不消說了，英勇善戰，黃袍加身成了真龍天子；她阿娘是皇帝的元配，後被封為皇后；她阿兄則是太子。未出閣前，在西京城她絕對是能橫著走的小娘子。

按道理，大長公主應該是個驕橫、沒腦子的公主典範，例如現在的安城，不過大長公主小時候她阿爺還沒當上皇帝、她自小又得皇后親自教導，長大後不僅出落得美麗嬌豔如牡丹，還是個既懂事又有城府的，因此深受皇帝和兄長的喜愛，當年想做駙馬的人在西京可真不少，畢竟窈窕淑女，君子好逑嘛！

但是當年朝廷新建，世家的實力依舊強勁，特別是皇帝能做上皇帝，當年打仗也沒少了世家的幫助，世家們養的部曲（注）們也算得上是拿得出手的。琅琊王氏為世家之首，自然是皇帝首先需要拉攏安撫的對象。一般權貴人家聯絡感情的最好辦法自然是聯姻，可惜皇帝當年是草莽出身，整日征戰，哪裡有時間操心開枝散葉的事情？因此到了要聯姻的時候，這適齡的公主僅僅只有大長公主一人，可叫皇帝苦惱了好一陣子，本就是養在自個兒身邊長大的嬌嬌女，哪裡能捨得她遠嫁啊！

注：部曲，泛指軍隊。

最後，反倒是深明大義的大長公主本人願意遠嫁，為父母分憂。女兒這般懂事，可惹得皇帝和皇后夫婦倆是既心酸又不捨，唯一能做的便是在陪嫁的嫁妝上更加用心。最後，大長公主嫁給了當時琅琊王氏嫡支，聽說當年光是大長公主的送嫁隊伍運的那些嫁妝，就讓西京的百姓看花了眼，過了好久還是被人們津津樂道。大長公主有身分，人又美，還帶了豐厚的嫁妝嫁去了王家，這婚後聽說日子也是過得順風順水，頗得夫君寵愛，琴瑟和鳴，與駙馬二人生有兩子。

沈珍珍聽夫君講了講，知道了個大概後，更加覺得匪夷所思了。這大長公主聽著高高在上的，跟他們這種小門小戶能有什麼關係呢？夫妻二人都沒想出個所以然來，只得晚上收拾收拾，早早安歇了。因為陳益和婚假休了幾日，第二日就要繼續去近衛應卯了。

帶著對問題的思考，沈珍珍也迷迷糊糊地睡了，夢裡各種光怪陸離，竟然還夢見了蘇姨娘抱著大長公主哭……

第二日，陳益和起床後早早走了，吩咐夏蝶過陣子再叫醒沈珍珍去給母親請安用飯。待沈珍珍暈暈乎乎地起來後，連忙去給趙舒薇請安。

趙舒薇前一天被侯爺訓斥後，心情極度不佳，見了沈珍珍自然沒個好臉色，只是昨兒個剛得了警告，今兒個也不好生事，只得按捺住心中的怒氣，假笑道：「起得夠早的啊，也不看看什麼時辰了。」

沈珍珍低頭道：「母親說得是，珍珍剛剛嫁進來，凡事還靠母親指點呢！」

趙舒薇一看這小娘子倒是個聽話的，以後說不定是個好控制的，加之家裡又是個小官，日後不怕不好收拾，於是揮了揮手，做不耐煩狀。「行了行了，一起用飯吧！」這時宏哥也來了，趙舒薇立刻眉開眼笑，連帶著對沈珍珍也和顏悅色了些，不急不慢道：「行了，都一起用飯吧。妳是新婦，該有的規矩也不能少，省得叫人笑話。」

沈珍珍自動將這話理解為——作為新婦，妳就不需上桌吃飯了，一邊伺候先！

宏哥看見沈珍珍聽話地忙前忙後，還幫著將飯食端上桌，忙起身道：「阿嫂，我來幫妳，看妳一人辛苦，倒叫我如何坐得住？」

沈珍珍仰起頭甜甜一笑道：「六郎君不必客氣，這些都是我該做的。」

沈珍珍這甜美的一笑，都快叫宏哥不知道東南西北了，腦子暈乎乎的，耳朵也立刻燒了起來，他只得轉身坐下，不好意思地衝母親笑了笑。

宏哥是趙舒薇的兒子，他的一舉一動、一個表情，都能被她看穿。趙舒薇忽然覺得是時候給宏哥訂親了，這孩子如今已經到了年紀，該去娘家早早說說宏哥的婚事了，好叫兄嫂心中有數。

僅僅這半天，沈珍珍便體會了為人婦的不易，伺候完早飯，還要操心晌午飯，真真是沒有休息的時候。在沈府時，都是蘇姨娘幫助沈二夫人分憂的，在這侯府裡，無人分憂的沈珍珍內心覺得很憂傷。

這好不容易熬過了晌午，沈珍珍收拾之後，將自己打扮得大大方方的，乖乖地跟嫡母報備了要出門。

趙舒薇一聽是大長公主叫著去的，也不好說什麼，就放人走了。

沈珍珍坐著侯府的馬車，去沈家接了蘇姨娘後，就一起前往大長公主府，母女二人都不知前方等待著自己的是什麼。沈珍珍還煞有介事地再問了一次蘇姨娘是否跟大長公主有舊識，被蘇姨娘一口否定，沈珍珍想想也覺得沒什麼可能，只得不再問，只等著到了大長公主府來揭開心中的重重謎團了。沈珍珍與蘇姨娘在去往大長公主府的馬車上忐忑不安，不知道大長公主府裡等待著她們的究竟是什麼。

蘇姨娘雖說一直是最淡定的人，但是此次實在太匪夷所思，搞得她也不得不有些七上八下之感。

沈珍珍與蘇姨娘不一會兒就來到了大長公主住的府邸，偌大的府邸就坐落在興慶宮附近，從外面看著，整個院子被高大林立、鬱鬱蔥蔥的樹木圍繞著。此時雖已是初秋，這裡依舊一片鳥語花香、竹枝交錯，看著就讓人有心曠神怡之感。

大長公主此時在自己的府內焦急地等待著，來回地踱步，年紀雖然不小了，可是這踱步倒是越來越快，這會兒她已經迫不及待地想見見這個蘇姨娘了。派出去的人查了又查，沈二夫人是不可能的，沈珍珍根本不是其所出，而查蘇姨娘的線索到了隴西就全斷了，這婦人就像個謎一般，概因時間實在是過去太久，很多事情也就更難追溯。大長公主踱步加上心急，此刻就覺得有些熱，只得拿著團扇不停地搧。忽然，一聽下人來報，說有客來，她連忙走到廳外，想看得遠一些。

立在一旁的董大娘趕忙來扶，生怕大長公主摔著了。

大長公主看見了跟在下人身後款款而來的母女倆後，手中的團扇驀地掉到了地上，剎那間，多年來她尋找女兒、思念女兒的辛酸一股腦兒地湧上了心頭，本以為這些年來自己已經修練得刀槍不入了，卻發現自己在這一刻竟是脆弱得不堪一擊。

沈珍珍攙蘇姨娘給大長公主低頭行禮，只聽見一聲「免禮，抬起頭來」，母女兩人這才站直，抬起了頭，看著就如一對姊妹花。

蘇姨娘這才看見大長公主的模樣，一時之間有些愣神。儘管大長公主已經上了歲數，可還是能從她現在的模樣窺見其年輕時的美，應該是十分張揚的美。

大長公主使了個眼色，董大娘心領神會，忙上前問道：「沈家姨娘，不知能否看一下妳的胳膊？」

蘇姨娘雖疑惑，但仍點了點頭，捋起了袖子。

董大娘看了一眼，嘴裡不禁念叨道：「果然是妳……」

大長公主本就心急，一看董婆子半天沒反應，此刻也顧不得自己的地位和氣度，自己走上前來查看。當她看到那塊獨特的胎記時，先是一愣，忽然就掉下淚來。

蘇姨娘只覺得莫名其妙，但在看到大長公主老淚縱橫的時候，竟覺得心痛難忍。

大長公主一把抱住蘇姨娘，哭道：「我的女兒啊！這麼多年來阿娘總算是找到妳了！」

站在一旁的沈珍珍被這句話嚇了一跳，姨娘竟然是大長公主的女兒?!天下間還有如此匪夷所思的事情？

董婆子看大長公主情緒激動，怕對其身體不好，只得勸道：「公主，快坐下。」

大長公主抹了一把淚，道：「對對對，快來坐下。」

蘇姨娘此刻正在呆傻狀態，待渾渾噩噩地坐下後，才問道：「公主，您可是認錯了人？奴婢自小生長在隴西，怎麼可能是您的女兒？」

大長公主嘆了一口氣，娓娓道來當年發生的事。世人都說她貴為皇家大長公主，出嫁到王府後就一直順風順水的，其實那都只是表象，生活如何，冷暖自知。

當年，她嫁到王家，的確是與夫君相敬如賓，卻也僅此而已。大長公主的駙馬乃是王氏嫡支的嫡次子王五郎，從小頗受疼愛，是個聰明好學之人，文采出眾，上面有個親大哥王三郎很出色，是一家人最驕傲的少年郎君，因此作為嫡次子的王五郎年少時的日子過得很是愜意，除了學習，還畫了一手好畫。

然天不遂人願，哪想到當年王三帶著家中的部曲支援大長公主之父打仗時，從馬上摔下來，傷了腿，從此只得在床上度日，而王五不得不擔起家中的責任，成為這輩中被寄予厚望的人，王五因為大哥的遭遇，因而對皇家充滿了厭惡。

待王家與皇室聯姻時，王五郎自然就成了王氏中最合適的郎君，娶了大長公主，可他本就對皇室不喜，如今卻因為要顧全大局，不得不當這個駙馬，心中的憋悶感就別提了，但是為了家族以及受過的良好教育，他只能維持表面上的相敬如賓，對大長公主不冷不熱。

大長公主婚後兩年誕下長子後，才與駙馬親近一些，但是駙馬仍然不喜歡大長公主，儘管大長公主長得十分美豔。

直到一次與友人的聚會，駙馬竟喜歡上一個胡姬。那胡姬十分了得，不僅人長得美，跳起舞來也分外妖嬈，一曲胡旋舞不知能轉多少個圈，在寫字和畫畫上也有些造詣，這可不就是駙馬的興趣所在？於是，駙馬便將這胡姬帶回了府，一來二去竟也被這胡姬纏得是如膠似漆，隔三差五便要去胡姬那裡過夜。

大長公主身為皇室公主，看問題自然以全局為重，何況有了孩子後，將更多的重心轉移到長子的身上，也就不管那麼多了，反正日子過得去就行。

只是她不找事，總有那興風作浪的人找事。那胡姬倒是個心大的，不甘於一直沒名沒分，想要誕下子嗣，可是當時大長公主的婆母極不喜歡胡姬，認為她是個西域來的狐狸精，故一直讓其喝避子湯，誰知那胡姬竟躲過幾回，懷上了孩子。

再後來，胡姬的孩子忽然莫名其妙地就掉了，這時大長公主卻懷上了，結果竟被那胡姬恨上了，認為是大長公主奪去了她的孩子。因此，待大長公主臨盆誕下女兒後，胡姬便策劃著將孩子遠遠賣掉，讓大長公主也同她一般經歷喪子之痛。

駙馬對這新誕生的女兒頗為喜愛，概因這小囡囡的眉目跟他自己的眉目太像了，因為女兒，他才多了些對大長公主的喜愛。大長公主本以為一家人終於可以好好過日子了，誰知那胡姬趁著一家人去寺廟祈福時，買通了大長公主身邊的丫鬟，將不到一歲的女嬰偷出去賣掉了！回到府裡的眾人發現尊貴的小娘子不見了，大長公主當場就暈倒了；駙馬因為女兒不見而氣急敗壞；王老夫人知道孫女不見了，便開始找人查。最後查出是胡姬做的時候，孩子早已經不知去向了。

駙馬知道了胡姬的所作所為，勃然大怒，從此王府中再無此人。駙馬反而因女兒的事情對大長公主心存愧疚，開始反思自己，畢竟女兒丟了的事情是胡姬鬧出來的，胡姬若不是一直被他寵著，也不會有今天這事。自此，駙馬與大長公主二人的感情才算是慢慢好轉，但一直派人找的孩子卻杳無音信，直到駙馬去世前，還惦記著這個不知是生是死的女兒。

蘇姨娘和沈珍珍都被這個故事驚呆了，沒想到大長公主真實的生活是這個樣子，難怪說傳言不可信，跟真實生活可真是差了十萬八千里啊！

蘇姨娘輕聲道：「那您又怎麼知道我是那個孩子？」

大長公主忽然笑了，帶著一絲得意地道：「因為妳的胳膊上有個獨特的胎記！當年生下妳，我還細細看過那個胎記，別人都是顏色發青，而妳的卻是發黑，並且形狀如新月。再說，妳的樣貌跟駙馬長得太像了，妳若是在這府裡走一圈，見過駙馬的都會驚嘆妳跟他長得極像。那日我看見沈四娘，發現她的眼睛跟駙馬如此像便十分懷疑，直到今天見了妳，我就全明白了，她那雙眼睛可不就像妳！我現在十分肯定，妳就是我那苦命的女兒啊！」

蘇姨娘聽大長公主說得是樣樣在理，被大長公主這麼一說，情緒竟然有些失控，差點就要掉下淚來。

大長公主哭道：「阿娘知道妳過得不好，若是在咱們家長大，哪能去做個妾？都是阿娘不好啊！」大長公主捶胸頓足，十分傷心。她的嬌嬌女，琅琊王氏的嫡女，竟然給一個小官做了妾，得整日看正妻臉色、伺候人！

蘇姨娘搖了搖頭，道：「夫人對我很好，她是我的救命恩人，我就算做牛做馬都是心甘情願的。」

大長公主急道：「妳是上了我王家家譜的人，只要妳恢復了姓名，跟那小官和離，阿娘就給妳找個好人家做正頭娘子！」大長公主看蘇姨娘並沒聽進去自己的話，連忙又道：「阿娘不是逼妳，阿娘只想在我有生之年安排好妳的生活，這樣我以後也才能安心地去見妳阿爺啊！」

董婆子此時極為有眼色地絞來帕子給大長公主擦了擦臉，母女倆才能好好說事。

對於蘇姨娘來說，回憶過去並不是一件容易的事，她也從未對別人細說過。此時被記憶突襲的蘇姨娘終於當著自己母親和女兒的面，開啟了她埋葬許久的記憶，說起那段不堪回首的往事……

——未完，待續，請看文創風407《成親好難》下

2016年5月出版

成親好難

文創風 406～407

他俊美無儔，群芳爭睹，炙手可熱的程度直比衛玠，
偏偏他長情得很，打小就對她情根深種，只喜愛她一人，
除卻她，誰都無法令他動情，若能娶她為妻，此生無憾矣……

所謂伊人，在水一方／夏語墨

沈珍珍雖是個姨娘生的庶女，可卻自小就被養在嫡母身邊，
嫡母養她跟養眼珠似的，那是打心裡寵著、溺著，就差捧在手裡了，
說真的，從小到大，她的小日子過得實在是極其愜意無比啊！
可突然間，那高高在上的皇帝老兒卻下了道配婚令——
女子滿十二歲，男子滿十五歲，須於一年內訂婚，一年半內行嫁娶之禮！
這配婚令一出，立即引起了軒然大波，家家戶戶是雞飛狗跳、忙著說親，
眼看著她的婚事是迫在眉睫了，可問題是，這新郎倌連個影子都沒啊！
就在此時，長興侯的庶長子兼她大哥的同窗摯友陳益和居然求娶她來了！
這個人沈珍珍是知道的，為人聰慧內斂又知進取，日後定有一番大作為，
不過，在建功立業而立身揚名之前，他卻先因顏值爆表成了談資，
全因他堂堂一個大男人，卻生了張傾國傾城、比她還美的臉，
甚至，他還登上了西京美郎君畫冊，成為城裡眾女眼中的香餑餑，
就連皇帝的愛女安城公主都為他著迷不已，求著皇帝招他當駙馬，
嘖嘖嘖，他這麼做，豈不是為她招妒恨來著嗎？
可眼下看來，他是最佳人選了，要不……她就湊合著嫁吧？

2016年4月出版

暖心小閨女

文創風 398～400

「五哥，我只恨不是男兒身，
不能回報你一二。」
唉，幸好妳不是男兒身呢！
這傻丫頭，究竟啥時才能開竅啊？

兒女情長 豪情壯闊／醺風微醉

從鬼門關前走了一遭，姚姒重新回到九歲那一年，
這一年母親遭人陷害葬身火窟，她因而被祖母幽禁長達數年，
唯一的姊姊抑鬱寡歡以終，最終她也心如死灰，遁入空門……
所幸重生一回，而今禍事尚未發生，母親仍然活著，
偏偏府裡各懷鬼胎的親戚、包藏禍心的下人依舊存在，
唯有提前布局，才能護著母親、姊姊一世平安
豈料當她揭開層層謎團後，這才發現——
原來前世母親的死，竟牽扯上龐大的朝堂陰謀，
憑她一個閨閣女兒想要力挽狂瀾，無疑是螳臂擋車！
然而都死過一回了，她還有什麼好害怕的？
只要能帶著母親逃出生天，哪怕墜入地獄也在所不惜！

霸氣說愛 威風有理／花月薰

2016年4月出版

旺宅好媳婦

嫁錯人不如不嫁人！前世命殞的慘痛教訓讓她明白——

後宅求生大不易，靠男人還不如靠自己呢！

文創風 401 1

想起死不瞑目的前世，薛宸心頭的恨意便熊熊燃燒，
今生報仇的時機到了，可正當她忙著執行宅鬥大計時，
俊美無儔的衛國公世子婁慶雲居然成了她家的座上客，
還不時逗逗她，再送上高深莫測的微笑，讓薛宸非常疑惑——
他家乃京城第一公府，而她爹不過區區小官，他倆應該沒交集不是？
為何這腹黑世子對她生出興趣了？她怎麼想都覺得不妙啊……

文創風 402 2

整頓好自家後宅，薛宸終於可以喘口氣，過起愜意的少女生活，
唯一的煩惱就是——一天到晚私闖她閨房的婁慶雲！
雖然知道他視規矩如浮雲，但以美男之姿投懷送抱實在太犯規，
她的心防再怎麼堅不可摧，總有被攻陷的一天……
這還沒煩惱完呢，老天爺竟又對她開了大玩笑——
前世渣夫再次盯上她，面對侯府強聘卻無力反擊，她該如何是好？

文創風 403 3

今生得遇良人，辦了得體的婚禮，薛宸歡喜嫁入衛國公府，
不過掌家真難啊，婆母鎮不了人，後宅簡直亂成一鍋粥了！
儘管挑戰當前，可薛宸跟婁慶雲的感情依然好得蜜裡調油，
他為她請封一品誥命，還把私房錢全交給她管，
喝醉酒也不讓別的女人靠近，樂得當個妻管嚴。
有夫如此，夫復何求？鎮宅之路雖任重而道遠，她也沒在怕的！

文創風 404 4

國公府的媳婦果然難為，除了努力做人，還得關心朝堂。
捲入奪嫡之爭是皇族宿命，但二皇子跟右相的手實在伸得太長，
人想作死果然攔不住，婁家人不是想捏就能捏的軟柿子，
這筆帳她記著了，絕對要加倍奉還給他們！
當她這一品夫人是瞎了還傻了，想跟她比後宅心計簡直自尋死路，
誰要了誰的命，不到最後還不知道呢～～

文創風 405 5 完

為了勤王保家，薛宸與婁慶雲聯手幫助太子奪嫡，
夫君在外圖謀大計，她就負責在敵人的後宅煽風點火，
明的不行來暗的，説起這些豪門，誰家沒有點齷齪事，
女人不必當君子，能讓對手雞飛狗跳、無心正事的都是好招！
但正值成敗的關鍵時刻，婁慶雲卻闖下大禍，只得連夜潛逃，
夫妻有難要同當，她堅持愛相隨，不管天南地北，她都跟定他了！

流浪貓狗介紹所

為流浪貓狗加油 和貓寶貝 狗寶貝

廝守終生(一定要終生喔！)的幸福機會

對人來說，貓寶貝狗寶貝只是生活的一部分，但妳（你）對牠們來說，卻是生活的全部，領養前請一定要考慮清楚——

▲ 我不凶，其實我很乖的Countess

性　　別：女生

品　　種：混種，可能混古代牧羊犬或拉薩犬

年　　紀：2歲多

個　　性：親人、親狗、親貓，愛撒嬌，非常友善

健康狀況：血檢正常，已施打狂犬、十合一疫苗，
　　　　　已點蚤不到除蟲

目前住所：新北市新莊區

本期資料來源：台灣認養地圖

『Countess』的故事：

與Countess的第一次相遇是在彰化員林的收容所，Countess是一隻混種的中大型㹴犬，一開始看到牠時，由於牠巨大的體型，大家認為是混古代牧羊犬，後來經過志工們再次判定，認為混拉薩犬的機率比較高。

Countess的外型雖很巨大，但個性卻與牠的外表截然不同，十分害羞膽小，完全不會凶而且非常喜歡撒嬌，看得出來曾經被人類飼養過，卻因不明原因被主人狠心地遺棄在山上。

Countess喜歡外出散步上廁所，牠很乖巧，拉著繩子牽牠散步時不會亂衝亂跑。目前新莊的志工正在訓練Countess也能在室內大小便，讓未來寵愛牠的新主人可以避免下雨天的窘境。

Countess吃飯時有一個有趣的習慣，牠常常一邊吃著碗裡的食物，一邊盯著其他同伴吃飯，非常不專心，可能Countess覺得同伴的食物比較好吃吧！

Countess在個性上算是慢熟型，初到新環境若聲響太大會嚇到躲在桌子下，非常膽小，但害怕之餘還是會偷偷觀察大家在做什麼，經過自己幾天的觀察後，就會主動靠近人和同伴，甚至會用頭去頂人討摸摸呢！

如果你/妳正在找一隻外型「大男人」但內心卻「小女人」的寵物作伴，請給Countess一個機會，相信你/妳絕對不會失望。歡迎來信carolliao3@hotmail.com(Carol 咪寶麻)，主旨註明「我想認養Countess」。

編註：不要猶豫，趕快來看看！更多Countess的生活照就在這裡！
https://www.facebook.com/liao.carol.3/media_set?set=a.10205457223702769.1615840763&type=3

認養資格：

1. 認養者須年滿25歲，有獨立經濟能力，並獲得家人、同住室友或房東的同意。
2. 認養前須填寫問卷，評估是否適合認養。
3. 須同意簽認養寵物切結書。
4. 同意送養人日後之追蹤探訪，對待Countess不離不棄。

來信請說明：

a. 個人基本資料：姓名、性別、年齡、家庭狀況，職業與經濟來源等。
b. 想認養Countess的理由。
c. 過去養寵物的經驗，及簡介一下您的飼養環境。
d. 若未來有當兵、結婚、懷孕、畢業、出國或搬家等計劃，將如何安置Countess？

文創風
406

成親好難 上

國家圖書館出版品預行編目資料

成親好難 / 夏語墨著. --
初版. -- 臺北市 : 狗屋, 2016.05
冊 ; 公分. --（文創風）
ISBN 978-986-328-587-8（上冊 : 平裝）. --

857.7　　　　105003844

著作者	夏語墨
編輯	黃淑珍
校對	黃薇霓　周貝桂
發行所	狗屋出版社有限公司
地址	台北市104中山區龍江路71巷15號1樓
電話	02-2776-5889～0
發行字號	局版台業字845號
法律顧問	蕭雄淋律師
總經銷	知遠文化事業有限公司
電話	02-2664-8800
初版	2016年5月
國際書碼	ISBN-13　978-986-328-587-8
原著書名	**《庶偶天成》**，由北京晉江原創網絡科技有限公司授權出版

定價250元
狗屋劃撥帳號：19001626
網址：love.doghouse.com.tw　E-mail：love@doghouse.com.tw